中国文论九辨

胡晓明 著

全国百佳图书出版单位
时代出版传媒股份有限公司
安徽人民出版社

图书在版编目(CIP)数据

中国文论九辨 / 胡晓明著 . -- 合肥 : 安徽人民出版社 , 2023.11
ISBN 978-7-212-11650-7

Ⅰ . ①中… Ⅱ . ①胡… Ⅲ . ①中国文学—文学理论—研究
Ⅳ . ① I206

中国国家版本馆 CIP 数据核字 (2023) 第 205105 号

中国文论九辨

ZHONGGUO WENLUN JIUBIAN

胡晓明 著

出 版 人：杨迎会　　出版策划：何军民　肖　琴
特约编辑：侯宏堂　　责任编辑：肖　琴
责任印制：董　亮　　装帧设计：王莉娟

出版发行：安徽人民出版社 http://www.ahpeople.com
地　　址：合肥市蜀山区翡翠路 1118 号出版传媒广场 8 楼
邮　　编：230071
电　　话：0551-63533258　0551-63533259（传真）
印　　刷：安徽新华印刷股份有限公司

开本：880 mm × 1230 mm　1/32　印张：9　字数：190 千
版次：2023 年 11 月第 1 版　2023 年 11 月第 1 次印刷

ISBN 978 - 7 - 212 - 11650 - 7　定价：48.00 元

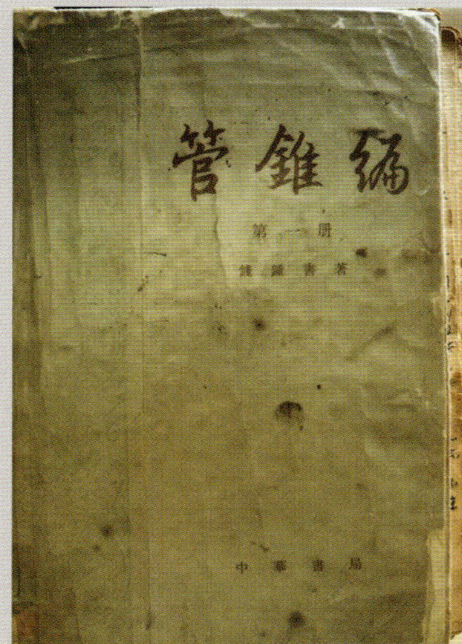

作者收藏的中华书局 1979 年版《管锥编》和阅读手迹

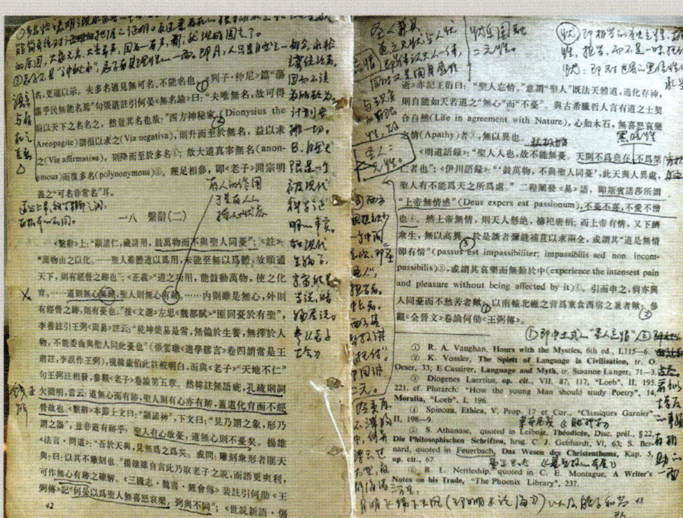

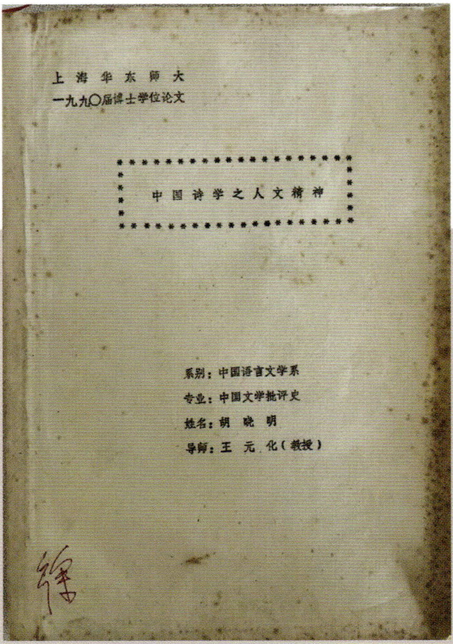
上海华东师大
一九九〇届博士学位论文

中国诗学之人文精神

系别：中国语言文学系
专业：中国文学批评史
姓名：胡晓明
导师：王元化（教授）

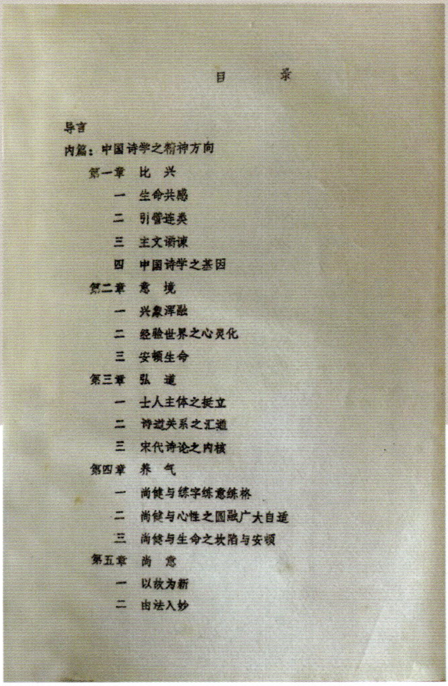
目　录

本书作者博士学位论文（1990）封面和目录

本书作者与其博士研究生导师王元化先生在先生家中客厅

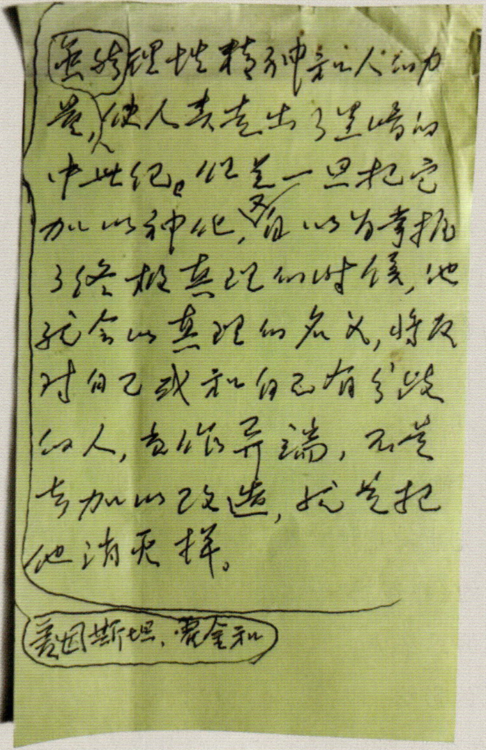
虽然理性精神给人以力量，使人类走出了黑暗的中世纪。但是一旦把它加以神化，自以为掌握了终极真理的时候，他就会以真理的名义，将反对自己或和自己有分歧的人，当作异端，不是去加以改造，就是把他消灭掉。

爱因斯坦，霍金和

王元化先生手札

自　序

这本名为《中国文论九辨》的小书，关键词是“后五四”和“建设性”，这是我长期思考的一个系统表达，有必要在这里回溯其来龙去脉。

虽然这里的第一篇《后五四时代建设性的中国文论》提出“后五四”的提法，正式发表于二〇一四年的《文学遗产》(原名为《略论后五四时代建设性的中国文论》)，然而，其实从二十世纪八十年代开始，我做硕士论文《唐代意境论研究》、继而做博士论文《中国诗学之人文精神》，思路即一以贯之，前者深受新儒家文论的助力，后者更直接接受了王元化先生辩证式学思风格的影响。关于这一点，得先从黑格尔的《小逻辑》讲起。

王先生的思维方式受到黑格尔以及马克思《资本论》第一卷很深的影响，即一种思辨的风格，一种繁复的概念自我运动，依据特别的抽象规则在概念间变化与推导的风格，没有经过黑格尔《小逻辑》训练的人完全不能跟上。因而，抽象其实正是先生的风格。他从马克思《神圣家族》当中探究思辨结构的秘密，说：“从物质中抽象出绝对理念，并把绝对理念当作不依赖于物质的独立存在，这是容易的。但是人们的常识不免要问：这个‘一般果实’即作为现实水果的实体，又怎么会忽而表现为苹果，忽而表现为梨，忽而又表现为扁桃呢？思辨结构为了达到某种现实的内容的假象，它需要从抽象的实体返回到丰富、生动、具体的现实世界上去。思辨哲学家对于这个问题的回答是，因为'一般果实'并不是僵死的、无差别的、静止的本质，而是活生生的、自相区别的、能动的本质。千差万别的水果，只是'一般果实'的生命的不同表现。思辨哲学所要证明的正是'一般果实'在它的一切生活表现中，在苹果、梨、扁桃等等中的统一性，也就是证明这些水果的神秘的相互联系，证明'一般果实'怎样在这些水果的每一种中渐次地实现自身，并怎样必然地从自己的一种存在形式转到另一种形式。这样，思辨哲学就把它自己从苹果的观念推移到梨的观念这种他本人的思维活动，说成是'一般果实'这个绝对理念的自我活动了。"这是王先生读黑格尔《美学》第一卷的笔记。

这里，先生究竟要表达什么呢？依我个人的理解，我认为这种思维方式，骨子里仍然是一种内在化的黑格尔和马克思。以我个人长期跟随王先生学习的体会，我觉得元化师思维方式当中最为得力、最为受用的核心是理论的内在化：首先，理论地把握对象，没有理论，就像没有一条绳子，对象是破碎散乱的；其次，理论又是非抽象、非形式、非客体化的，包含了个人与时代、中国与世界、学问与生命，等等，理论内化为对象，内化为历史，内化为文本，内化为生命。为了更好地理解王先生的思想，我回到文学，回到文论，从我个人论文写作与王先生的方法讨论上来谈谈王先生是怎样将黑格尔、马克思的思想运用于“后五四”的。

我在四十年前与王先生讨论博士论文的时候说：“王先生，我非常想按照你的思路框架，即‘三范畴’来发展一套中国诗学的大叙述。”我在我的博士论文《中国诗学之人文精神》的导论部分这样写道：“‘比兴’‘意境’‘弘道’‘养气’‘尚意’五大范畴不仅含蕴着中国诗与人文精神的深刻的相通要素，而且亦展开了中国人文精神之嬗递史：宗教世界之理性化（秦汉），经验世界之心灵化（晋、唐），对象世界之人文化（宋），以及人文世界之自然化（中、晚明）。上篇所采取的叙述方式，乃是将一般的人文精神（哲）、特殊的时代精神（史）、个别的诗学范畴（文），看作一有机统一体，由此求得中国诗学之精神及其嬗变史之有机联系。”这是博士论文当中引用王先生的三范畴——一般、特殊、个别，做了一个框架。①

我的博士论文是一九八七年动工，一九九〇年完成的，当时我的心中隐含的一个意愿，明显是为整个被戴上封建主义帽子的古典文学翻案的。我们知道，陈独秀当初对中国古典文学，是要打倒贵族文学、山林文学、廊庙文学的。而我这里所说的“理性化”“人文化”其实是为“贵族文学”“廊庙文学”辩护，“心灵化”与“自然化”是为“山林文学”辩护。一般（中国儒道人文精神）、特殊（具体的时代表现）、个别（诗学概念），这就是三范畴。有了这三范畴，

① 胡晓明：《中国诗学之精神》，江西人民出版社 1991 年版，第 3 页。

诗不仅是诗本身，不仅是文艺学，而且是文化诗学、诗思合一。而且，运用这个框架，“诗”（文学）观即变成一条流动的河水，同时又倒映着两岸的风光，时代主潮及儒道思想融化于其中。这就是一种“厚”的文学观。王先生在讲三范畴的同时，讲到古典文学研究要有三个结合：古今结合、中外结合、文史哲结合，这当然是一种“厚”的文学观，区别于五四的抒情、叙事或语文、民间的艺术这种“薄”的文学观。今天已经有了更新更好的诗学的著作，今天的中国古典文学的博士论文和相关写作远远超过我那个时代，我觉得他们开拓得非常广了，早就从文体、文章、文本、文化、文人、文道（新六艺）等方面将五四那种浅碟子的西方化的文学观大大地开拓了，但今天的中国文学研究仍然不能打通中西、融合思想、强化阐释、活古化今。

这就回到了王先生刚才那个命题。那个隐含的思路，一个是“从抽象的实体返回到丰富、生动、具体的现实世界上去”，一个是“证明这些水果的神秘的相互联系”，前者是历史化、多元化、非抽象化的文学观，是“多”；而后者是连续性、普遍化、理论抽象、古今贯通的文学观，是“一”。因而接通古今，不仅是回到历史现场，回到批评史与文论史的材料中，即不仅是简单地还原种种“水果”的真实具体性，而且要去“证明这些水果的神秘的相互联系”，即从具体的现场与材料中，发掘中国诗人精神命脉。这方面的工作，无论是在古典文学研究界，还是在中国文论界，都相当少，这是我从王先生那里学到的很重要的“后五四”思路。

我近年来大力提倡“后五四时代建设性的中国文论”研究，完全遵循元化先生遗教①，从两个方向上用心用力，一是从大的时代思想文化关怀方面，一是从中国文论方面。所谓后五四时代，即指中国文化价值为主体的新时代；所谓建设性，针对中国文论的学科建设，即不停留在文献上、不停留在知识上、不停留在简单的“失语症”或“人文精神”之类口号上，要回应有关中国文论的时代问题，要强化中国文论的阐释力。中国文论，应该有两个轮子。一个是中国文学批评史的轮子，一个是中国文学理论的轮子。只有一个轮子做得好，一部车子并不能真正跑得起来。直截了当地说，我越来越意识到当代的“中国文论”有八个“不足”。第一个是接触经典、接通中国文化的核心价值的努力不足，把文学仅仅当作文学，因而窄化了文学。第二个是学术的知识取向压过了思想取向，现在应该锐化我们的思想力。第三个是现实关切的不足，以古说古，古今贯通的自觉意识不足，文论应该参与对现代性、现代文明的反思。第四个是“地方性知识”融合“普世性问题”的导向不足。地方性知识是十分重要的，然而现在的做法是，往往自我封闭于地方性知识而缺少对普世性问题的感受。第五个是超越中西二元的新视界不足，要么就认为中国文论是封闭系统，跟西学坚执地对立起来，要么最终认同西方，似乎只有归

① 2008年4月，先生在病床上接受了成立王元化学馆的建议，他明确表示，学馆不是用来纪念个人，而是将他未完成的研究课题，继续进行下去。

向西学才是我们的目标，中国文论是没有什么价值的。第六个是国际性的话语权与能见度不足：往往变成还不如汉学家有思想性的创造，大量的古典文论还原式的历史研究，在国际上没有任何影响力。第七个是文论与文学相关学科的关联不足：一是跨学科的交叉资源不足，文论与中国历史、中国哲学、中国宗教与政治、中国艺术史等不相干；二是影响力不足，对中国文学史、中国哲学、中国政治、中国教育、中国艺术等，发挥的影响可有可无。第八个是学者的个性和特色不足，千人一面、千系一面、千校一面，没有办法发挥自己的优势。

这本小书，就是我自己对于中国文论的焦虑的表达、我多年来对时代与文论问题的回应。我思、我感、我辩，知我罪我，任学术史去评说吧。

二〇二三年五月二十日

目录

一 『后五四时代』建设性的中国文论

小引

五四新文化的人文学术，最优秀的传统是回应时代。譬如王国维写《人间词话》，试图解决美与真的冲突，调适而上遂，固然与他性格与思想中的不可调和的可爱与可信之争有关，更与时代“三千年未有之大变局”有关。今天还有谁像他那样富于存在感受，自觉从中西文论资源中寻求精神出路呢？鲁迅一篇《魏晋风度及文章与药及酒之关系》，颠覆了中国文人传统中飘飘然的魏晋风度，将其底子下隐蔽的人生之残酷与真实的悲哀撕破给人看，这也是承担了那个时代的重负，回应理性与启蒙批判的新使命。今天的古典文论研究有像他那样痛切的生命感受与敏锐的时代意识吗？朱光潜的《诗论》隐含的一个旨趣，即化解新文学只有酒神精神的破坏性，增加日神精神的静观与秩序性。这也是时代提出的新问题即多元现代性在中国文化建构中的一种表现。今天的研究者还有没有那样自觉地回应五四问题而给出真正具有建设性的贡献呢？面向问题、回应时代的积极研究，这种传统在今天无疑是大大失坠了。

因而，近年来，中国古代文学理论界的研究活动，在释古的方面，收获较多，积累甚丰；相比较而言，在理论的方面，活力不足，成果欠丰，其学术理想之前瞻性，其参与当代思想的动能、程度与影响，都不能跟中国史学、哲学与艺术学等领域相比。如果我们回顾历史，三十年来的古代文学理论研究，其实也一直是史、论并重，与当代中国思想的阶段保持着生动的联系，发挥着或显或隐的影响的；如果同时我们承认中国古代文学理论这门学科的特殊性，即它不仅是作为一项“遗产”，不只可供深入探索历史的真相，同时也是一项“资源”，可充分发挥理论的效用，通古今、衡新旧，解释现象、建构文本，那么，我们就有理由在后一方面营造创意的气氛，再做更新的努力。因此，本文提出“后五四时代建设性的中国文论”，正是着眼于当今时代思想的新需求，基于古代文论研究的现状的思考，略陈管见，力图推动学界共同努力，达成共识，大家都来参与发展出一套新的论述。

一、所谓后五四时代与建设性

所谓后五四时代，并不是“反五四时代”。众所周知，五四新文化提出的科学、民主大旗，标举的思想解放、个性自由，冲破专制的束缚，建设一个思想现代的新中国的蓝图，无疑是一项未完成的任务，在今天仍然有重大的社会文化意义。

就文学革命的目标而论，胡适后来总结所说的“人的文学”和“自由的文学”两个标准[①]，直到今天依然是我们真诚认同的文学目标，也是至今未能完成的重大文学任务。这不仅不是我们要走出的“五四”，而且是要接着走下去的理由。只不过，“后五四时代”如何接着走，应与五四时代的方式不同，甚至有相反的方式。

“五四”其实已经形成了思想史上某种深刻的悖论。简言之，我们之所谓后五四时代，是将上述的“五四的理想型”与后来“五四的后果”作重要的区分。

我们所要走出的，主要是长期以来被新文化所建构的、已经暴露了相当多弊端、造成了后果的某种思维模式

① 胡适：《中国文艺复兴运动》，载《胡适演讲集》（一），（中国台湾）台北远流出版公司 1986 年版，第 177—196 页。

与文化样式。我们关于“后五四时代”的概念，也不是凭空而来，主要是基于中国内外近十年来文化思想以及社会的变化，同时，更基于近十年来学术界自觉的反思思潮，即对于五四新文化时代全盘性的反传统、以西方理论为标准而形成的一套有关中国古代文学与文论的论述的重新认识、批判反思。这一反思思潮实际上已经形成了一套客观上区别于五四时代的新的论述框架，即重新唤醒民族文化主体的自觉意识，以西学为参照，而不以西学为标准，充分尊重中国历史、文化与地域的多样性，以及回归中国古典文本的复杂性，等等。因而，“后五四时代”一语并非本文别出心裁的发明，并非一个全新的论述，而是一个对于正在形成的当代学术思想史正在发生的事实的描述。

然而滞留在“后五四”的话语冲动中，亦蔽于破而不知立。我们所谓后五四时代建设性的中国文论，其中“建设性”一语，是基于一项观察：以“失语症焦虑”为特征的近十年反思运动，存在重大的局限。本文略陈三项观察。

首先，近十年来上述反思思潮，尽管攻垒夺帜，有相当的声势与影响，但建设性的努力依然不足。我们不能老是问“有什么要批判的”，我们更要问一问“有什么要建设的”。无论是王国维，还是鲁迅、朱光潜，都留下了建设性的成果。“五四”以后的今天，我们有什么积极的、建设性的、正面的成果贡献于世？我们不要一味指责西方理论与观念将古代中国文论改写、西化，而使古代中国失去了自己的语言。或许，我们更应该强调：如果我们用自己的语言来言说，我们可以言说出什么样的真正有内容、有价值的话语？或许可以更强调地说，我们有没有什么值得后人批判的成果流传下去，像我们今天批判五四时代的成果那样？如果我们只是“空空道人”，只是话语批判，而无一砖一瓦以供后人荫蔽或观赏，那我们就是对自己的时代交了白卷。如果不能产生王国维式、鲁迅式或朱光潜式的作品，不能拿出研究的实绩，你还是花拳绣腿而已。中国文化的主体是什么，中国最好的东西是什么，为什么要接着讲中国的传统，古代的资源为什么有必要参与当代的思想生活？无论是理论还是实践，最终都需要拿出真正有分量的东西来。某种程度上，“失语症”批判的流行，重蹈了二十世纪中国思想的一大弊病，即破字当头，以破代立。

第二，失魂，还是失语？真正应该反思讨论的是，二十世纪中国强势文化对于中国文化心灵的漠视，对中国诗性文化品质的戕害，对于中国人文生态的毁灭。譬如人性、仁爱、温柔敦厚等儒家诗教传统美好的情感论、品质论，都被消灭了；譬如风骨、道义等重要的儒学作家主体论，都被“改男造女”（陈寅恪语）的运动虐杀了。“失语症”批判根本回避了二十世纪最重大的时代灾难，不做苦难中国的见证人，只津津有味于一个强迫症般的焦虑：“中国的，还是西方的？”——这无疑会成为一种形式主义的套套，无助于真正思想的照察与真正问题的剖析。

第三，自我消解，还是自我增加能量？“失语症”批判认为最根本的问题是来自西方话语的统治地位、西方影响的世纪偏好，这不能说没有道理；但是稍加分析，我们就会发现，有的西方理论影响是好的，有的西方话语是有益的。譬如有关人的生命尊严，有关反抗压迫与暴力的西方理论，是有益的；有关人的精神境界与生活理想性的提高的理论，也是有益的；有关作家的自由与独立精神，是有益的；有关批判与消解一元化思想宰制与霸权的理论，是有益的；有关抵抗消费社会对文化与生命的多样性伤害，是有益的；有关思维的精密，譬如显微镜式的思维工具，是有益的。如果无视有益，凡是来自西方的均以“失语”为帽子加以拒绝排斥，不仅是一刀切的肤廓之言，而且无疑是一种自我杀伤。理论研究的最终目的，不是谁占有了话语权，而是谁能够发现问题、解决问题。只要是能有助于发现新问题、推进解决问题的，就是好的理论。“失语症批判”不加分析的办法，最终只会走向理论的自我消解。

我愿意大声喊向“失语症焦虑者”们：你们的形式主义路子走得够久了，越来越失去新意、失去创造力了，赶快回到真正的问题上来吧！

破与立、批判与建设向来是推动学术良性发展的两个轮子。一方面反思“五四”的文化后果，一方面重新检讨对反思的反思，本文的动机其实是对近年来的思潮有否定之否定，因而本文的要义是建设性的，或是寓反思于建设之中。以下略陈三个方面的新想法，供大家批评。

二、化解五四思维的“利害心”

关于“五四”的思想后果，学术界、思想界有许多讨论。依我个人之见，其中，王元化先生从思维模式角度提出的四种表现，即“意图伦理”“激进主义”“功利主义”和“庸俗进化论”中的第一种“意图伦理”，以及从意识形态化角度提出来的“绝对理性”，最有启发性。他说：

> 意图伦理在我国有悠久的历史，许多观念改变了，但这一传统未变。“五四”时期反传统反得很厉害，但意图伦理的传统却一脉相承下来。我那篇为杜亚泉文集作的长序，曾谈到一九一九年东西方文化问题论战时，蒋廷黻和杜亚泉曾就思想和态度问题进行了争论。杜批评蒋以感情和意志作为思想的原动力说：“先定了我喜欢什么，我要什么，然后想出道理来说明所以喜欢以及要的缘故。”这就是意图伦理。近数十年来此种思维模式大盛。……其实就是……在认识真理、辨别是非之前，首先需要端正态度、站稳立场。也就是说，你在认识真理以前首先要解决“爱什么，恨什么，拥护什么，反对什么”的问题……但是这样一来，你所认识的真理，已经带有既定意图的浓厚色彩了。我觉得这是思想领域的一个重大问题。此外，思想领域还有一个问题也是值得注意的，这就是意识形态化的启蒙心态问题。我认为，今天仍须继承“五四”的启蒙任务；但是“五四”以来（不是“五四”时才有）的启蒙心

态，却需要克服。我所说的启蒙心态是指对于人的力量和理性的能力的过分信赖。人的觉醒，人的尊严，人的力量，使人类走出了黑暗的中世纪。但是一旦人把自己的力量和理性的能力视为万能，以为可以无坚不摧，不会受到任何局限，而将它绝对化起来，那就会产生意识形态化的启蒙心态。[①]

"意图伦理"（ethics of intention，又译作"心志伦理"）的概念，来自马克斯·韦伯。韦伯发现，现代社会区别于传统社会，有一个重要的特征，即将主观的价值认定与客观的现实运作，作明确的区分。二者之间，不可通约为一种价值标准。而传统社会，往往用主观的意图来取代客观的价值。王元化先生借此来说明五四新文化的一种明显的思维特征，即以立场、心志、意图来代替结果、情况的变化与真实事情的运作过程的复杂性。

这种立场、心志与意图优先的思维，是如何产生的？在我看来，关键即讲"利害"大于、优于讲其他，"利害"成为压倒性的考虑或唯一真实的选项。

王元化先生所批评的"绝对理性"，如何成为一种思维的习惯甚至成为"意谛牢结"？我认为也与革命战争年代敌我两军对垒的特殊心态有关，这种特殊心态也正是"利害"高于一切。因为，"利害"当前，"理性"也不过成为

① 王元化：《对"五四"的再认识答客问》，载《沉思与反思》，上海辞书出版社2007年版，第41—42页。

达到趋利避害的工具而已。以赛亚·伯林所说的“理性”与“理性”之间的冲突、“理性”与“感性”的冲突等，都不遑顾及。

因而，有一个我认为比韦伯与伯林所说的更为简单的、明显的问题，是形成了某种强调“利害”的心态，可以简称为“利害心”。这是“后五四时代”最需要加以化解的心习。

“利害心”的表现是：第一，讲“利害”大于讲“是非”；第二，立场、意图决定一切；第三，强烈的功利主义色彩；第四，顺我者昌、逆我者亡的霸权心态。

讲“利害”大于讲“是非”，以及立场、意图决定一切，体现在新旧文化对立如战争中两军对垒的情形。五四时期最能表明陈独秀他们的文化态度是“不塞不流，不止不行”（《陈独秀答易宗夔》）。这种心态其实就是：为了我的生存，就要堵死你；为了我的发展，就要灭掉你。这里其实并没有必然的逻辑，只有一个利害的计较。陈独秀在《答佩剑青年》中说：“新旧之间，绝无调和两存之余地，吾人只得任取其一。”在《文学革命论》的开头也说：“今日庄严灿烂之欧洲，何自而来乎？曰：革命之赐也。欧语所谓革命者，为革故更新之义……”《今日中国之政治问题》中说：“无论政治学术道德文章，西洋的法子和中国的法子绝对是两样，断断不可调和牵就的……因为新旧两种法子，好像水火冰炭，断然不能相容。要想两样并行，必至弄得非牛非马，一样不成。”然而这里所讲的欧洲，完全与历史事实不相符。除了法国大革命有很短的一段时间是破坏性的革命，大多数情况下，欧洲社会发展，传统与现代不是你死我活的关系。因而这里完全是生存论、斗争论、权力意志论优先，而不是价值是非的判定。

其结果，表现为强烈的功利主义色彩与思想专制的霸权心态。如王元化先生指出：

> 陈独秀本人也是一个功利主义者。一九一九年，东西文化问题论战后，《东方杂志》主编杜亚泉下台，由钱智修替代。钱曾撰《功利主义与学术》一文，认为功利主义使学术失去了一种独立地位，指出传统观念中所谓“《禹贡》治水，《春秋》折狱，《三百编》当谏书，即此派思想”。他鉴于当时人以功利主义蔑弃高深之学，借“儒家必有微言而后有大义，佛家必有菩萨乘而后有声闻乘”之说，来说明高深之学（精英文化）与大众文化的关系，以阐明高深之学不可废。陈独秀对钱的批评不满，举释迦的自觉觉他、孔子的言礼立教、耶稣之杀身救世，以及那些申张民权自由的人物为例，说他们都是“彻头彻尾的功利主义者”。这一反驳已缺乏理据，辩到后来更显出了强词夺理、意气用事。他斥问道：“功之反为罪，利之反为害，《东方》记者倘反对功利主义岂赞成罪害主义乎？敢问。”这已不是讲道理而变成意气之争了。①

① 王元化：《对“五四”的再认识答客问》，《沉思与反思》，上海辞书出版社 2007 年版，第 46 页。

陈独秀明白承认：他是讲“利害”优于讲“是非”。古典中国的学术，概要地说：儒家讲“是非”，道家讲“有无”，墨家讲“同异”，名家讲“名实”，佛家讲“出入”，只有法家、兵家与纵横家才讲“利害”。“五四”的讲“利害”心习，来自大变动时代新旧文化两军对垒的军事与革命心态。这种心态，后来成为主导相当长一个时期文艺政策以及整体文化教育建设的基本思路，也成为主导今天左右两派的思维底色，至今没有得到很认真的反思。

因而，走出五四时代的思维模式，摆脱这样的“利害”心习，自觉建立文明与文化的共同秩序与共同知识背景，应是一项重要的文化任务。

三、文体的再解放：回归“大文学”

依胡适的说法，五四新文学运动最主要的标志，不是内容的革命，而是“文体的解放”，从死的文言文学，解放而为活的白话文学。近十年[①]来古代文论研究界出现一个可喜成果，或可称之为“文体的再解放”。首先，越来越多的研究成果已经表明：原先被胡适他们所打倒的古典文学、贵族文学、死文学，尤其是被推倒的“孔家店”，分明死而复苏，有着越来越值得现代人重视的价值，这其实也正是中华“文体”的重新发现；其次，原先被五四新文学以西方

① 本文最初发表于《文学遗产》2014年第2期。

文学为标准建立的“文学”概念（即小说、散文、诗歌、戏剧四分法，即以虚构性为主的狭义文学定义），渐受质疑，而被拦腰斩断的古文以及经、子、史传统中的文章，原来也是“文学”的。中国文学概念，原来是一个大文学概念，是一个与五四新文化以西方文学为标准树立的大为不同的文学概念。这是“文学”的重新定义。“文学”的再认，其实也是广义的文体的解放。因为，将经、史、子中富有思想内涵与文学内涵的文章重新收编而为“大文学”，其实也就是将“文学”从“虚构文体”“想象力游戏”这一牢笼中解放出来。

科学史家库恩（Thomas.S.Kuhn）提出了“范式转移”理论。他认为科学理论的变革并非连续性的，而是革命性的。当旧有的范式与科学观测到的数据产生不吻合，该范式就会产生危机，新的范式即会被呼唤而出。我们可以认为，近十年来学术研究所发现的大量现象，近十年来中国思想文化的大量事实，以及近十年来全球化背景下知识大众普遍写作与阅读的大量实践活动，已经产生了“范式与数据的不吻合”，即虚构为主的“文学”，不如非虚构为主的文学活动更日常、更普及、更深入人心而更有活力。因而，新范式必然会随时出现。由此可见，“文体的再解放”意义重大。这标志着名实相符，文学重新回归历史真相，中国文学观念的主流传统得以复苏。在文学的王国里，这标志着原先荒无人烟的风景重新得以开发，原先人为加以封闭的富矿重新得以开采。因而，长远而观，其意义不亚于五四文学革命时代的文体解放。

唯其如此，我们所谓“文体的再解放”绝非从白话文重新回到文言文，这是不可能的；而是重新发现被“五四”宣判死刑的文言文学传统，其实不必与白话文学传统成为你死我活的关系，完全可以与白话文学传统并行不悖，可以以不同的方式重新回到社会生活中来，成为普通民众文学生活的一个部分。更重要的是，文言与白话的二分，其实是一种观念的“暴力”。文言中有白话的成分与结构，白话中更有文言的价值与底蕴；白话可以发展成为一新的文言（如浅近文言、文言新诗等），而文言也可以转化为白话的形式（如讲史说书），你中有我，我中有你，这已经成为一个生动的文学实践。值得注意的是，形势比人强，单纯的书斋理论毕竟赶不上当代文学与文化实践的发展。近十年，后五四的文化情境早已蓬蓬勃勃，早已显露了“范式转移”的气象。本文所观察的“文体解放现象”，大概而论，略有以下三项。

（一）民间国学复苏

被五四新文化送入故纸堆或博物馆、书斋的国学，近十年奇迹般地死而复生，通过各种形式，重新活泼泼地回归社会舆论的中心与社会生活的日常场景。从学校到企业，从服装到家居，从国际孔子学院到社区国学讲座，从老百姓初生儿的取名到国家领导人的引经据典，国学渐成普通知识大众的精神生活需求。之夫者曰，诗书礼乐，屈陶李杜，这分明是“死文体”的转世新生。有时是采取一种直接的方式，如民间读经运动，由社会与学校自发地选取通俗的经典，引导学生直接诵读文言文，直接接触古典文体。但这毕竟有限，更多的是采取一种间接的文体解放方式，即将文言文经典的内容转译，并生发、解读为大众喜闻乐见的通俗讲演。自二〇〇三年以来，借助于电视、互联网、视频、图像、流行符号、节日文化、非遗保护、讲书、古籍数码化、民间论坛以及畅销书等大众传媒，国学经典的新讲蔚为潮流，出现了一大批有成绩的新说书人。然而这并不只是简单的流行时尚，尽管有浅白、俚俗甚至变形的结果，然而仍然惊世骇俗。试问，中国历史上，谁能够将《论语》变成家喻户晓的畅销读物，创造了新中国出版史上的多个奇迹，并以二十八种语言向全世界发行传播？无论《百家讲坛》之类媒体如何浅薄如何媚俗，然而哪个时代会这样将经典表达得深入人心？胡适当年说他八岁时爱上一本残破的《水浒》，从此对文史不离不弃，他绝对没有想象到近百年后，电视机里的《论语》《庄子》《史记》《高僧传》《世说新语》等，会同样令当今的中学生醉心于古典。再过若干年，会不会有今天的中学生也成为胡适那样的大师，也像他深情忆念《水浒》那样回忆《百家讲坛》？再过若干年看，略去细节，这或是一桩功德无量、影响深远的文化复兴事件。

（二）文言诗词写作复苏

被五四新文化的白话诗歌取而代之的旧体诗词，近十年来借助互联网的优势，出人意料地得到空前的复苏。据不完全统计，仅以菊斋、天涯、诗三百、光明顶、今天论坛、竹林风、红袖添香、诗联盟、出水莲、中国诗歌、5460诗社、芸香社、居庸诗社、云中漫步、江右、平山清韵、中华诗词、琴台、中国北社、诗昆网、流觞亭、唐诗宋词论坛等数十个网站为例，每天竟有数百首诗词产生，几年的数量即已经大大超过传统中国诗歌的总和，其作者涵盖各个年龄段与各种职业，而不像新诗只是青少年或文艺先锋的文体。活跃于网络的文言诗词有流派、有主张、有理论、有纲领，也有诗坛的领袖、论述与批评、定期的诗会与评奖、诗集的出版，有声有色，其中不乏可以传世的精品。原先只作为文学遗产、只作为文献考订对象的文言诗词，如今不出十年间，年轻学子已经可以得于心、应于手、诵于口，重新接续唐宋诸贤的生命，无怪乎加拿大汉学家施吉瑞教授感叹："两千年前的诗体不仅可以儿童随意诵读，而且可以大量写作，对比欧洲古典拉丁文的死去，真是一个文明的奇迹！"[①]若干年后再看，这无疑是后五四时代最令人惊奇的文体再解放。

（三）大文学观的再认

众所周知，五四新文化至今天的"文学"概念，与古典中国稍近义的，是两汉以后的"文章"概念，指的是经、史、子书以外的篇章；汇集这类篇章的书册因而称作文集，在

① 胡晓明：《把严羽破掉，才是真正的诗界革命——施吉瑞教授谈近代宋诗派》，2011年8月14日《东方早报》。

图书分类上构成“集部”[1]。“文章”的文学性，不是内容，而是形式；不是虚构、想象甚至情感，关键是作品的文采、作家的文才（即那种驾驭文辞以组合成篇章的写作能力）。唯其如此，“文章”与今天文学概念不同的是，它还包含用美文或艺术性修辞而写成的各种公私应用文、政论文、史传文和哲理文。于是，“文章”有两个特点，一方面是其所主张的纯文学的形式美、技巧美，另一方面则是其所涵盖的文体即杂文学的实用性与非虚构性。中古时期影响最大的《昭明文选》，正是这样的文学标准。而唐宋古文运动主张的“文”，尽管文体形式有革新，内容也有深度与广度的开拓，但根本上没有离开“文章”的两个特点即形式美与杂文学性（应用与非虚构）。整个地说，古代的文学传统实际上是在“文章”谱系的笼罩之下衍生和发展起来的。

大文学观，正是这样的形式美与内容杂的文学观。它的大，体现在两个方面：一方面是“文采”与“文才”渗透到各种文体——古代的哲学家、政治家，只要有“文采”与“文才”，无往而不同时也是文学家。另一方面，内容唯其杂，故成其大。正如陈伯海先生指出的：“我国古代戏曲、小说的发展迟晚，抒情诗是主流，情感的要素非常突出，想象和虚构则不占很重要的位置，至于与诗并列的各种文类中，更大多缺乏想象、虚构的成分。一味用西方观念来整合

① 正如吕思勉指出的，“集”与今天的文学概念也不一样：“子”是专门名家之学、系统思想之作，而“集”只是杂家之学；“集”相当于后代的杂志。出自吕思勉《论读子之法》，《经子解题》，上海文艺出版社 1999 年版，第 76 页。

我国的文学事象，必然要大量丢失其中的精华。二十世纪二三十年代出版的若干种文学史著作，将叙述的内容局囿在诗歌、小说、戏曲等纯文学样式上，对古代异常发达的散文和骈文传统视而不见，便是显例。即使后来作了调整，在先秦两汉时期收入诸子散文和历史散文，魏晋南北朝时期收入某些骈文与骈赋，唐宋时期收入八大家古文，也远远不能反映古代各体文章流别的完整风貌，可见‘纯文学’观念对我国文学史研究的拘限……及至晚近十多年来，‘大文学’的呼唤重起，则往往具有另一层涵义，乃是着眼于从更广阔的视野上来观照和讨论文学现象。如傅璇琮主编的《大文学史观丛书》，主张‘把文化史、社会史的研究成果引入文学史的研究，打通与文学史相邻学科的间隔’。赵明等主编的《先秦大文学史》和《两汉大文学史》，强调由文化发生学的大背景上来考察文学现象，以拓展文学研究的范围，提示文学文本中的文化内蕴。”①

这里更要补充的是：大文学观的回归，不只是为了观照与讨论传统的文学现象；大文学观之所以有理论的力量，一定是与活的文学情境相关，可以解释有生命的文学活动；因而理解大文学观，也可以重新更好地理解与把握今天的文学现实。

譬如，当今最活跃、最有人气、受全社会关注的文学写

① 陈伯海：《杂文学、纯文学、大文学及其他——中国文学传统中的“文学性”问题探源》，《红河学院学报》2004 年第 5 期。

作，并非新文学所定义的虚构类、狭义的文学写作，并非诗歌、戏剧、小说或抒情散文，而是以非虚构的历史叙述和非虚构的时事评论见长的讲史、议论、杂文、时评、人物专访、回忆录、新闻特写和短信文体。非虚构类写作常常获得文学读者极大的兴趣与普遍的口碑，获得市场与专家的双重肯定。历史叙述如齐邦媛的《巨流河》、野夫的《江上的母亲》，史家的人物传记如杨奎松的《忍不住的关怀》等，正是近年来知名的例子。非虚构类已然成为这个时代最有光彩的文学表现。用古代中国文论的概念即可以理解：真正好的文学是能够鼓天下之动，能够操褒贬之柄，而不在于它的内容是不是虚构，或者它的文体是不是前卫。

再如，当今一批说书人，以极高的构思技巧与文采飞扬的魅力解读中国各种传统经典，这并不是史学、哲学与政治社会学的研究与探索，而只是一种文学，无论其讲的对象是史家还是哲人或高僧。当今流传极广、影响巨大、日用而不离的微博、微信、论坛以及博客上的文字，包括转帖以及回帖的各类文字，并不只是新闻、消息、闲聊或私人交流，依大文学观，都是一种实用的、非虚构的文学。

在当今电视谈话类、文化类、读书类节目里运筹帷幄而妙语惊座的主持人与嘉宾，他们之间的对话也不是传播学或政治学，尽管讨论的书或主题可能是一本地理书或一个历史话题，但他们的谈论本身必然是一种文学。我在观看凤凰卫视的《锵锵三人行》栏目和中央电视台的《百家讲坛》栏目时，看到节目中的窦文涛和易中天，常常想起汉武帝时的东方朔。东方朔口谐辞给，能奇言怪语，史书称其为“滑稽之雄”。而“滑稽”其实正是一种文体，《史记·滑稽列传·索隐》曰：“滑，乱也；稽，同也。言辨捷之人，言非若是，说是若非，言能乱异同也。”尤其是在不能自由发言的时代，能反话正说，或正话反说、庄谐并用，东方朔毕竟是了不起的文学家，他能巧妙地化解一些政治家也解不开的结，寓大义于嬉戏，含讽喻于幽默。难怪班固谓“汉之得人，于兹为盛”。东方朔俨然与公孙弘、董仲舒、司马迁、司马相如等大儒大文学家，以及桑弘羊、张骞等大社会活动家，卫青、霍去病等大军事家并列，“皆有功迹见述于世”，“兴造功业、制度遗文，后世莫及”。[1]

我同时也想起后汉的清议。士人凭借清议，可以打击豪强，可以针砭朝廷的用人政策，清议成为中古知识人最有抗议精神的一种道义存在。然而清议是怎样产生的呢？清议却不是从制度里产生的，不是从政治家中产生的，也不是从宗教中产生的，而是从文学中产生的，即清议产生于清谈，具有政治反抗性的士人精神力量，最早产生于谈笑类俳倡、为文好嫚戏、足以和悦人主、谈言微中的谈嘲，即滑稽、诡辩、隐语以及说笑话。[2] 由文学与文化的关系，我们可以得到清议之来自中国文论的历史解释。从这个角

① 班固：《汉书·公孙弘卜式兒宽传赞》。

② 参见杨勇《论清谈之起源、原义、语言特色及其影响》，谓：“推翻了‘清谈出于清议’之旧说，建立了‘清议出于清谈’之新意。”见杨勇《杨勇学术论文集》，中华书局2006年版，第480页。

度看，我们这个时代，像窦文涛、易中天那样滑稽多智的媒体人，不是太多，而是太少了。

文体再解放与大文学观的复苏，已经给我们提出了问题。相比五四新文化的狭义的文学观，回归本土的大文学观有什么重要意义呢？略有以下三点。

第一，回应海外有关抒情传统的学术思潮。

长期以来，中国台湾、中国香港以及北美的中国文学研究的学术共同体，有一个接力的学术研究传统，被命名为“中国抒情传统”，即将中国文学的主流，视为一种抒情的文类，从世界比较文化的角度，试图发现抒情文类背后的更多的历史、文化及思想的理论要义，由此，中西学问系统可以接轨并驱。

抒情传统的学术思潮无疑是最有自觉的学派意识，最能够清楚地从学术本身的传统中发展出一套独特论述。同时，也前所未有地深入了中国历史与思想的深处，提炼开发了无数可供中西方学者玩味不已的重要学术理论共同问题。它在中西文艺美学的体系之间所达成的对话关系，至今仍然是最有成效的对话方式，是近百年来最成功的东西文化桥梁。因此，其成果、其位置、其实力与前景，皆有目共睹。

但是，抒情传统的局限也是十分明显的。我认为，其不在于是否压抑了叙事传统之类的问题，而更在于抒情传统其实也没有跳出“五四”的典范，即西学传统中关于文学的定义（四分法）没有跳出五四时代的精神气质，它更多地讨论纯文学的问题。从思想史上说，抒情传统所树立的新传统，其实质有二：一是与西方相联结的纯文学精神与美学世界；二是由“五四”延续下来的文人独立性传统，渐变而为一种旨在联系西方、参与西学的知识生产的共同体传统。因而，他们并没有真正开示一个新的典范，只不过是对“五四”的典范加深、加大而已。

抒情传统论述与中国文论的关系，我在此无暇详细展开论证。这里简单举两个例子。譬如，讨论赞同抒情传统的“学者几乎是不约而同、自觉或不自觉地以汉末的《古诗十九首》而不是《诗经》和《楚辞》作为抒情传统的开启标志”[①]。

首先，《古诗十九首》尽管在诗歌艺术上影响极大，毕竟题材单薄、内容局限，实不足以成为重大现实主义作品所师承的传统，亦不足以成为真正独立思想的文学家所凭依的传统，其伤悼生命、及时行乐的精神，更不足以作为今天新时代人文主义文学的精神资源。抒情传统的讨论聚焦于此，认祖归宗，分明小视了中国文学的精神。

其次，抒情传统讨论的学者从《古诗十九首》中所发掘的光亮点，是几乎孤立而绝缘的现代主义特征即“个人内心的世界”，如高友工所谓“‘内省’最重要的两个因素自

① 萧驰：《导言》，载柯庆明、萧驰《中国抒情传统的再发现——一个现代学术思潮的论文选集》，（中国台湾）台大出版中心 2009 年版，第 8 页。

我（self）和当下（present）”[①]，这其实只是中国文化的一个传统，而且，同时也反映了他们以西学为潜在的诉求对象，而忽略接续中国大传统的努力。

第二个例子，抒情传统论者，高度肯定屈、陶、李、杜、苏，然而其肯定的理由仍然是纯艺术与纯精神性的“自我主体”。正如论者断言：“在君国之外，还有自我完成的更高的诗国。于是我们才有了屈原、陶渊明、李白、杜甫、苏东坡这些不同凡响的抒情自我的典型。”他们所强调的是古代知识分子的生活形态与思维方式等方面，“抒情自我如何摆落两汉的‘社会群体共同意志’之拘限”[②]；然而，屈、陶、李、杜、苏如何与另一种“社会群体共同意志”即士阶层所凭依的“道”相联系、他们的诗歌内容如何涵容了人生更广大深入的内容，则几乎不在抒情传统所强调的对象以内。

抒情传统论者这一套思想框架，也受到不同的批评与讨论。笔者认为，从大文学观的角度，可以对照出其学术与思想的盲点，可以与此一学术传统展开重要的对话。

第二，突破“五四”的现成思路，容纳更大的思想内蕴与社会文化内涵。

长期以来，五四新文化所带来的惯性思维，使相当多

---

① 萧驰：《导言》，载柯庆明、萧驰《中国抒情传统的再发现——一个现代学术思潮的论文选集》，（中国台湾）台大出版中心 2009 年版，第 8 页。

② 张淑香：《抒情自我的原型——屈原与离骚》，载柯庆明、萧驰《中国抒情传统的再发现——一个现代学术思潮的论文选集》，（中国台湾）台大出版中心 2009 年版，第 301 页。

的研究者完全接受现成结论，不顾中国历史文化本身的多面与复杂性，只知从五四新文学所主张的表达感情、解放人性等一些表面现象看文学史，于是，离开中国历史文化的正解，使中国文学成为与中国思想相分的两张皮，于是中国文学中的人性解放思潮，成为新文化所倡导的启蒙、市民等概念的图解印证。譬如，关于“明清文学个性解放”，流行的论述是表彰晚明士大夫慷慨激昂之气，艳称晚明好色好货享乐游宴之风，比之为近代化的先声。然而正如刘鉴泉所论：“明末有三风，为他时所无，一曰山人，二曰游侠，三曰绅衿横恣。三者互为因果，而皆原于士大夫之骄侈。沿唐人科第之风而怙权势，袭宋元名士之习而好玩戏，招纳门客以遂其欲，而山人游侠皆出其中……至于将亡，其斗争益显。社盟门户斗于内，外国盗贼攻于外，而内复有此病，故鱼烂而不可收拾。世惟知明之亡由门户、流寇、边患，而不察此。此为史所不详，而小说详之，观《万历野获编》已见其端矣。”[①] 严寿澂一针见血地批评道：“今时学者誉为提倡‘个性解放’的明季士子，其实有不少是这‘三风’中人物。硬要把‘三风’熏习下的晚明文学思潮说成是代表‘资本主义萌芽’出现后的‘市民’意识，通乎？不通乎？”[②]

另一种批评的论述，则将明清文人好货好色的黑暗习

① 刘咸炘：《推十书》（增补合本，甲辑第2册），上海科学技术文献出版社2019年版，第530页。

② 严寿澂：《中国文学理论研究与历史文化的自觉》，载《古代文学理论研究》二十二辑，华东师范大学出版社2004年版，第1—12页。

气，与陈寅恪所表彰的陈子龙文人集团或钱柳因缘，完全混为一谈，完全不顾明末清初的家国大义、民族存亡，以及其中士人的反抗斗争与独立自由精神，统统认为都是文人腐败生活的自恋自足而已。如某教授的新书如此说陈寅恪和他的《柳如是别传》："市隐和江南才子的性格，代表了中国文化品位的一个重要方面……自己组成一个精神舒畅的才子圈，花天酒地、歌舞升平地过'市隐'的日子好些。我向来以为，陈寅恪如此投入地写《柳如是别传》，他老先生晚年的心态，与韩邦庆其实也差不多。毛泽东曾说：我与鲁迅的心是相通的；而陈寅恪心的某一面，恐怕倒是与唐伯虎、祝枝山、韩邦庆们息息相通的了。"[①] 这种偏见即只要提起明末，就是好色好货；只要是好色好货，要么就是人性的、进步的，要么就是玩世的、流氓的。其实这两极的批评都是简单、贴标签式的。这样的批评思维正是来自"五四"的现成思路。而大文学的思路首先是要同情地了解，读入历史人心的幽深处，以不确定、不守成的眼光，透视文学背后更多的社会历史内涵。

其他五四论述，大观念如关于儒家思想是否依附性的评价，关于隐士传统的评价，关于《诗经》经学传统的评价，小现象如关于神女意象的解读，关于伍子胥意象的评价等，都有待发之覆，期待进一步的突破。

第三，回归格局更为开展、整合的文学教育，发挥文学

① 韩毓海：《天下：包纳四夷的中国》，九州出版社 2011 年版，第 295 页。

形塑具有开放精神视野的新人的理想力量。

五四新文化运动以文学为启蒙工具，改造人心，塑造新人，其目标虽然理想化，但毕竟是正确的文化方向。然而今天这样的努力不仅没有成功，甚至某种意义上还可以说是思想的破产与行动的失败，原因在此不能详论。我们之所以提倡从狭义的文学观念扩展而为大文学观念，其要义正在于接续“五四”的文学新人的目标，在后五四时代回归格局更为开展、整合的文学教育，更有效地发挥文学的理想力量。

简言之，大文学教育有四个方面的扩展。

一是确立文学的尊严。

小文学观无所谓文学的尊严，只要能娱己娱人。而大文学观首先是看待文学的一种严肃的态度，即将文学在这个时代的位置放端正。文学在这个时代的位置，简言之，有以下要义。

我们仍是在一个转型时代，直到现在，转型都没有完成。因此，尽管这个时代表面上可能是文化非常繁荣的时代，但骨子里可能仍然存在着人文价值和人文传统的危机。转型的最大问题即是发展与新生命没有根，思想观念如蓬之转。基础与大地都在变，根又扎在何处？原先建设的一些人文思想价值似乎都在崩解中。既然大家都认同文学是人学，是生命与价值之学，那它能不能回应这个时代的变化与转型？

危机的结果，极有可能是社会的基本价值重新受到危害。文学在这个过程中有没有社会责任？有没有能力负起这个责任？虽然文学不可能创造一个新世界，但是文学能不能改变人们看世界的方式？能不能在世道人心处发力，能不能使文明与文化的基本价值少受危害？因而，人文知识人，不是被边缘化了，而是从文化理念到知识生产，有了更多的事情要做。

确立文学的尊严，就要达成以上的共识。也许更重要的转型特征是，我们这个时代是一个人心迷失、价值迷失的时代，是一个重建政治与道德之基础的时代。只有凝聚共识、切近人心，才能重建政治与道德的基础。所以，我们再认传统，思虑中国文学的理论与观念体系，应当在这样的背景下来用心，应当回应时代的大问题。

二是突破文学专门化的束缚，在大学与中学建立重视人文通识的大文学建制。

文学专门化，是二十世纪中国文学教育体制从传统到现代的一个主要变革方向。

它的参照基本上是西方的科学架构。文学专门化使我们能够凿破混沌，看出一个秩序井然、眉清目秀的知识和学问体系来，可以使文学的领域不受其他学问体系的干扰，可以分工合作，可以快出人才。但是文学专门化的弊病渐渐地造成一些明显的后果：文学与历史、哲学等其他学科与领域的天然联系，受到人为的区隔与限制；再加上现代社会背景下，文学成为一种知识生产，而知识与学问的客观化、科学化以及知识人的科层化，反过来使知识人又被他自己所创造的知识体制重新塑造出来，其结果是文学的委琐化、空洞化以及生命力的退化。其代价即是产生了那么多的“文学单面人”（One Dimensional Literaral Man）。

单面人根本不懂中国的历史与文化，只晓得文学是风花雪月的事情，把文学的世界弄得狭小逼仄，而且又以其狭小逼仄将学生的口味变得很挑食、单一，甚而厌食，以至于严重营养不良。古代的大文学教育有很近人情的普通常识：应该是先有人，才有耳目口鼻，并不是先有了耳目口鼻，才拼凑得一个人；应该是先有了房屋，才会有门窗几案，而不是相反。朱子说：“为学须先立得个大腔当了，却旋去里面修治壁落，教绵密。今人多是未曾知得个大规模，先去修治得一间半房，所以不济事。”① 这个道理，被文学专门化的现代教育建制遗忘得太久了。在大学重建大文学的体制，在中学建立大语文的目标，应该是后五四时代的文学任务。

三是拓展文学教育的资源，培育文学的根源性价值。

为文学而文学的单面的文学教育，是无根的教育。长期以来，无根的文学教育基本上形成了一个世纪的趋向。一个更为根本的中国传统教育理念——学以达成仁、智、勇的健康人格，更是在现代社会被弃之如冢中之枯骨与无味之鸡肋。而西方文学教育中公民意识与人文主义思想的充分体现，我们也完全没有学到。举一个例子，经学是中国

① 黎靖德：《朱子语类》第1册，中华书局1986年版，第130页。

古代大文学教育中的首要科目。虽然以经义取士的科举制度已经退出历史舞台了，然而在传统中国，经学是文化的核心内涵，是中国读书人的基本资源，经学作为大文学教育的重要性应该得到重视。以我去年参加过的台湾大学经学与文学的研讨会为例。我的第一个印象是，如果说台湾的大学中文系与大陆的有什么不同，对经学的重视与自觉的传承即是最大的区别。他们的课程、学术训练、教师科研与学位选题，都非常重视经学的传承。经学传承与积累之深厚，可以说大陆刚刚在恢复之中，而台湾反而是中华文化真正的经学中心。我的第二个感受是，在这次会议中，张亨教授的《〈诗·桃夭〉甚解》、叶国良教授的《礼仪与文体》、李隆献教授的《论〈左传〉的隐语与隐语叙事》等，都很有启发性。李教授的论文揭示了经学中的隐语书写，不仅有助于我们认识经学中的文学性与表达的复杂性，而且更增加了一种新的修辞，即极富于历史真实与虚构之间的叙事传统，这对于现代叙事越来越直白浅平的问题，有重要的回应。张教授的"桃夭"研究，最终得出的结论是，"桃夭"是中国古代女子的成年礼。而成年礼之类礼俗在现代中国的流失，其实正是新文化毁坏传统的负面结果。重新认识这样的文学，正是大文学教育的大有可为之地。叶教授的研究更是发现了宋代有那么多篇为了士冠礼的取字而撰写的《字说》，"字说"是透过"取字"的文化活动，为年轻人开启文化生命的生机，"弃尔幼志，顺尔成德"。这种经学文体，其实正可以看作是一种大文学教育的文体，在生命成长、灵魂发育最需要的时刻，传统文学参与人生，正是担负了不可或缺的重要功能。

四是复苏文化批评的雅正传统。

雅者，正也。中国传统的“雅言”有两个批评维度，一是内心的“正”，一是政治秩序的“政”。所以，这是从大的角度关心文学的生态。中国传统文学批评最有特色的，其实是依据中国儒道文化的正解，一种带有保守主义特点的崇雅贬俗的批评。保守主义的文化与文学批评，其实在中国当代文坛是没有找到位置的，其特点是站在更大的文明与文化的基本价值立场上，来批评与解读当今的一些文学现象，正如刘勰所代表的“酙酌古今”“执正驭奇”的批评原则。其正当性之一，即在这样的时代背景中，保守主义批评也才能够确立自己正确的位置，即它不再是统一天下、君临群小的独断论，而是不被时尚所裹胁、保守文明价值、勘破消费逻辑、洞察修辞机巧、守护人性尊严、尊重社会与政治秩序，是现代社会不可或缺的一家之言。这样的身份与定位，依然还有待于大文学批评的参与，大文学不仅将文学视为文学本身，而且从文明与文化的基础着眼，依正解、正思维来看文学。

其次，我们更有必要强调，保守主义文学与文化批评有其世道人心的维护责任，但其重点不是针对作家的创作，也不是针对读者的好尚，而是聚焦于统治者、权力者以及强势的社会势力。当统治者对社会公共秩序失去责任、当权力者对文明与文化施行暴力、当社会强势者侵犯了公众的平等权与自由权，保守主义的文化批评的正当性就表现出来了。因而，这与传统的文学批评不大一样。

譬如，近年来，政府以城市建设拉动 GDP，官方媒体提倡写《百城赋》，其中当然有好的作品，但是劣作亦多。表面上看起来，好像是复苏了古代赋体的生命力，然而批评界完全缺席，古典中国崇正贬俗的赋学批评基本缺席。我曾批评，这样的造城运动中某些推波助澜的写作，其实是不能称之为赋的。尤其是那些充满各种套话、官话、大话、空话，名为赋，效果可能适得其反，会严重败坏读者对于真正的古典中文的认知与信心。百城赋的某些末流正是代表了一种古典中文的泡沫化现象，即表面上看起来复兴了、繁荣了古典，其实骨子里流失了古典的精神生命。

古典中文最重要的一个精神传统，即《诗大序》里所说的“美刺”传统，并没有在今天得到重视。因而，赋的复兴运动究竟是为古典中文加分还是减分，这真的还是一个问题。互联网上每天有数百首诗诞生，可见确乎是一个超迈唐诗宋词的古典诗词复兴的时代了，然而《诗大序》说的美刺传统荡然无存。我十年前写文章发现，“发乎情，止乎礼义”，并不是用来规范和约束老百姓的，而是用来规范和约束统治者的。《诗大序》云：“发乎情，民之性也；止乎礼义，先王之泽也。”孔疏：“哀伤之志，郁积于内，乃吟咏己之情性，以风刺其上。”“或陈古政治，或指世淫荒，虽复属意不同，俱怀匡救之意。”匡救世道人心的传统，是古典中文的优秀传统。[①] 白居易说："古之为文者，上以纫王教、系国风，下以存炯戒、通讽谕，故惩劝善恶之柄，执于文士褒贬之际焉；补察得失之端，操于诗人美刺之间焉。今褒贬之文无核实，则惩劝之道缺矣；美刺之诗不稽政，则补察之义废矣。虽雕章镂句，将焉用之？"[②] 因此，复兴古典中文，应该首先复兴华夏古典传统的真精神，这才是建设新国学的重要课题。

综上所述，大文学观无疑扩大了中国文论的内涵。它将重新规划后五四时代的文学地图。从当代关怀到传统再认，从学界到批评界，从文学体制到文学教育，从知识人到普通民众，必定全面改写五四时代特定的"文学性"，而召唤一种新的"文学性"，一种更生活化、更真实、更鲜活，同时也更多样、更自由的"文学性"。这一现象，有待于我们从古到今、从中到外，好好加以整理与发掘，然后发展出一套新的论述来。

四、重建文论的共同价值

我们认为，近三十年文论研究的发展，已经呈现出一种后五四时代的趋向。

这个趋向的基本特征是：一方面渐渐回归民族文化的

① 参见胡晓明《出新何术得陈推？——1999年古代文论保定年会随感》，《文艺理论研究》2000年第2期。

② 白居易：《策林》，载《白居易集》第4册，中华书局1979年版，第1369页。

主体性，一方面不断回应时代、吸收西学。用陈寅恪先生的话来说，正是："一方面吸收输入外来之学说，一方面不忘本来民族之地位。"[①] 这里聚焦一个点，以《古代文学理论研究》丛刊为例。简单地说，有四个明显的阶段：一是自二十世纪七十年代末到八十年代初，在那个百废待举的时代，需要理论之光的指引；对照西学，需要以理论来证明自己。因而学刊论文的重心在于古代文论的理论价值，当时学术界提出的问题是，中国以诗话和经验形态为主流的文学理论有没有"体系"，有没有"理论"价值。学者们围绕诸如文质、虚实、出入、言意、形象、意象、艺术思维能力等古代文论的专题来展开讨论，至少证明了确有自己的理论价值。二是二十世纪八十年代至九十年代有关民族特色持久的研究兴趣。学界认识到，仅有"理论"，不足以自立，从理论价值的特殊性，很自然转到了民族特色的讨论。诸如写意、感性直观、比兴寄托、自然英旨、求真尚用、重情重简等，大大丰富了对于中国文论本身的新开掘，这也是回应了那个时代中西文化冲突的焦虑。三是自二十世纪九十年代以来有关现代转换与失语症的讨论，如上所述，也是时代焦虑的投射及其出路的寻求，但其结果也是越来越空疏化。最后一个阶段是近七八年来，历史材料与细节的发掘越来越占优势，表面上看起来似乎没有什么时

① 陈寅恪：《金明馆丛稿二编》，生活·读书·新知三联书店 2001 年版，第 284—285 页。

代性，但是往深层看，也离不开时代的脉络。因为更多地关注历史细节与多元经验，其实也是回应了中国文化主体的自我认同；因为现代性对中国文化传统最大的杀伤力之一，即用简单的概念对传统的丰富性加以窒息。于是，解放了历史经验的丰富性，既是敞开了传统中国的深度与幽深处，同时也照应了后现代解构本质、经验优先、价值多元的思路。

从上述简略描述可见，从理论性的醒觉，到民族性的提振、当代性的激发，再到历史性的深掘：每段都以不同的姿态，一方面参与了当代文化的建设，一方面建构了自身的知识共同体。其中有一条若明若暗的贯穿线索，正是既有回应西学与时代的新知，又自觉回归中华文化的本土性。所以，从一个长时段来看，这个时期必然是与五四新文化只有新知而全盘反传统的论述大为不同的一个时期。

如果从上述当代文论思想史的内部线索中发展出一种观照，后五四时代最重要的任务，就是要满足以下三项要义：时代性、世界性和中国性。今后如何综合这三项要义而展望未来的趋势？我这里只能用最简单的语言略加描述：一是今后一段时期，中国不可避免走向强国大国，五百年来多少代中国人的梦，又有了新的契机；但同时不可避免的是，在这个过程中，会有一连串的社会危机、文化危机。二是当前及今后很久一段时期，中国将越来越多地融入世界，但同时在这个过程中，将不断以渐进改良的方式，逐渐重建国家与国民的形象，重建文化、政治与道德的基础。观水观澜，这正是我们面临的时代主要趋向。那么，从大的方向来说，作为重建文化、政治与道德的基础之重要资源，作为中国文化资源的一部分，中国文论的新使命无疑是：寻求与凝聚共同价值、促成并参与文化与思想的融合。

于是，表面上看起来，后五四时代似乎又回到了五四时代的思路，然而最大的区别正是重新肯定中华文化可以与现代西学相结合。百年中外，由文化激荡而价值整合，由文明冲突而文明和解，化干戈为玉帛，从思想上说，到了该结出正果的时候了；从实践上看，无论如何也仍是当下中国文化现状的重大课题。陈寅恪说的“吸收输入”，就是指没有什么限制阻碍；他说的“不忘本来”，就是说不要失去文化的本。这两者之间并不矛盾。譬如，中国文学的“本来地位”，就是人文主义的传统，与神本主义、物本主义相对而言；就是仁者爱人、仁者爱及万物的传统，与斗争哲学相对而言。如果忘了这个本，在输入外来学说时，就会损伤中国文化的根源。随便举个例子，譬如二十世纪下半叶我们文学理论界批判资产阶级人道主义，完全不顾十九世纪英国残酷的社会状况，不顾经典作家的上下文，全然照搬恩格斯对“真正的社会主义”的政论家的批评——“以美文学的词句代替了科学的认识，主张靠‘爱’来实现人类的解放”[1]，并使之成为那个时代不容怀疑、深入人心的金科

① 恩格斯：《路德维希·费尔巴哈和德国古典哲学的终结》，载马克思、恩格斯《马克思恩格斯全集》第21卷，人民出版社1965年版，第314页。

玉律，于是就谈人性、人情色变，将中国文化千年相传的仁爱传统弃之如敝屣，这就是有伤其本。再譬如："中国传统学术思想，植根于中国固有哲学，与古希腊以来的西方哲学传统迥异。其中极重要的一点是一元的本体论，心与物、理与气、道与器，等等，皆非二元对立，只是同一本体的不同相而已。"[①] 但是百年来的文论，是全然照搬西方的唯物与唯心二元对立的思维传统，将《文心雕龙》研究变成唯心唯物之争，缘情与言志变成进步与卫道之争，将晚明文学思潮看成情理冲突、个性解放与封建理学之争，于是生动多样丰富、天理人情不二的文学传统成为两军对垒的传统，这就是以教条代真相，这就是伤其根本。如果不忘这个本，那么在枝叶与末节上吸收西方，化为我用，这没有什么不好。如果"不忘本来民族之地位"变成了念念不忘的随时随地的紧张与焦虑，就反而刻舟求剑、因小失大了。

在今天这个"中国文化走出去"的战略时代，我们拿什么东西走出去？我认为，一个是拿中华文化的大本、中华文化的核心价值，一个是拿中华文化的特殊贡献。后者有相当多的论述，而前者仍是一个未取得共识的难题。

一个很重要的问题是，究竟中国文化的核心价值是不是与人类文明公认的基本价值不可通约、自成话语？依我个人之见，并非如此。譬如就"人权"而论，"人权"有三个

① 严寿澂：《中国文学理论研究与历史文化的自觉》，载《古代文学理论研究》第二十二辑，华东师范大学出版社 2004 年版，第 1—12 页。

层次含义：一是政治权，表达个人自由的政治权利；二是精神权，维护与表达生命尊严的权利；三是经济权，得到生命存在与发展的社会经济条件。中国儒家的思想传统，尤其是在后两个层次上，不仅与人权观念不冲突，而且能够提供支援。譬如孔子所说的“老安少怀”“因民之利而利之”，孟子说的“仁政”，都是第三层含义人权的保证。而儒家说的“三军可夺帅也，匹夫不可夺志也”“富贵不能淫，贫贱不能移，威武不能屈，此之谓大丈夫”，也正是中国人保持个人生命尊严的经典表达。而就第一个层次而言，春秋时代子产不毁乡校，孟子针对暴政发出“变今之俗”的抗议，东汉时代的知识人的清议传统，也与现代人表达政治抗议相通。黄宗羲写过《学校》一文，认为学校的学生，应该臧否人物、打击豪强、干预政府的用人政策，而政治应以学校之是非为是非。胡适接着黄宗羲写了《黄梨洲论学生运动》一文，认为一切大学应做成纠弹政治的机关，国立大学要行使国会的职权，地方大学要执行议会的职权。今天看来，胡适这一种议会政治的主张，恰恰是结合了中国古代读书人的清议传统与西方政治制度的批评精神，也恰恰表明了中国文化的核心价值并不与人类文明的重要价值相悖。我们之所以不太能理直气壮，这跟我们多年来不能摆脱“五四”固有的模式、不能将中国固有的文化思想与西方文明的重要价值相结合的教育传统，有一定的关系。我们过于自外于主流文明的大家庭，放弃了一些本来就有的共同语言。譬如说中国文化与世界文明，最值得多讲、反复讲的一个核心价值即是仁爱，仁人爱及万物，仁爱是可以超越族群与国家、宗教、阶级，成为通行于世界各大文明的核心语言。王国维曾经从甲骨卜辞中找出了一个“报”字（见《殷卜辞中所见先公先王考》），认为其是祭祀的最古老的一个心理根据。杨联陞很重视这一创见，在他的《中国文化中的报、保、包之意义》一书中说，有施必有“报”，这样的思想，是古代祭祀信仰的理由，也是佛教传入中国之前的伟大思想。正如梁启超说过的：“祭父母，因为父母生我养我；祭天地，因天地给我们许多便利。父母要祭，天地山川日月也要祭……推之于物，则猫犬牛马的神也要祭。如此，‘报’的观念系贯彻了祭的全部分。”（《中国历史研究法补编》）“报”的观念，包含万物有情、生命存有连续等思想的因数，也是仁爱的思想因数，是华夏文明的大根大本。从孔子到王阳明，多少高僧大德，世代道成肉身。我们为什么不可以多讲讲这样的根本思想，拿出去与世界各民族共用呢？

落实到文论的传统与观念上，中国文学思想有抵抗暴政与无道统治的传统，有追求自由人格、崇尚生命本真的传统，有爱好和平、反对战争、崇尚田园人生的文学传统，有热爱乡关、敦厚人伦、忠于爱情、睦于友情的伦理文学传统，有热爱大自然、向往天人合一的生态文学传统，有既不夸张天命与神权也不放纵人欲与自我的世俗人生中庸文学精神传统，有国身通一的圣贤文学传统，等等，这都是我们今天后五四时代重新再论的共同知识背景与共同价值，值得拿出去与全世界人民分享。

而今天，如果在大是大非的问题上你自己发明一套语言，坚持所谓想象的主体性，或固执所谓想象的“他者”立场，你就必然不能融入世界文明的大家庭，必然是要错失历史重大机遇、自外于世界文明主流的。对话交流，其实也是互为主体。互为主体就是有时候中学为主体，有时候西学为主体，不是僵硬的、现成的主体。譬如大唐王朝，主体性最不强。道教是李唐的宗教，而初唐的文化基础是儒家的政治清明与风雅大道，盛唐外来文明极盛。但是三教合一一直是贯穿有唐一代的文化理念，史学家又认为有唐一代为“佛化中国”之时代，大唐并没有太僵硬的主体，但它的文化创造力很强，它的大国气象很强。我们今天要互为主体，有时就要打通中西的壁垒，主动寻求共同语言，因为共同语言，才是对话的基础。我们今天提倡的“世界公民”的观念，就是不要太执于所谓的主体性，从“世界公民”的新身份出发，就不只是如钱锺书所说的“东海西海，心理攸同”，不只是如费孝通所说的“美美与共”，也不只是如王元化所说的“以西学为参照，不以西学为标准”，而且更是积极地、有意识地提炼中国文化与西方文化相通的核心价值，提炼可以作为世界文明的宝贵经验，在当今文化为“走出去”而不仅是“请进来”的时代做出更大贡献。

我在欧洲与北美考察，与汉学家交流时，主要的收获之一，即了解到海外中国学一直在描绘着不同的中国图景。简言之，他们借着文化中国的研究来重构现实中国发展与未来的可能性。借用朱维铮的话，即“未定的中国图景”。

他们区分现实中国与理想中国，现实中国是可以被影响、被修正、被范导的，而理想中国也是可以被启动、被建构的。这是他们的柏拉图传统的表现。未定的中国图景，是复数的，既可以是富于知识人风骨与批判性的人文中国，可以是温柔敦厚的情理中国，也可以是天人合一的绿色中国。无论这里有多少不够准确、不够清楚的东西，有待界定与论证的东西，更重要的是其中有理想、有共识、有想象力，而且有多元的资源、有中西文明优秀因素的结合。我们能不能透过我们的研究，也提出我们的文化中国图景，重构中西，融通今古，参与当代中国与世界文化的交流大势？这是摆在我们面前的一项任务。

二　刻下文论的时代烙印

小引

中国古代文学理论界的研究活动，在释古方面，收获较多；在理论方面，活力不足。中国古代文学理论这门学科的特殊性，即是它不仅作为一项“遗产”，同时也是一项“资源”，可充分发挥理论的效用。近十年来学术界自觉的反思热潮，实际上已经形成了一套客观上区别于五四时代的新的论述框架，即重新唤醒民族文化主体的自觉意识，以西学为参照，而不以西学为标准，充分尊重中国历史、文化的多样性。然而，只破不立，不是后五四时代的正路。因而，我们提倡“化解五四的利害心”，强调“文体的再解放”；“大文学观的再认”，更鼓励“重建文论的共同价值”。后五四时代建设性的中国文论，批判与建设并举，理论与释古共生，是发展中国文论知识生产的两个轮子。目前的问题，一是将中国文论只当作学问，二是将中国文论只当作资料，三是将中国文论只当作文学。中国文论不只是学问、资料与文学，而且是生活、思想与人文精神价值。

一、所谓后五四时代

我在前文较多论述了什么是“建设性”，但是对于我所标举的“后五四”，为了避免大而无当，论文较为克制，集中讨论的是文学研究领域的时代区分意义。然而，不从更大的文化背景看问题，是将“后五四”的意义说得太“小”了。我向来主张，文学不仅仅是文学；文学之重，不能承受思想之轻。看文学，应该放在文化史大脉络中，观水观澜。文论研究之“先立乎大”，即在于文化意识的重新确立。

其实，后五四时代并非简单只是对当下文学研究的一个随意而来的标签，当然也不是对于中国现实社会的政治或意识形态化的判定，而是基于近现代思想的纵贯的整体思考而来的文化观察，是具有自觉的文化建设目标导向同时具有清楚的问题意识的一种思潮主张、思想愿景，因而既不同于“中国崛起”“中国道路”甚至“中国震撼”式的自信、单一、乐观、现成化或排他性，也不同于“转型时代”或“全球化时代”那样笼统、虚无与无根。总之，后五四时代是一项又有使命又有反思的命名，旨在探索思想可以达到的新空间，释放文化创造的想象力。

所谓后五四时代的文化建设目标导向，是指：第一，不以西学为标准，而以西学为参照，具有较为自觉的文化主体意识，充分挖掘作为文化资源的传统，以建立真实文化自信为建设目标。第二，既自觉反思现代性的后果，同时又能自觉承受现代性的必然，并自觉认同现代性的某些价值，即一种清醒而又复杂化的文化建设目标。第三，一种能够与中西古今展开开放、细致、多样的深度对话，同时富有前瞻性的文化理想的建设目标。由此可见，这里所说的“五四”，其实不是一个政治符号，而是一个文化符号。

为什么既要认同又要反思？简言之，二十世纪迄今，中国承受了科技文明、城乡发展、工商繁荣等社会现代化的好处，尤其是经济崛起，给国民生活带来巨大改变，也改变了中国在世界格局中的地位。然而同样是现代化，尤其是经济快速发展，导致中国社会出现贫富差距加大等一系列社会问题，因而现代性无疑是把双刃剑。资本主义、现代化不仅不可能根本解决中国社会的发展问题，而且还变成这些问题的原因，因而，与“五四”不同的历史思想任务，即在于超越五四方案，开放现代性之外的视野，不是完全地另起炉灶，而是兼有反思与认同的辩证思路。这就是“后五四”的目标导向比“五四”更为复杂的地方。

所谓后五四时代清楚的问题意识，除了前文所强调论述的是非与利害的问题，更偏向于是非优势、学习与反省的问题，更主张不废学习（向西方学习），还主要表现在：第一，在现代性的一与多的问题上，与“五四”不同，更多偏向于承认多元的现代性，认同中国是一个文明国家，认同传统中国对于现代文明应有的贡献与可能的贡献。然而多与一的关系不是对抗的关系。第二，在现代文明的动力与秩序的问题上，不主张像“五四”那样一味破坏或破坏优先，不主张像“五四”那样以社会发展的动力为优先，而更多注重动力与秩序的平衡，互为因果，甚至注重社会发展之外的个人安身立命问题。第三，在工具理性与价值理性的纠结中，承认理性的复杂性，同时，认同工具与价值的二重合法性，并试图安顿二者的冲突。第四，在启蒙与正本的问题上，不主张或避免五四时代从启蒙到救亡，然后再到一元主体即国家权力的一元正当性，而更探求从建立与守护文明与文化的基本价值即“正本”，再到个性（公民与知识人价值重建），再到多元主体即道的权力正当性。① 由此可见，“后五四”既不是躺在五四前辈们的现成思路上，拿来武器即用，也并非什么问题都已经解决的所谓“崛起的时代”，而是清醒与冷静，看到与五四前辈有诸多不一样的问题。

由此可以论作为今天资源的中国文化传统，既然是多

① 关于我对人文学术研究与现代性的思考，参见论文：《中国人文学的现代性问题论纲》，载《思与文》第一期，华东师范大学出版社 2000 年版；《代序二：读经的新意义》《读经：启蒙还是蒙昧？》，华东师范大学出版社 2006 年版；《从自主性原则看传统思想与现代价值结合》，《华东师范大学学报（哲学社会科学版）》2003 年第 1 期；《知识分子的认同迷思》，载《世界文学与比较文学》第一辑，商务印书馆 2004 年版。另参见个人学术思想随笔：《知识人与 21 世纪——王元化访谈录》《文化是制度之母》《问道于百年学术》，三文载《文化的认同》，安徽教育出版社 2008 年版；《人文危机的新征兆》《21 世纪的人性图景》《略说中国现代思想史》《湖畔寻思录：听林毓生教授说思想史》，四文载《丽娃河畔札记》，凤凰出版社 2013 年版；《读康德》《读托克维尔》，皆见《古典今义札记》，海天出版社 2013 年版。

元的现代性，中国传统就必有其用武之地；既然“秩序”在现代与“动力”一样重要，尤其是心灵秩序，传统中国在这方面就必有其大助益；既然价值理性与工具理性同等重要，中国传统也一定能发挥应有的重要贡献。

由此可以论古典中国的“文论”，治中国文论者，应有充分的文化自信与主动的激活意识。中国文论既是一项资源，思考中国文论的开发，就要在这样的大框架中分析问题，展开新的论述。正如钱锺书的诗“对症亦知须药换，出新何术得陈推”所主张的那样，以一种变的眼光来回应推陈出新的时代课题。

二、中国文论不只是学问，要在当今的中国大地上生根：阅读学与意义治疗

我们说中国文论与当今的中国文化一样，赶上了完全不同于五四时代的一个新的时代，那就是，古老的中国文化再也不是已陈之刍狗与无味之鸡肋，再也不是革命与破坏的对象，而是在中华大地上重新生根并且是新叶纷披生长的大树，因而，古老的中国文论也面临着再生的契机。当然我们要继续发展精深的、学院的甚至象牙塔式、皓首穷经式的研究，这也是后五四时代学术研究进一步理性化的必然要求，然而同时，我们也要珍惜时代的新机会，重新完整理解包括文论在内的整个中国文化传统不只是空洞的学问，而且是生活的本身，参与促成中国文论的生活化、在地化与

生命化。我在前文中已经从大文学观的角度，指出“五四”以还当代中国文学教育与文学批评的一个缺失，即过于“将文学只当作文学”，而忽略了“语文”“文章”，文章之“文”，即大文学应该有的其他社会生活功能。在古典文论中，譬如《文心雕龙》，“文学”完全是非虚构、实用的、渗透到生活的方方面面去的。如果将史传、人物通讯、特写、日记、书信、地志、家史以及讲史、脱口秀等文字和语言活动都视为文学现象，那么，整个中国现当代文学史都要重新书写。这里，我试从阅读与治疗的角度，再认大文学观。

（一）阅读学与中国文论

近现代知识论，将知识作为工具，作为技能，作为应试，作为身心之外的附加物，影响教育，严重破坏生活与阅读的正常关系，一代年轻人不知阅读为何物。而中国文论中的阅读学传统，就不只是一种书本上的学问。孔子论仁，反过来要去问弟子自己的心安不安（《论语·阳货》）。论读书，反对学而不思与思而不学，主张学思并进（《论语·为政》）。论弟子颜渊“好学”，“贤哉，回也！一箪食，一瓢饮，在陋巷，人不堪其忧，回也不改其乐”（《论语·雍也》）。以上所论皆是读书之外的修行。《汉书·礼乐志》所说的“夫乐本情性，浃肌肤而臧骨髓”，朱子读书，主张“反覆思量，涣然冰释，怡然理顺，使自会沦肌浃髓”[①]，都是强调了阅读最重要的

① 《朱子语类·论语十三》卷二十五。朱子喜此语，又同书《论语二十五》：“渐民以仁，摩民以义，使之浃于肌肤，沦于骨髓……”又《易九》：“诏令之入人，沦肌浃髓，亦如风之动物也。”

是有益身心。源自先秦乐论的“凡奸声感人而逆气应之……正声感人而顺气应之”(《荀子·乐论》),以及“致乐以治心,则易直子谅之心油然生矣。易直子谅之心生则乐,乐则安,安则久,久则天,天则神”(《礼记·乐记》)——由身心二分到身心合一,由诗乐一致到人文一体,尤为可贵的一个阅读学传统是司马迁说的“想见其为人”。

余读《离骚》《天问》《招魂》《哀郢》,悲其志。适长沙,观屈原所自沉渊,未尝不垂涕,想见其为人。(《史记·屈原贾生列传》)

余读孔氏书,想见其为人。适鲁,观仲尼庙堂车服礼器,诸生以时习礼其家,余祗回留之不能去云。(《史记·孔子世家》)

(杨炎)善山水,高奇雅赡……余观杨公山水图,想见其为人,魁岸洒落也。(唐张彦远《历代名画记》)

华亭船子和尚偈曰:“千尺丝纶直下垂,一波才动万波随。夜静水寒鱼不食,满船空载月明归。”丛林盛传,想见其为人。(宋释惠洪《冷斋夜话》卷七)

书与画,皆一技耳。前辈多能之,特游戏其间。后之好事者,争誉其工,而未知所以取书画之法也。夫论书,当论气节;论画,当论风味。凡其人持身之端方,立朝之刚正,下笔为书,得之者自应生敬,况其字画之工哉!至于学问文章之余,写出无声之诗,玩其萧然笔墨间,足以想见其为人,此乃可宝。而流俗不问何人,见用笔稍佳者,则珍藏之。苟非其人,特一画工所能,

何足贵也？（宋费衮《梁溪漫志》卷六《论书画》）

孔子的书、屈子的诗、杨炎的画、船子和尚的偈，都有一个共同的特点，背后有活生生的人。而阅读他们的作品，不是看他们学问有多大、诗艺有多高、画工有多深、偈语有多妙，而是想象一幅幅作品背后活的生命风姿：或内恕孔悲，或魁岸洒落，或空灵冲淡。正如唐君毅先生所说的：中国之艺术文学，"重在表现一宽舒广博之气度、温厚和平之性情、飘逸洒落之胸襟、含蓄淡远之意境"[①]。生命的风姿与做人的情调，才是最让人受用的艺文阅读真谛。古典中国的阅读学当然与诗文艺术的创作有关，"想见其为人"本身就是一种内在深度的艺术创作模仿功夫，但此一功夫，不止于创作，不止于鉴赏，完全可以转化为一种生命的熏陶、人格的养育。对比之下，现代人的阅读经验与阅读教育，将完整的文本拆碎成片断，无视作品背后活泼泼的生命，更将文学变成一道道应试的题目，阅读成为何等无味的鸡肋甚至未成年人的苦役，严重戕害了文学教育的生态。但仍有力挽狂澜者，现代新儒家之一的徐复观先生，提出来的"追体验"，即是古典中国阅读学传统在现代的一项传承。

读者与作者之间，不论感情与理解方面，都有其可以相通的平面；因此，我们面对每一作品，一经读

① 唐君毅：《与青年谈中国文化》，载《青年与学问》，广西师范大学出版社 2005 年版，第 83—84 页。

过、看过后，立刻可以成立解释。但读者与一个伟大作者所生活的世界，并不是平面的，而实是立体的世界。于是，读者在此立体的世界当中，只会占到某一平面；而伟大的作者，却会从平面中层层上透，透到我们平时不曾到达的立体中的上层去了。因此，我们对一个伟大诗人的成功作品，最初成立的解释，若不怀成见，而肯再反复读下去，便会感到有所不足；即是越读越感到作品对自己所呈现出来的气氛、情调，不断地溢出于自己原来所作的解释之外、之上。在不断的体会、欣赏中，作品会把我们导入向更广更深的意境里面去，这便是读者与作者，在立体世界中的距离，不断地缩小，最后可能站在与作者相同的水准，相同的情境，以创作此诗时的心来读它，此之为“追体验”。[1]

文学研究不同于纯粹的史学或哲学研究，其特点即在于阅读学的重要。因而徐复观“接着说”，重新发明“想见其为人”的传统要义。如果说西方古典阅读学主要是来自圣经诠释的传统，在错综复杂的文本中追求上帝的旨意，那么中国传统阅读学则主要是来自儒学六经解释的传统，在我注六经与六经注我的相互激发、相互证成的过程中，完成人的生命修养过程。古典阅读学的“沦肌浃髓”与徐复观的“追体验”，虽能重视身心受用，然抑或有作用的单向

① 徐复观：《环绕李义山（商隐）〈锦瑟诗〉的诸问题》，载《中国文学论集》，（中国台湾）学生书局 1982 年版，第 254 页。

化或动力的外在化等偏向，因而他的老师熊十力论阅读中应该避免的“轻心”与“贱心”，则似乎更提供了一种双向化的策略，似乎更有现代精神。

> 为学最忌有贱心与轻心。此而不除，不足为学。举古今知名之士而崇拜之，不知其价值何如也，人崇而己亦崇之耳，此贱心也。轻心者，己实无所知，而好以一己之意见衡量古今人短长，譬之阅一书，本不足以窥其蕴，而妄曰吾既了之矣，此轻心也。贱心则盲其目，轻心且盲其心。有此二者，欲其有成于学也，不可得矣。（《十力语要》卷四）

经典阅读并不视阅读为游戏之事，更不视其为争夺之事。如此，方可避免轻慢之心、权欲之念、亵污之想。记得刘述先教授有一回说起他的老师方东美，方先生布置他们交柏拉图《理想国》的读书札记，刘述先先生那时仗了他年轻气盛，就拿刚学了的逻辑学，对《理想国》批了一通。方东美先生看了，就说，如果你终身用这种方法来读书，结果你会发现你什么书都没有读进去。刘述先教授说方先生的这番话让他一直受用，之所以能不被一种思想学说牵着走，而凡事总有多套思路可以自在运用，正是听了方先生的话，改了那种对读书的“轻心”。[1] 但是另一方面也很重要，即熊十力所说的“贱心”。“贱心”即到头来一点自家的想法都没有，全跟着古人、洋人、有权势的人转。如果不是用于

① 引自刘述先教授有一次到上海访问时，在衡山饭店餐聚时的谈话。

经典的阅读，而是用于一般阅读，尤其如此。因而，熊十力所批评的两种心态，其实是一种圆融之论。避免“轻心”，是一种“追体验”的功夫，开发想象，放弃习心。避免“贱心”，是激发与唤起生命的自主性。因而阅读学，是一种共情性的理解，一方面肯定阅读中有“我与他”的关系，有助于自我的提升；一方面也承认其中有“我与你”的关系，有益于自我的伸展。承认每个人都有自己看世界的方式，只有在此基础上，每个人的生命才能成长。因而，设身处地的想象、尊重、对话、调适，皆成为阅读学与生活在在相关的要义。①

广而论之，如果我们不仅是从创作的角度、学术研究的角度来看，而且能在性情教育、语文学习、意义治疗等领域重建中国古代的阅读学传统，就不会在现代教育中过分强调应试的内容，不会在语文学习中每天有做不完的习

① 西方文学理论尤其是读者反应批评中的阅读学，重点与中国古典阅读学不一样。以美国读者反应批评的代表人物诺曼·N. 霍兰（Norman N.Holland）为例，他的理论核心是“认同”（identity），即读者在阅读行为中带入自己富有特征的个人风格，然后在同一性与差异性相互作用的过程中，重建自己人格与心理的认同机制。认同不是固定、单一与以自我为中心的。“认同不是一个结论，而是一种关系，一种空白之中或之间潜在的、过渡的关系。在这种空白中，我把某人理解为一种主题和多种变体……在认同理论中，所有自我和对象都是彼此地构成的。”这种以我为主，同时又兼顾对象与他者的阅读学，虽与熊十力的主张精神相通，却与中国古典阅读学传统取向不同。盖中国古典是强调生命的成长与转化、提升，而霍兰是强调每个人的需要、动机和个性，在成长过程中形成个人风格时，起到主导性的作用，以此反对精神分析对无意识绝对地位的强调，对文化记忆机制的忽略。见霍兰：《阅读与认同：精神分析的革命》，载阿恩海姆、霍兰、蔡尔德等著《艺术的心理世界》，周宪译，中国人民大学出版社 2003 年版，第 41 页。

题，不会在心理健康治疗中放弃情境模拟代入的方法。总之，“想见其为人”“沦肌浃髓”“追体验”等，不只是阅读，更是活泼泼的精神生活本身。

（二）意义治疗与中国文论

由此可以论到另一个生活化的文论命题：中国文学和美学思想与意义治疗的关系。文学与治疗，在西方文学理论中，俨然为一大宗，此不论。其实，它在中国也有相当悠久的历史，至少先秦道家的著作就已经广泛深入地讨论艺文对于心理的颐养、发舒、宣导甚至安顿的作用，应是广义的文学治疗学。篇幅所限，这里仅略述中国文学治疗学的三个系统。

第一个系统，可称为“消极治疗型”。大凡忳郁侘傺而发愤著书，诗可以怨以舒愤懑，胸有郁结而不得通其道，借助写作而宣导情绪、化解悲伤、浇平块垒者，都属于被动、被迫的自我疗救，因而属于“消极治疗型”。屈子创造了那么多描述心理受伤的“辞语”：

> 背膺牉以交痛兮，心郁结而纡轸。（《惜诵》）
>
> 郁结纡轸兮，离慜而长鞠。（《怀沙》）
>
> 悲回风之摇蕙兮，心冤结而内伤。（《悲回风》）
>
> 伤太息之愍怜兮，气於邑而不可止。（《悲回风》）
>
> 心鞿羁而不开兮，气缭转而自缔。（《悲回风》）

以上所举其实也具有现代意义：勇敢直面苦难人生，描述痛苦以化解痛苦。正如精神分析心理学所证明的，只有将心理中的焦虑充分挖掘、加以呈示，甚至自我客体化、对象化、二元化，才能释放焦虑、疗治痛苦。因为，透过文字的建立，客观冷静，分立的自我会渐渐强大，成为自我疗治的动力因素。[①] 梁启超论小说功用，强调“薰、浸、刺、提”，“薰、浸”重在人心的对象化，化而为文学阅读过程中的客体，“刺、提”则强调人心的觉醒性，自我增加动力，以新我解旧我。三爱（陈独秀）论戏曲欣赏：“戏曲者……易入人之脑蒂，易触人之感情……使人观之，不能自主，忽而乐，忽而哀，忽而喜，忽而悲，忽而手舞足蹈，忽而涕泗滂沱，虽些少之时间，而其思想之千变万化，有不可思议者也。”（《论戏曲》）此论强调观者心灵的自我戏剧化过程，以释放人生焦虑与苦闷。

第二个系统，相应的可称为“积极治疗型”。马一浮解释中国诗学的“兴”义，云：

> 如迷忽觉，如梦忽醒，如仆者之起，如病者之苏。（《诗教》）

“苏”之义大矣！“苏”即生机之复苏，重新开掘生命自我的动力，因而，有更多正面、积极的内涵。类似于存在主义心理学中的人本主义流派，如罗杰斯、梅洛·罗等，信任“人类生命有机体”，认同并支援每个处于生命困境的人，皆有自我实现的潜能。自我实现即“仆者之起”。熊十力说学者须提起一段精神，方能体察古人之身心性命之学，此

① 参见哈茨勒、巴卫克《治疗环境》，丁亚平译，北京大学医学出版社 2008 年版，第 77 页。

即开掘自我潜能。自我潜能从何而来？自古人而来，即《易》曰“多识前言往行，以畜其德”。自我潜能的另一开掘途径，即从大自然中而来。邓小军教授论杜甫诗歌中的“苏”字，极精辟。

> 在夔州，杜甫经常体验着大自然的生机流行。《续得观书》：“俗薄江山好，时危草木苏。”杨伦注释：“谓草木逢春，皆有生意。”……同时作《云》：“终年常起峡，每夜必通林……高斋非一处，秀气豁烦襟。”明白表示烦忧被自然之美所消散，可以与“俗薄江山好”相印证。《暇日小园散病》：“江村意自放，林木心所欣。”明白表示身心被自然生机所复苏，则正可与“时危草木苏”相印证。“苏”这个字，杜甫晚年诗最爱使用。其涵义深远，耐人寻味。“苏”，有复苏更生之意。杜诗常用“苏”字表示从肃杀（自然）、忧患（人生）、忧伤（人心）到复苏更生（自然、人生、人心或兼而有之）的深刻转变。“时危草木苏”与《秋清》“高秋苏病气”，《江汉》“秋风病欲苏”，皆表示由于从大自然中汲取生机，自己的身心获得复苏。[1]

“山林与，皋壤与，使我欣欣然而乐与”（《庄子·知北游》），中国文化早就再现了大自然对于人身心疾病的疗愈功能。与此区别的第三个系统，既非有所建立，也非刻意

① 邓小军：《唐代文学的文化精神》第六章《杜甫诗歌：仁的境界》，（中国台湾）文津出版社 1993 年版，第 296—297 页。

解脱，姑且名之为“颐养治疗”。这在中国文论、诗话、画论、书论、乐论、曲话中，有大量文献，略示数例如下。

详诸书体，本在尽言，所以散郁陶，托风采，故宜条畅以任气，优柔以怿怀。文明从容，亦心声之献酬也。（南朝梁刘勰《文心雕龙·书记》）

率志委和，则理融而情畅；钻砺过分，则神疲而气衰。此性情之数也。（南朝梁刘勰《文心雕龙·养气》）

吐纳文艺，务在节宣，清和其心，调畅其气，烦而即舍，勿使壅滞。（南朝梁刘勰《文心雕龙·养气》）

《诗三百篇》曷贵乎？贵其悲哀欢愉，怨苦思慕，悉有婉折抑扬之致，蕴蓄深而丰神远，读之能令人畅支体、悦心志耳。（清黄子云《野鸿诗的》）

（《赛琵琶》）自三官堂以上，不啻坐凄风苦雨中，咀茶啮檗，郁抑而气不得申，忽聆此快，真久病顿苏，奇痒得搔，心融意畅，莫可名言。（清焦循《花部农谭》）

（宗炳）有疾还江陵，叹曰：“噫！老疾俱至，名山恐难遍睹。唯当澄怀观道，卧以游之。”（南朝梁沈约《宋书·隐逸传》）

圣人含道映物，贤者澄怀味象。……山水以形媚道……目亦同应，心亦俱会。应会感神，神超理得，虽复虚求幽岩，何以加焉？……峰岫峣嶷，云林森眇，圣贤映于绝代，万趣融其神思，余复何为哉？畅神而已。神之所畅，孰有先焉？（南朝宋宗炳《画山水序》）

谭景昇云：……神之所沐，气之所浴，是故点策蓄血气，顾盼含性情，无笔墨之迹，无机智之状，无刚柔之容，无驰骋之象。若黄帝之道熙熙然，君子之风穆穆然，是故观之者其心乐，其神和，其气融，其政太平，其道无朕。夫何故？见山思静，见水思动，见云思变，见石思贞，人之常也。（清潘之淙《书法离钩》）

在刘勰看来，文艺写作之一大胜景，即颐养情性、调畅心气。黄子云所说的“畅支体、悦心志”，也正是古典文学的一大特色，正如孟子所谓“仁言不如仁声之入人深也”。而焦循所说的观戏的过程中，由压抑澧郁到心融神畅，正是与亚里士多德所说的悲剧具有洗涤心灵的健康作用相一致。宗炳所谓山水以形媚道，读画者澄怀观道，畅神而已，更是中国画学最经典的治疗名论。

综上所论，在后五四时代，安身立命的需要，渐渐大于出人头地的冲动。原先被视为农业社会慢节奏、不进取的精神生活方式，会被重新认同；原先被新文学或西化思维所排斥的东方观念，会有可能回归。因而，中国文论不单单是一种学问，而且要在中华大地生根，是完全可能做到的。

再进而论之，设想有一种古典中国的文论系统，不再依时代先后为序，也不再以文体、流派、思潮为序，更不再以创作论、本原论、风格论、鉴赏论、批评论或文学史论为序，而是根据问题本身或文化思想的需求为序，譬如：阅读类、治疗类、生态保育类、公共批评类、景观类、文化创意类、品味类、物质美感类、美文类、礼仪类、知识人精神传统类……让文论参与生活，让走进中国文论这座宝殿的年轻人与之彼此悦纳，身心享受，各取所需，以需求激活资源，以古典服务现代，我相信，这是完全可以有一个新的格局出现的。

三、中国文论不只是理论，而且是古典中国的文明素养

上文论及"生活化"，已经涉及文论思想、观念与范畴，应与时代、地域、生活的人发生一种彼此切近的关系，换言之，应语境化为在地的动机、需求与特殊风格。由此更进一步申论，文论不只是理论。这是因为，我们的文论研究，缺乏一种穿透力，即拨开层层叠叠的架构，看隐含在文本背后的潜理论的结构。正如钱锺书所说的，古代文学家，有些理论并没有说出来，而是隐藏在作品之中，需要我们将其重新发明。也正如程千帆所说的，有"古代文学理论"，更有"古代文学的理论"。后者，可能更是古典中国的一座金矿。

我这里要说的与此有联系，但又更为具体。我们更多强调古代文学理论中的思维方式、观念架构，相对忽略了古典文学的"辞语"。重"思"轻"语"，导致我们与古典素养隔了好几层。我在《万川之月》新版后记中反思了旧版偏于文化心理、精神原型、抒情传统等方面去着笔的倾向，我认为这是五四新文化以来的一贯取向。

新文化所带来的，是一套横移的抒情传统和思维

模式，而站在中国文化的立场上，就是要重新找回中国文化的抒情传统与抒情精神……真正要落在实处，不能不重新唤醒人们的语词记忆。并不是只有方言才能满足乡愁，在表现汉语独特的诗性即凝练与含蓄方面，旧诗毕竟是有优势的。旧诗的语词记忆，正是诗性自在自如表达的源头活水。而缺少了这个活水，你就看不到云影天光。王国维当初说诗的问题主要是"能感之，能写之"，后者的重要，不在前者之下。朱光潜把美的直观看得太重，经过李泽厚等人的努力，影响了整个一时代人诗美学的用心方向。诗学问题的语言维度，大大被遮蔽了。

很多生活场景中的刺激都使我切近感到语言的"被拿掉"问题。我有一天在海边的一个很空旷的地方看落日，觉得很美，心里有一种空空落落的感觉，非常想写诗来加强这种美，同时留住这短暂的美，可是就用一句诗来表达如何可能，完全让我绝望，痛感新诗在这时的好处不大(它太可遇不可求了，也太秀异了)。后来偶读黄濬《花随人圣庵摭忆》："余颇以李易安之'落日镕金，暮云合璧，人在何处'为佳，镕金句易，合璧思奇，接以人在何处，便有悠然惘然之想，宜刘须溪张叔夏辈之折服也。"回想海边之时，岂不是李易安词这样一种"人在何处"的感觉打动了我吗？而细想之，李易安岂不也是受"日暮乡关何处是"之类的语言打动的吗？所谓人同此心，其实古人已经先我而得之。

而五四新文化之后，我们“能写之”的语言机制其实已经“被拿掉”了。那么精美的、经过代代诗人提炼的诗性结晶的词语，从此消失，人们的头脑就像被洗劫一空之后，重购新家具的房间，没有了记忆、神韵与温情。而那些现成而又变化多端的辞语魔方，就像软件被从电脑中永远删除一样，不再有了。这使我们不得不去迷信和夸大所谓个人创造、灵感直觉之类的新神话，诗的经验永远是一次性的神迹式的创造，于是诗歌的写作也就人为地神秘化、秀异化了，其结果无疑是“抛却自家无尽藏，沿门托钵效贫儿”。这真是一件无可奈何的事情。[1]

没有辞语，就不能生根。观念与模式，都只是如在瓷砖上写字，一下雨就没有了。辞语方是文明素养赖以生长的土壤。值得注意的是，中国文论关于情与文的关系，有两个系统，一个是“文生于情”，即文学创造产生于人的情感，文源于情；另一个则是“情生于文”，即历代文学作品的精言、美语与妙典，可以刺激作家诗人产生审美情感与创作灵感。[2] 而后一要义即是古典文学的优势所在，因为古典文学成诵、易记、有韵律、有文采，一个优秀的作家或文学爱好者，可以贮备于胸，源源混混而出。

① 胡晓明：《万川之月——中国山水诗的心灵境界》，北京大学出版社 2005 年版，第 254—256 页。

② 刘义庆：《世说新语・文学》：“孙子荆除妇服，作诗以示王武子。王曰：‘未知文生于情，情生于文。览之凄然，增伉俪之重。’”

然而掌握古典辞语，最重要的是辞语的语境即上下文。从某种意义上说，提高古典素养的途径，不在于知道多少辞语，而在于熟悉相同辞语的不同使用语境。这里试以古典美学概念“清”为例。时代古今差异如此之大，如何让此一中国美典被现代人真正领略？我们可以从不同的角度进入“清”的辞语谱系。如果从具体的情景入手，第一步，我们可以进入一个诗的典范。众所周知，唐人孟浩然诗风最突出的特点是一个“清”字。李白《赠孟浩然》说得最好：“吾爱孟夫子，风流天下闻……高山安可仰，徒此揖清芬。”杜甫也说孟浩然的诗是“清诗句句尽堪传”（《解闷十二首（其六）》）。后人评其“语气清亮，诵之有泉流石上、风来松下之音”（《唐诗镜》）、“初读无奇，寻绎则齿间有余味”（《唐诗归折衷》），正是清味，是道家的求仙访道与儒家的高尚其志在盛唐时代最美的一种融合。但是，我们如果只拈出一个“清”，还是十分抽象的，因而第二步，谱系化。回到古典诗学的语汇，“清”即有很丰富的不同表现。如清旷、清空、清远、清淡、清真诸境，孟浩然诗里都有。前人说：“凡读孟诗，真若水石潺湲，风竹相吞，炉烟方袅，草木自馨，自有一种天然清旷之致。”（《唐诗选脉会通评林》）。与“清空”相联系，胡应麟说他“伫兴而就，一味妙悟，清淡而益以风神”。此外还有“清超”（陆时雍）、“清妙”（沈德潜）、“清迥”（吴昌祺）等品鉴之语。但是，仅仅知道有这些关于“清”的辞语谱系，仍然还是不能切近地理解感受，原因即在于古典诗的审美理论其实不是一个思维与观念的系统，而是一个具体的语境，必须有第三步，将其脉络化、语境化，把关于“清”的词语放在一起，相互比较而相互校对，从而相互定义，这样才能有真实的理解，我称之为“系统脉络化”。因而，我在教学中采用了让作品自身来呈现，同时让学生去比较、去搭配的办法。

微云淡河汉，疏雨滴梧桐。——→（清空）

天边树若荠，江畔舟如月。——→（清远）

松月生夜凉，风泉满清听。——→（清淡）

水落鱼梁浅，天寒梦泽深。——→（清旷、清迥、清超）

野旷天低树，江清月近人。——→（清寂）

绿树村边合，青山郭外斜。——→（清妙、清淡）

在实际的课堂荧幕上，右边括弧里的词语，原来是故意错乱的。尽管有人会认为：有关品鉴的形容词是见仁见智的。没错！如果孤立地就某一个词而言，确是言人人殊，然而如果给出一个有彼此参照的谱系，其含义即可以大致有某种确定性了。经过反复的讨论，学生都能达成大致相同的结论。他们绝不会将“野旷天低树，江清月近人”，说成是“清空”；也不会将“水落鱼梁浅，天寒梦泽深”混同于“清远”。我收到了很好的教学效果。好几位学生从不同角度告诉我：他们终于贴近古人了。这样的语词定位，比任何理论更能令人惊喜地把握作为审美现象的“清”，其程度、样式、区分等细致具体的实相。有一个学生告诉我，中国美学的古典内涵，可意会而不可言传，但是这样一来，既将其在某种程度上确定下来了，清晰化了，同时在解释的过程中，依然伴随着美的感悟，并没有破坏其原来的浑然一体之美。他更说他受到启发，举一反三地做了关于“雅”“韵”“神”等语义谱系。而我也因此认识到，中国文论其实不应该只是理论，因为中国古典文学与艺术有那么多丰富优美的文本，只有将这些文本作为资源，文论才不只是一种抽象的说解，而是可以传递、可以把握、可以受用的古典素养。

四、中国文论不只是文学，应参与时代思想，回答时代的重大问题

“后五四时代”，启蒙观念神疲意倦，后现代思想一意孤行。当然，传统中国由花果飘零而灵根自植，重新吐蕊育果，因而，其实比五四时代产生了更多的问题，更充满了对意义解读的需求与生命新机的激荡。这正是中国文论不能自动放弃使命的时代。中国文论在思想上的多元竞争局面，决定了不能只满足于回答一般的问题，甚至自我去势与零散化，而要参与回答时代重大的思想问题。这里因篇幅所限，只是简单论及两个问题，即现代人的安身立命，以及文以载道的问题。

一是安身立命的问题。

现代人不能真正自由的一个基本原因，是现代社会经济永远增长的要求。现代文明的兴起建立在人均产出越来越高的趋势之上，像一个得病的疯狂怪兽，一旦停下活动，

就是灭亡。与此相关的另一个重要原因，即是现代人无往而不是生活在一张巨大的认知图式，即“出人头地”的认知图式中。从启蒙到救亡的五四时代，主流文化思想即是这个基本动力的孵化器与加速器。然而，后五四时代一个重要的思想努力，即是将这张认知图式加以松动、增补、修订，甚至重写。中国文论其实可以在这个过程中发力。

中国文论中有一些十分富于思想力量的概念，而我们的现代解读，穿不破文献背后，反而将其闭锁入纯文学、纯学问的架构里。“境界”就是其中的一个。“境界”是从王国维开始具有新义的，但是同时也是在王国维那里，渐渐失去更加开放、更加富于中国古典学意义的趋势。限于篇幅，这里通过现代思想的脉络，说“境界”的两个含义。

第一，如果将“境界”一词加以脉络化、语境化，其首先对应的概念是“主客对列”。“境界”的真正生命正是在于反对将“人”过于、绝对地“主体化”。“境界”因此而深深探得了古典道家哲学与儒家思想的真谛，而能够对治现代性的偏失。

现代思想推崇个人主义，要求冲破对个性自由的束缚，伸张人的自然权利，这对于人性的解放当然具有积极正面的价值。但是，个人权利的表达是一种“拥有”的主体哲学，甚至更可以发展为“占有”的主人哲学。“拥有”是一种外在、自我中心的主客对列关系，即容易倾向于宰制和征服客体或物件。然而关于西方现代思想的研究表明，征服和宰制也很可能成为一种形塑方式、意缔牢结。我们拥有或希望拥有的东西，都很容易反过来压迫我们。法国哲学家马塞尔（G.Marcel）说：“我们越让自己成为‘拥有’之奴仆，就越使自己成为‘拥有’所包含的啃啮人心的焦虑之猎物。”“我们全神贯注于摊开在我们眼前小小筹码上，热切而兴奋地数了又数，算了又算，一刻也不停歇，被害怕挫折或失败的忧虑折磨着。”[①]

在这个意义上看，中国文学与美学中一直十分推重的“境界”美学，就是另一种存在的体验。“境界”以儒家的仁学、道家的道论以及佛学的体用不二为根源智慧，结合诗人对于世界恒有之兴发感动审美经验，将我们引领到一种很不相同的关系中。在这种关系中，主客二元的僵硬对立松解开了，“我与他”变为“我与你”的关系，自我向着他者敞开，生命与生命充分交流对话。孔子论诗“人而不为《周南》《召南》，其犹正墙面而立”（《论语·阳货》），庄子所谓“心斋”“听之以气”，老子所谓“心善渊”，与陶渊明“平畴交远风，良苗亦怀新”，李白“有时白云起，天际自舒卷。心中与之然，托兴每不浅”，王维“行到水穷处，坐看云起时”，杜甫“水流心不竞，云在意俱迟”等，都是经典表达，既不是厌弃生命，走向神灵，也不是过度伸张自我，自陷于占有焦虑。因而，中国文艺美学所具有的前现代的形上智慧，在现代性的权利观念凯歌狂进而又疲态呈露

① 何光沪：《多元化的上帝观——20 世纪西方宗教哲学概览》，贵州人民出版社 1991 年版，第 88—89 页。

的情境下，依然不失其另一种灵性空间的想象意义。

第二，“境界”的人生阶位含义。所谓人生阶位，即相信理想的人生可以分为不同的阶段，每个阶段有高下不同的精神层级，这样的精神层级主要是由看世界的精神视角与人的修为所决定的。譬如刘向《说苑》中“楚人遗弓”的故事：“楚共王出猎而遗其弓，左右请求之。共王曰：‘止！楚人遗弓，楚人得之，又何求焉？’”孔子曰：“人遗弓，人得之而已，何必楚也？”这就是关于人的境界的故事。[①]人生阶位的境界义，也是对应“境界”的主客哲学，只是，前一含义是反主客对列二分，而此一含义是主客相对二分。后一义不是所有的人都能认识到的。譬如，徐复观先生有这样的用法。

> 若以境界为诗词的“本源”，则应回到传统的解释上去。一般人所说的“人生境界”“道德境界”“艺术境界”，等等，应顺着《无量寿经》上“比丘白佛，斯义弘深，非我境界”的意义来了解。此处的所谓境界，乃指人的精神生活所能达到的界域而言……读不懂大作家的诗，只有反复地读。久而久之，读者于不知不觉之间，会与诗人的境界接近，而渐渐地懂了……不仅是多知道了什么，而是以诗人的人生境界，提高、洗炼了读者的人生境界。这便是诗人、文学家、艺术家，对人

① 禅宗公案中的“见山是山，见水是水”，以及王国维《人间词话》中人生三境界，皆是此类境界形态的哲学。

类“不废江河万古流”的贡献。[1]

但是这样一来，“境界”就完全主观化了，主观化的境界，其实也是一种主客对立。这方面，已故红学专家周汝昌有所谓“境界两条线路”说，比较圆融。

这“境界”一词是从何而来呢？这需要从两条线路来解说。一条是来自佛经，另一条是来自东晋大画家顾虎头……《无量寿经》，其中有两句话说：“斯义弘深，非我境界。”顾虎头的话却是“如倒食甘蔗，渐入佳境”。这可妙极了！他们说的完全是不相干的事情，而合在一起融汇在我们中华文艺理论上来，可就发生了崭新美妙的巨大作用。佛经说的是要修持佛道，有一个很长的历程，这历程分为很多阶段、层次，一个比一个精深。所以，我引的这两句是弟子对师傅说的，您的“境界”很高深了，非我所修持的程度可比。“境界”一词，实出于此。至于顾虎头，他拿吃甘蔗来比喻饮食的滋味，与修道全无交涉。因为甘蔗很长，分有许多节，真正甜的部分在中上部，下面越来越接近根部，就变得又粗又硬，味道差了很多。所以先倒过来吃根部，就会越来越嫩，越来越好吃了，这叫“佳境”。[2]

我认为，这段话简明提示了“境界”在人的生命修行过程中的两个基本义项：一是客观经验世界的充分展开，这

① 徐复观：《诗词的创造过程及其表现效果——有关诗词的隔与不隔及其他》，载《中国文学精神》，上海书店出版社 2004 年版，第 50—51 页。

② 周汝昌：《红楼新境·引言》，中国大百科全书出版社 2012 年版，第 2—3 页。

就是所谓“渐入佳境”，这需要耐心等待（而现代人往往等不得）；一是主体心灵世界的自得证成，这就是所谓“斯义弘深”，这需要主动寻求（而现代人往往放弃寻求）。两个方面相互对话、彼此发生张力与共同作用，就是人生修行达成的“证果”“阶位”。如果没有弘深之义的领悟，同时也就不可能有佳妙之境的展开。同样，如果没有佳境的变化、引诱、提升，也只不过是光秃秃的领悟。因而，在此概念诊断之下，现代人“安身立命”的真实问题是：一方面，主客对立甚而撕裂，主体过于孤立无援；另一方面，既无“渐入佳境”的修行诚意、耐心等待、谦虚低调、反省发力，亦无“斯义弘深”的信念、寻求、执守、专注与用心，因而，无往而非心不能安、身不能宁、命不能立，扑腾挣扎于现代性的认知大网之中而不能自拔。

二是道的权威的问题。

在反思二十世纪中国古典文学与文论研究之后，我们会发现一个基本的事实：中国文学传统中的艺术性传统，受到了较大的关注，而“文以载道”这样的老传统受到了很大的伤害，甚至受到基本的否定。如何看待这个现象？简言之，至少有四个原因。第一是五四时代新文化运动全盘性的反传统尤其是反儒家传统思潮及其长期以来的文化意识形态，凡是涉及中国思想中“道”的内容，都被负面化甚至有罪化了。第二是以康德为代表的西方美学主潮中的美与真二分、审美与实用功利独立的现代性思想，成为新文学中强调“文学的自觉”（鲁迅）、“美的直观”（朱光潜），以及“抒情传统”（陈世骧、高友工）等的来源。第三是来自苏联左翼文论思潮以阶级斗争为根本的文艺观，认为文学没有超阶级的“道”，只有依附性的政治，不可能有一切阶级共用的精神共同价值。第四是来自古代文学史与批评史研究自身的历史化或祛理论化。因为，大多数对唐宋古文运动有所肯定的研究者，都不是对“文以载道”中“道”居于优势与主导地位的肯定，更不是对其中儒家思想的肯定，而是对韩、柳、欧、苏文道关系实践中，内容/形式、社会关怀/艺术技巧、实践/书本、现实性/复古等二元关系中，对于前者的重视与肯定，因而“道”已经符号化、能指化，已经变身而为“祛理论的理论”。[①]

我认为，对批评史上文道关系中的“道”进行语境化、脉络化的还原是十分必要的，只有如此才能真实理解“文以载道”这一观念史的真相，才能充分细致总结其中的经验与教训。然而，不可讳言，研究者深受五四时代纯文学神话的认知图式的笼罩，而始终不敢正面肯定“道”，言说委曲、理路迂回，这使他们能“入”而不能“出”，最终影响他们对于历史对象的解读取向，使其不能重新认识“文以载道”的正面能量，因而错失中国文论的新机遇。因此，有必要重建一种新的认知图式，消除五四新文化对于“道”的根

① 参见黄念然《20世纪中国古代文学研究史·文论卷》第七章《古代散文理论研究》，东方出版中心2006年版，第163页；参见蒋述卓、刘绍瑾、程国赋、魏中林等著《二十世纪中国古代文论学术研究史》，北京大学出版社2005年版，第192—197页。

本误解，然后再来理解文道关系与“文以载道”。限于篇幅，我这里仅以思想史家余英时的说法为一个参照。

> “士”虽有社会背景，但又能超越自身的社会处境。所以“士”的精神向度更为重要，这是因为“士”在本质上是精神价值的守护者和发扬者。孔子“士志于道”一语早就清楚地点明了这一事实。“道”即现代人所谓的“精神价值”，且并不限于儒家；墨家和道家也无不以“道”自任。自“轴心突破”以后，“道”便成了中国超越精神领域的通称。现代有些人说“士”和“地主”“官僚”是“三位一体”，那是对“士”作了最肤浅的解释。[①]
>
> 我相信中国是否能走上现代文明的坦途，知识人作为一个群体占有关键性的地位。他们如果能善用“士”传统中的许多优点而避免其劣点，则可以充分建立起陈寅恪所谓“独立之精神，自由之思想”，因而成为现代价值的维护者。前面已说过，孔子早就提出了“士志于道”的号召，中国知识人确有化传统为现代的精神资源。“五四”时期的思想领袖如蔡元培、陈独秀、胡适等便曾体现了“士”的现代化。[②]

余英时的这个论述包括以下命题：中国传统中的“道统”和“君统”之间的关系、如何理解儒家的“天道”观所蕴涵

① 余英时：《余英时谈治学经历》，何俊记录，《东方早报》2014 年 6 月 29 日。
② 余英时：《余英时谈治学经历》，何俊记录，《东方早报》2014 年 6 月 29 日。

的哲学突破、历史性的还是普世的、其限度如何、政教合一的天子制度所产生的思想问题、儒家政治对“家天下”现实的抗议和对它的唯一选择、儒家政治思想中的此世之“魅”（enchantment）与超越之维的张力，等等，总体上皆可以用中国政治思想传统究竟是一元还是二元来表述。林毓生说：“中国思想史有很大的矛盾和紧张，要追问的是这个矛盾的历史含义是什么？这个矛盾就是：‘君’与‘道’是一元的还是二元的，是否中国只有一个权威？在中国思想史上，表面有两个权威：一个是天命观念作为前提的天子的权威。因为人们相信天子的正当性。另一个权威就是儒者从来不认为在位的天子是真正的天子。因为历史上的天子没有一天成为圣王，‘从道不从君’的观念使得‘道高于君’。这两个权威的矛盾是很显然的。”[1]

我对这个问题的初步思考是：第一，应该肯定中国思想史中有二元权威，即独立于现实政治权力之外的“超越精神价值”即“道”的权威。“道”的权威不成为其他目的的手段与工具。譬如孟子这段著名的话。

> 孟子曰：“广土众民，君子欲之，所乐不存焉。中天下而立，定四海之民，君子乐之，所性不存焉。君子所性，虽大行不加焉，虽穷居不损焉，分定故也。君子所性，仁、义、礼、智根于心。其生色也睟然，见于面，

① 林毓生2006年4月10日在华东师范大学的讲演《“天人合一”与“内圣外王”笼罩下的政治秩序观：究竟传统中国的权威是一元的还是二元的？》。

盎于背，施于四体，四体不言而喻。”（《孟子·尽心上》）

这段话明确表达了“君子所性”并不完全等同于济世安邦的外在事业，而是自有其独立的价值与尊严。我们如果相信此一份精神追求的真实性，尊重此一份精神价值的正当性，则中国思想的“道”自有其不同于济世安邦的意义所在。

第二，政治权力的权威与道的权威，有时候是对立的，即朱子所谓“孔子所传之道，未尝一日得行于天地之间”，但也有时是统一的，即历代儒家知识人致力于“得君行道”的努力。我认为，“道”的终极目的，是孔子说的“天下有道”，并不表明道成为手段。“天下有道”，用今天的话来说，是“文明与文化的基本价值”。它这时既是手段也是目的，所谓体用不分是也。也许，在中国传统思想那里，君权更被视为一种手段而不是目的。中国思想的最终目的是“天下”。他们最终的目的是“天下有道”，他们就是要维护与巩固君权，通过君王来达到天下有道，通过政权的力量来确保社会的秩序。于是，他们的参与政治，无论是用文学的方式，还是用政治的方式，都是王夫之所说的“尽身心之则”，都是余英时所说的“精神价值的守护者和发扬者”。从这个意义上看，现代中国文化发展，内在地需要这样的守护者和发扬者。因而，文以载道不是将文学作为工具；文学本身，从天下有道来看，即手段即目的，体用如一，共同成全文明与文化的基本价值。也是从这个意义上看，五四新文化从启蒙到救亡，其实是从二元权威转变成为一元权威，即国家政治正当性的唯一权威，消解了士志于道的权威，即相对于政治合法性而来的文明与文化基本价值的权威，因而实际上抽空了士的基础，消解了士之所以为士的尊严，最终导致文学变“小”、生命变轻、人无风骨、人文边缘化。这一后果，其实早就植根于启蒙思想的进化崇拜论、利害优先性、理性一元论与真理至上性中，对此思想观念与认知图式的反思，至今依然任重道远。

结语：刻下中国文论的时代烙印

五四时代，喜用现实主义/浪漫主义来规划中国文论。后五四时代，喜说“还原”，即拆解西学，回归中学。然而，单纯的“还原”缺乏建设性。中国文论三十年的研究，近十年渐渐以“还原”研究为主导趋势。尽管还原研究很成功，留下当之无愧的经典，中国文论表达了什么已经成为一大笔遗产，但是，这仍然不等于他们说的话对我们有意义，不等于“思想的存在”。真正的理论，是建构；真正的思想，是创造。此即“建设性”。历史透过现代的眼光，不断被重写，不断被理解，才产生意义。因而，还原之外，我们还需要诠释、解读，尤其是富于我们时代特有痕迹的解读。黑格尔老人在论述什么是美的精神现象时曾经说过：“人通过改变外在事物……在这些外在事物上面刻下他自己内心生活的烙印，而且发现他自己的性格在这些外在事物中复现了。”[①]我想起中国台湾将中华文化活化于现代社会有不少成功的例子，其中“云门舞集”的范式给人最为深刻的印象。云门舞集以其三十多年的不懈努力，不忧不惧，参与生活、积极肯定、持之以恒，将太极、书法、禅、《红楼梦》等中国传统元素用独特而现代的舞蹈语汇来加以表现，深刻地改变了舞蹈本身，在现代舞中刻下了他们精神生活的烙印，因而也令人惊喜地发现中国文化的语汇在现代艺术中重新获得了生命。我愿以此意味深远的现代象征，召唤大家持续关心“后五四时代建设性的中国文论”这个开放性的选题，一起来共同“刻下中国文论的时代烙印”。

① 黑格尔：《美学》第一卷，朱光潜译，商务印书馆1979年版，第39页。

三　回归生活脉络与文化情境

小引

五四现代性思想，是中国现代文论的知识与价值根基。本文提示四点：一、新的消灭旧的。二、斗争大于和谐。三、全盘代替区分。四、一元压倒多元——这种意识形态化的心态，至今仍有影响，成为妨碍中国现代文论回归本土自由思想的主要障碍。本文继续前两论的思路，反思“五四”，从学术史、思想史与士人精神传统的角度，分析百年中国对古典传统的误读，并探讨其中可以作正面发挥的文化大义。

一、回应现代中国对传统的误读，是古典中国文论的重大使命，更重要的不是从理论到理论，而是用史实来说话，尤其是思想史、学术史

谈到学术史，就不能不谈古典中国在当代中国的接受史。“一切历史皆当代史”，古典中国学术虽然很大部分是传统学术，但它的语境毕竟是当代，避免不了当代文化的上下文。同时，传统既然是有机的、活生生的，那么现代也是从传统中生长出来的，因而现代也是传统的一部分；另一方面，传统既然是活的，就毕竟要回应当代中国的精神生活，毕竟多多少少要有它的当代意义，因而它的生命史也一定要回应二十世纪对中国文化的误读，回应历史的遮蔽与人文的灾难。我个人做的一项工作的特色，即站在古典中国的精神立场上，发现一般现代思想对于中国传统思想的了解不够客观。这当然有文本不亲、文献缺失、概念笼统、考订未密等方面的原因，更主要的是现代人在古典面前主观性过强，现代傲慢与现代自卑之混合的态度——傲慢，是总以为新的一定比旧的好；自卑，总以为洋的肯定比土的好——因而以今度古，不愿意站在古人的立场想古人之所想。我常常举两个例子。一是《论语》中“子在川上曰：

‘逝者如斯夫，不舍昼夜！’”所有的老的或最新修订的中学课本，包括《辞海》，都认为这句话是感叹时间或一切事物都消逝得很快。这算不算正解？学术界研究的答案告诉我们：不算。我们虽然不可能起孔子于地下而知其本意，但是根据孟子、荀子以及先秦时期关于“水”的喻象（见杨儒宾、俞志慧等人的研究），都不可能是“时间过得好快呀”的感叹，而是君子比德，君子进德修业、完善自己的精神生命的意思。孟子说：“有本者如是”（《孟子·离娄下》），“本”与“末”相对，是做人的根本，指君子的人格精神能量。荀子说：“孔子观于东流之水，子贡问于孔子曰：‘君子之所以见大水必观焉者，是何？’孔子曰：‘夫水……其赴百仞之谷不惧，似勇……其万折也必东，似志。是故君子见大水必观焉。’”（《荀子·宥坐》）儒家虽然不是宗教，但也有它的精神能量的来源。古典中国，凡作一读书人，无论儒、道、佛，对于生命多多少少有一种修行的态度，所以这里重点谈的是君子人格。现代中国其实有一个很大的问题，“破”得太多。古典中国的信仰世界与现代中国的利益世界有很大的区别。古典中国与现代中国的教育目标有很大不同，古典中国不将外界与周围世界看作是利用的对象；在生命的修行这个问题上，社会上有如此的精神土壤，也以此为正当目标，所以在这个问题上，现代人有太多的傲慢，不能亲近古人的思想深处。

另一个例子是《愚公移山》。其主题在中学语文的标准答案当中是“征服自然”。但是有一个学生跟我说：“老师，列御寇是道家。道家怎么有征服自然？”对呀，我找晋人张湛的解释来一看，哪里有什么“征服自然”？“夫期功于旦夕者，闻岁暮而致叹；取美于当年者，在身后而长悲。此故俗士之近心，一世之常情也。至于大人，以天地为一朝，亿代为瞬息，忘怀以造事，无心而为功……”（《列子·汤问》注）他批判的是那些一心想见到成果、很快想得到收获、尽心专意于当前好处的悠悠“俗士”。愚公所表彰的是那种“大人”，他不讲功利，忘怀得失，忘掉你我、我他的区别，甚至早就将生命的长短置之度外，这样才能真正超越时代的偏见，做一点真正有益于人类的事情。这哪里是什么征服自然？最近看《人民日报》一篇社论表彰李保国为“新愚公”，我感觉这个用对了。李保国教授一生只专心做一件事情：在太行山种核桃和苹果树，不图回报，不讲功利，忘记个人的一切得失，他的“愚”不可及，使当地的很多老百姓因此受益而精准脱贫，真正超越了我们这个时代貌似聪明的那些庸庸小智。

我在学术写作中批评过鲁迅与钱锺书对于古典中国隐士传统的误解，批评过李泽厚与刘再复对中国知识人“主体性”的浅解，批评过冈村繁对陶渊明的错解以及余秋雨对中国文化意识的缺失，等等。我不要讲太多的例子了。其实古典中国在现代中国那里的形象，有很多地方是可以重新修复的。

学术界已经反思，知识生产背后，是五四新文化一个负面的后果。先师王元化教授提出以西学为参照，不以西学为标准，就是要祛除文化自卑的心态；提出反思“五四”（激进、功利、进化崇拜与意图伦理），就是要祛除现代傲慢的心习。出生于“五四”的元化先生竟对我说过：“我看一个人，还是要看他有没有一点旧道德。”他其实还给我讲过一个很重要的观点：他不赞成巴金对于中国家庭的全盘性的、绝对的否定。他从他的家庭生活中真切体会到，中国文化中的家庭，实有其人生不可抹杀的正面价值。这些都表明，他其实在他的现实生活中而不仅是书本上，得出一些不同于“五四”的思想。我跟他一起讨论的时候，从他那里得到了很多的启发。总结起来有几点。

第一，新的消灭旧的。先生专门写过文章，论述“五四”的一个缺失是“新的一定要消灭旧的”，从工具理性的崇尚与进化优势的心习出发，革儒家的命，革传统的命，革整个语文的命，发展到后来革文化与文明基本价值的命，革人的灵魂的命。因而，一种喜新而不厌旧、文化上的包容与渐进观，就十分重要。第二，斗争大于和谐。大半个二十世纪，阶级斗争成为主宰性的意识形态，造成多少灾难。因而，一种妥协、共识、互利、共赢的社会发展观就十分重要。第三，全盘代替区分。很多东西一旦全盘化了之后，就缺乏很多区分的智慧。因而，一种具体而非抽象的思维方法就十分重要。第四，一元压倒多元。尤其是自命真理在手，为进步的化身，正义之气充溢全身，消灭不同于己的对方，正是纷争的来源。因而，一种多元、理解的政治观就十分重要。第五，利害重于是非。直到今天，有很多所谓的学术都是讲“利害”大于讲“是非”，或者表面上讲“是非”实际上讲“利害”，或者直接认“利害”就等于“是非”。因而，不仅一种程序理性优先的规则十分重要，而且，重建新的文明与文化的政治基础更是十分重要。

因而，我跟先生一起反思学术史，发现他不同于一般对学术史感兴趣者，他不仅要回应时代的大问题，而且要重建新的认知图式。我这里不妨先借助哈贝马斯的交往对话理论来想象一种新型的现代/古典关系：既不是剧场式的、以“我”（现代我）为主位的关系，也不是知识论的、以“它”（如古生物化石、博物馆中的陈列品）为主位的关系，亦不是目的论式的、以“他”（征服与反征服、主客对立）为主位的关系，而是交往对话式、以“我/你”为主位的关系，回到古人的生活脉络与文化情境，作同情的了解与智慧的对话，像钱宾四先生那样，将孔子、庄子、朱熹与陶渊明作为很可以尊敬的客人、朋友，邀请到房间里来与他们亲近地晤谈。

二、了解当代知识人命运，有助于理解中国文论传统的核心观念

激活古典有多种途径，诠释学上说的“阐释的循环”也包含古今互释。依我多年阅读中国文论的体会，要理解传统中国的文学思想，不能不懂得今天中国知识人的命运。今天中国知识人的思想方式与价值取向，很大部分是从传

统中国而来的，因而当代中国知识人的生命情境，恰恰可以作为传统中国文论观念的一面生动形象的珍贵图示。正如万川之月，若无水中月，何以映得那天上月？因而懂得中国当代知识人的命运，真能成为解读古代中国文论思想的一把独特的钥匙。这里试以王国维为例。王国维名篇《屈子文学之精神》最重要的主旨，一是指出屈子南人而彻底抱北方思想者，一是以“欧穆亚”一概念论屈子文学之精神。关于欧穆亚（Humour），他说：

> 诗之为道，既以描写人生为事，而人生者，非孤立之生活，而在家庭、国家及社会中之生活也。北方派之理想，置于当日之社会中；南方派之理想，则树于当日之社会外。易言以明之，北方派之理想，在改作旧社会；南方派之理想，在创造新社会。然改作与创造，皆当日社会之所不许也。南方之人，以长于思辨，而短于实行，故知实践之不可能，而即于其理想中求其安慰之地，故有遁世无闷，嚣然自得以没齿者矣。若北方之人，则往往以坚忍之志，强毅之气，恃其改作之理想，以与当日之社会争；而社会之仇视之也，亦与其仇视南方学者无异，或有甚焉。故彼之视社会也，一时以为寇，一时以为亲，如此循环，而遂生欧穆亚（Hamour）之人生观。《小雅》之杰作，皆此种竞争之产物也。且北方之人，不为离世绝俗之举，而日周旋于君臣父子夫妇之间，此等在在畀以诗歌之题目，与以作诗之动机。此诗歌的文学，所以独产于北方学派中，而无与南方学派

者也。

……

屈子之自赞曰“廉贞”。余谓屈子之性格，此二字尽之矣。其廉固南方学者之所优为，其贞则其所不屑为，亦不能为者也。女媭之詈，巫咸之占，渔父之歌，皆代表南方学者之思想，然皆不足以动屈子。而知屈子者，唯詹尹一人。盖屈子之于楚，亲则肺腑，尊则大夫，又尝管内政外交上之大事矣，其于国家既同累世之休戚，其于怀王又有一日之知遇，被疏者一，被放者再，而终不能易其志，于是其性格与境遇相得，而使之成一种欧穆亚。《离骚》以下诸作，实此欧穆亚所发表者也。使南方之学者处此，则贾谊（《吊屈原文》）、扬雄（《反离骚》）是，而屈子非矣。此屈子之文学，所负于北方学派者。[1]

欧穆亚之人生精神，先肯定人生即是日常的真切的世俗生活，此一生活即是无尽的烦忧、有限的成就、命定的周旋，生命要义不在于个人幸福与自我实现，而在于改良社会、优化人生，然而此人生观有一内在的矛盾：既接受人生社会之缺陷，不仅不能外在于此，超然于此，更与之成为一精神与命运的共同体。即爱人生与恨人生同时加以肯定，因而生出一时以为亲，一时以为寇，亲寇相循、爱恨交加、

① 王国维：《屈子文学之精神》，载姚淦铭、王燕编《王国维文集》第一卷，中国文史出版社 1997 年版，第 31—33 页。

离心与向心相互作用的特殊心理情结。王国维的洞见，揭示了中国文人与生俱来的政治性，时至今日，仍然没有太大的变化。不少共和国时代的知识人，接受时代文化，并与之成为一共同的命缘，然而又想改变这一命缘，改变永远落空，而纠缠如蛇，执着如鬼，春蚕丝尽，蜡炬成灰。

深入了解中国现代知识人回应乱世的心态，也可以深化我们对于中国古典传统的理解。譬如，现代知识人在遭遇生命困境的时候，有无内心的真实声音？是否听从内心的声音？内心声音有没有复杂的表现？孔子说危邦不入乱邦不居，又说道不行则乘桴浮于海，这表明孔子有听从内心的声音、隐世避世的一面。“以道事君，不可则止”（《论语·先进》）；“邦有道，则仕；邦无道，则可卷而怀之”（《论语·卫灵公》），“笃信好学，守死善道。危邦不入，乱邦不居。天下有道则见，无道则隐”（《论语·泰伯》）。其核心价值仍是一个“道”字。礼崩乐坏之际，那些宫廷乐师，抱着文明的礼器逃难，孔子也只有叹气，钱穆说有云天苍凉之悲。儒家回应世变的传统方式之一确是做隐士或者选择做离开乱世的流亡者。隐士不仅是道家的身份，流亡也不仅是诗人的歌吟。所以伯夷叔齐不食周粟，饿死首阳，以及箕子之走，都是儒家表彰的事迹。但是这里面其实有一些不同的选项，不同的选项之间有一些冲突。譬如伯夷叔齐完全背转身去，以决绝的姿态反抗这个世变，而管仲等就活下来继续面对这个世界来救世。“知其不可而为之”（《论语·宪问》），“杀身以成仁”（《论语·卫灵公》），也是孔子对这个世界的承诺。如何解释不同选项之间的不同？如何解释孔子所提倡的勇于济世安民的担当？明儒王夫之所谓“践其身心之则”化解了这当中的不安。无论是隐还是离开，无论是对抗还是顺从，只要遵守践行了自己的身心之则，听从了内心的召唤，都是对的。王氏说：

> 儒者之统，与帝王之统并行于天下，而互为兴替。其合也，天下以道而治，道以天子而明；及其衰，而帝王之统绝，儒者犹保其道以孤行而无所待，以人存道，而道可不亡。（《读通鉴论》卷十五）
>
> 吾臣吾子不忍自废者也……（《读通鉴论》卷十八）
>
> 唯我为子故尽孝，唯我为臣故尽忠……忠臣孝子，非以是奉君父，而但践其身心之则。（《读通鉴论》卷三）

从义理上说，“践其身心之则”乃是从孟子“践形”概念发展而来的，本文无暇作过多的讨论。但是明人高拱所说的“后世圣人以性而践其形，众人则以形而凿其性”，准确表明了精英与众人的区别：“性”即道德主体的自主，知识人即精英，即有道德自觉的人；众人总是外重而内轻，顺随外面的变化而改变自己（凿其性），而精英可以从内而外，主宰自己的选择。因而，“践其身心之则”即能够主宰自己的生命，有两项含义。

第一，践身心之则，既然是“道”从身上过，就不完全是个人的事情，而是还包含了一种责任的意识。韦伯所谓“责任伦理”，管仲是一个例子。《论语》中，孔子两次回答弟子对管仲的疑问。

> 子路曰："桓公杀公子纠，召忽死之，管仲不死。"曰："未仁乎？"子曰："桓公九合诸侯，不以兵车，管仲之力也。如其仁，如其仁。"（《论语·宪问》）
>
> 子贡曰："管仲非仁者与？桓公杀公子纠，不能死，又相之。"子曰："管仲相桓公，霸诸侯，一匡天下，民到于今受其赐。微管仲，吾其被发左衽矣。岂若匹夫匹妇之为谅也，自经于沟渎而莫之知也？"（《论语·宪问》）

因而，管仲的生命特质中，有大事机缘，即完成历史生命中的"仁"，这是对天下的责任，是大仁大义，所以我不同意李泽厚说"仁"只是一种心理原则与实用理性，因为心理只是随境遇而不同，主观性强，实用理性更是可以没有原则。因而，我们完全可以突破君臣大义中的忠的限定，去践行自己的身心之则。

第二，"身心之则"的概念不是抽象而绝对的三纲，而是跟大义（道）相通，又跟个体相关（"不忍自废"）。这样，就不是某种僵硬的规定。生与死的选项，其实都有可以权变之处，要不就不要"践"身心之则。

第三，既然"身心之则"与"道"相关，而用陈荣捷的话来说，道统其实有"尊德性"与"道问学"两个轮子，也即知性与德性两个方面。因而，"身心之则"笼统地说也就是知识人之所以为知识人的品性，包括了孔子所说的"好学""乐学"。"志于道"与"志于学"是关联的。因为，知识人，就是以知识为安身立命的人。只要你对知识与文化的价值有一种发自内心的喜好与相信，那么，你对知识与文化价值的尊重、信任，就同时也是对你自己生命的尊重与信任，那么，你就实践了你的“身心之则”。反之，倘若你放弃了这种尊严，跟着其他的东西走，那么，你也正是自轻、自贱，失去了知识人的自主与自立。所以，对“身心之则”的自觉，是知识人“不忍自废”而产生的本能的自我尊严感。

因而，如果知识人应对世变的方式是沉浸在学问中，以安顿生命，也不失为“践其身心之则”。孔子说：

> 十室之邑，必有忠信如丘者焉，不如丘之好学也。（《论语·公冶长》）
>
> 朝闻道，夕死可矣。（《论语·里仁》）
>
> 笃信好学，守死善道。（《论语·泰伯》）
>
> 好仁不好学，其蔽也愚；好知不好学，其蔽也荡；好信不好学，其蔽也贼；好直不好学，其蔽也绞；好勇不好学，其蔽也乱；好刚不好学，其蔽也狂。（《论语·阳货》）

尤其是最后一条，可以看出“好学”有比较独立的价值。我们从这个角度看世变的时代，尽管知识人的回应方式可以有很多种，有的顺从，有的反抗，有的隐居，有的自杀，然而凡是可以称之为知识人的回应方式，如果从思想的根源之处去看，就可以发现俨然有一种传统在焉，这个传统就是“践其身心之则”。除非他放弃了知识人身份，失去了知识人的尊严与自信，成为权力、金钱或其他势力的奴隶。

我们从这个角度去观察，以下四种都是典型。如王国维悲观主义与决绝弃世：

> 盖今日之赤县神州值数千年未有之巨劫奇变，劫尽变穷，则此文化精神所凝聚之人，安得不与之共命而同尽，此观堂先生所以不得不死，遂为天下后世所极哀而深惜者也。（陈寅恪《王观堂先生挽词并序》）

陈寅恪居于边缘的抵抗，用肉身来呈示道与势的对立。如其《对科学院的答覆》中所言，这不是政治。换言之，即这番表白，并不是站在某个党派、某种主义下面的说辞，而是超越党派政治，代表学术之所以为学术的根本价值，即“自由之思想，独立之精神”。同时，也是他坚守的身心之则。

从好学的方向，去发挥自己的天性，如饶宗颐的浮海避世。再如钱锺书，他没有办法避世，然而可以“游世”，像明清时期的江南才子型作家与学者那样，处世间而超世间，用“好之乐之”的知识本身的美好来安顿身心。当然，其中有文明与文化的基本价值，但植根于真正的个体。

他们的共同特点是都发展与增进了知识人的尊严与自信。王陈，略相当于孟子所谓“圣之任者”，而钱饶，略相当于“圣之时者”。历代的隐者，略相当于“圣之清者”。无论有什么不同，他们都是“践其身心之则”的修成正果。

“践其身心之则”，听从内心的召唤，再从思想结构上看，简单说来，可以有三个层面的讨论。

（一）M. 韦伯的说法

德国思想家韦伯说：儒家主张一种“秩序的理性主义”，注重现世，主张维系现世的和谐，因而儒家的人格理想是克制自己，遵循礼俗，“宁做太平犬，不做乱世人”。但实际上，“践其身心之则”的人格生命形态并不完全是顺从俗世的。我们看王国维和陈寅恪都不是。

韦伯又认为，中国儒家思想传统中缺少一种超越的世界，因而不能构成超越与世俗之间的紧张，因而缺少一种批判的动力。然而我们看王国维与陈寅恪的实践，完全是儒家，完全有力量，力量的来源是“士志于道”的真实传统。

（二）二十世纪下半叶知识人的毁灭史

二十世纪下半叶中国极左思潮意识形态，最大的“成功”之处，就是对知识人毁灭其尊严，糟蹋其自信，为其注入罪恶感，致使知识人至今不能自爱。他们或以所谓阶级斗争、社会发展阶段等理论来抹杀中国知识人文化传统的正当性，或以“皮之不存，毛将焉附”的权力淫威来取消知识人的独立性与基本人权，或以反右、“文化大革命”等运动来对知识人进行肉体毁灭与精神凌迟。总之，摧抑士气，毁灭士风，打掉中国知识人的尊严与自信，莫此为剧，直到今天都还流毒未泯。因而，从历史事实上讲明真相，从义理上理性分析，从而重建中国知识人的尊严与自信，重建“道”区别于“势”的精神空间与文化权力，仍然是当代重要的任务。

（三）后现代的新思想与虚无主义

在后现代思想中，精英与民众没有什么区别，因而思想史的传统没有什么大义；尤其是历史主义横行天下的结果，什么都成为当事人、当时当下的利害关系，而没有是非，没有美丑。这也是对士人传统的消解。

当代中国知识人最大的问题之一，就是没有了尊严与自信，变成自我异化、空洞化、边缘化和陌生化。甚至易中天会说，战国时代的士，因为有很多老板，不用只听一个老板，所以他们最自由，最有尊严。他的说法，从权力的多元分立而不要定于一元角度来看，是正确的；但是如果知识与文化的价值创造只不过是学成文武艺、卖与帝王家，只是有奶就是娘，那就不是跟“身心之则”有关的东西，就不是以知识与文化的价值自身为目的，而只是有一个工具的价值而已，而且会有坠落为利益集团打手，以及孟子所讥的“墦间乞食者”的下场。

三、中国智慧与中国文论的再认识

中国智慧，即来自数千年深厚文化积淀的中华文明的思想、观念、经验所表现出的智慧光彩。中国智慧是对于古典中国一个重要的召唤。只有在文化自觉的时代，才会有这样清楚肯定的命题。对于中国文论，这无疑是一次再认识再建构的契机。值得注意的是，中国智慧不一定存在于现成的思想、观念、范畴与概念中，更大可能存在于文学艺术作品的深层含义中，这就要求我们犹如深山采矿一样地努力发掘。这里举两个例子，一句话，一首诗。

第一个例子：君子成人之美。

汉语中叫“成全”的这个词语，正如其他活的语言化石一样，其中含有中国文化至为重要的一个精神特点。

这个词语，来自孔子《论语》中的“君子成人之美”这句儒家经典。这句话译成现代汉语就是：“君子”是有很高德性的人，这样的人总想着别人的好，尽可能去开发、诱导、鼓励、帮助他人完成这个心愿。这句经典，深切地影响了几千年的中国文明传统。

“君子成人之美”表面上属儒家伦理学，但含蕴深永，不止于伦理学，更是隐含在文学艺术作品中的一条生命之线，一枚闪光的精神价值内核，因而，更属于有古典中国精神传统的美学。

庄子的书里，说古代有个郢人，长于挥舞斧头，他可以把斧头舞成一阵风。郢人表演的时候，有一个搭档，名字叫“质”。质的鼻子上涂上薄薄的一层石膏粉，郢人一斧头舞下去，可以将石膏粉削去，而不伤到质的鼻子。这个故事当然是一个寓言。庄子说这个故事，一方面是表彰郢人的高超技艺，另一方面也是赞美质精妙的配合与一心一意的成全精神。某种程度上，我们也可以说，郢人的高超技艺，是质开发、诱导、培育出来的。后来质死了，郢人就再也不能舞斧头了。后人将质作为最好的朋友的代名。宋诗人王安石有诗：“便恐世间无妙质，笔端从此罢挥斤。”意思是说：如果没有美妙的质来成全，再美好精彩的创造也会绝迹于世间的。这就是“郢人运斤”的成语故事。

讲到中国古代最有名的朋友，是管仲与鲍叔牙，在汉语中，称最好的朋友为“管鲍之交”。一个人一生中如果有管鲍之交，那就一定是最幸福的人了。管仲是政治奇才，但是如果没有鲍叔牙的推荐，他很可能早就被无情地埋没了。因为他的才能与智慧一直是潜藏的，不仅没有机会表现出来，而且还显得很无能。只有鲍叔牙知道他、欣赏他。管仲说：“我曾经与鲍叔牙在一起做生意，赚了钱我自己多拿，鲍叔牙不以我为贪，他知道我穷；我曾经帮鲍叔牙找事情做，反而让他更困难了，鲍叔牙不以我为愚蠢，因为他知道时机有好有不好；我曾经三次做官，三次被罢官，鲍叔牙不以我为没有出息，因为他知道我没有碰到赏识我的人；我曾经三次上战场三次逃跑，鲍叔牙不以我为胆怯，因为他知道我有老母亲。生我者父母，知我者鲍叔牙也。”如果不是鲍叔牙的成人之美，一心想着朋友的好，管仲早就被世人抛弃了。鲍叔牙之所以能够不抛弃管仲，是因为他知道他的朋友是一块真正的玉，一心要帮助这块美玉完成雕琢。所以，鲍叔牙不仅帮助了管仲，而且创造了中国文化史上不朽的道义：朋友之道的美好与高贵。

中国古代的戏曲极富于中国文化的人伦精神，其中重要的戏剧人物都能懂得“成人之美”的古训。

《霸王别姬》是一出有名的京剧。四面楚歌的时候，虞姬为什么还有心思为霸王舞剑呢？这是一个谜。虞姬舞剑，非常含蓄，非常美，有一种中国式的悲剧精神，她最后的拔剑自刎，不仅是免得自己成为霸王的累赘，而且也是完成一种生命非常之美，因为楚霸王的生命是一种非常之美，她爱其所爱，决然将自己的生命化为最后的流星闪过夜空。这里有一种中国人内蕴深情厚意的极致表现，是一种高调的成人之美。

嫦娥为什么要奔月？这也是中国文学与戏曲的一个美妙的谜。她哪里是我们现代人所想象的厌倦了人间的生活，想飞到月球上去？中国的神话，是非常人间性的。在著名京剧演员程砚秋的演出本里，嫦娥之所以要奔月，乃是为了成全她的英雄夫君后羿，是为了代替后羿接受玉皇大帝的惩罚，所以她代替夫君饮下了飞往月宫的毒药，甘愿忍受旷古的寂寞与无边的寒冷，以成全夫君造福于人间美好生命的初心。这也是一种伟大的牺牲，这是高调的成人之美。

但是嫦娥与虞姬又有一点平常心，她们不是宗教，也不是哲学；她们只是妇道人家，只晓得对她们身边的人好，但是她们的成全，不期然地也成了一种烈士与宗教家之外的神圣与美。千年流传的神话故事背后，是中国文化中从圣哲到普通人都可能具有的“成人之美”的平常心。

由此再论此一词语的思想含义。

首先，“成人之美”虽然具有神圣性，但不是强烈的牺牲、激烈的殉难，而更多具有日常性，即日常人生的处世哲学与伦常德性。《大戴礼记》说：“君子不先人以恶，不疑人以不信，不说人之过，成人之美。”文艺作品所渲染的牺牲精神，只是为了达到感染力所需要的一种强调的表达而已，不必做刻舟求剑的理解。

尤可注意的是，儒家论人与人的关系时，有三种正面表达。一是底线的、消极的，即“己所不欲，勿施于人”。二是高调的、积极的，即“人溺己溺，人饥己饥”。前者是向内克制自己的，后者则是向外拯救世界的。但是还有第三种，即内在（修身）又外在（达人），即人即己，既积极向上，又并不夸张自我、强调牺牲。这就是“君子成人之美”。

如果没有第三种关系，儒家就缺少了比较自然平实的一环，可能变得忽冷忽热，一会儿过于浪漫主义，一会儿过于拘谨被动。

其次，从上述文学经典中可见，人与人之间有深刻的相知。“成人之美”的一大前提，是生命情调的认同、理解与知赏。生命情调的认知，造成了心灵相通的欢契与灵魂的相互成全。中国文化创造，不贵相异，而贵相通。如何求得相通？文化在其中产生极大的作用。以文化的方式，求得心灵相通，进而求得生命相融，是中国文化的一个特点。所以，中国的文学，通于中国的心灵哲学。

第三，进而言之，以文化的方式求得心灵相通，与儒家对人性的看法有关，即人的天性是美好的。嵇康说：“夫人之相知，贵识其天性，因而济之。”“天性”是中国文化中一个极美的词语，是天地宇宙赋予人的美好的个性，是通往人的存在的神圣性。曾国藩在他的日记里说过：“见得天下皆是坏人，不如见得天下皆是好人，存一番熏陶玉成之心，使人乐于为善。”这是一种来自有关人性的古老信仰的实践德性。顺此美好的天性，成全之、造就之，不是埋没、忽视，更不是妨害、扼杀之。

第四，再进而言之，以文化的方式求得心灵相通，与儒家对社会的看法有关。因而，“成人之美”是基于一种“报”与“保”的儒家社会哲学。它与儒家的另一基本信条“与人为善”相联系，是一种正面的、肯定的、阳光的看社会的方式。孟子说：“大舜有大焉，善与人同，舍己从人，乐取于人以为善。自耕稼陶渔，以至为帝，无非取于人者。取诸人以为善，是与人为善者也。故君子莫大乎与人为善。”（《孟子·公孙丑上》）“与人为善”，是正面肯定人与人之间相处需具有发自内心的好意。

第五，“成人之美”，也是君子完成自己、实现自己的一种方式。君子完成自己有两种方式，一是修身治心，即“成己”；一是推己及人，即“成物”。君子所“成”的别人之美好，其实也是他自己的美好。不仅是以文化的方式求得心灵相通，而且是以文化的方式求得心灵相融。“充其忠爱之心于人之美，其乐之如在己也。”质的配合，实现了自己唯一的心灵默契。鲍叔牙之成全，也补偿了自己想成为伟大政治家的夙愿。虞姬的舞剑自刎而死，增添了她与楚王共同生命之壮美。嫦娥的奔月，也完成了她关爱人间的崇高品质。在这里，生命的美好，既是手段，也是目的。

由此可见，儒家的“成人之美”，作为中华文化的一个特点，并不只是一个简单的道德训条，而更是一种重要的精神修炼。它源自一种古老的看世界的方式，经千年的修行，生成而为一种极高明而道中庸的处世之道与成德之道。那么，在现代社会，会不会是一种浪漫主义的乌托邦呢？答案是否定的。

第一，人类社会迄今为止的发展，是一个解放的过程。这个解放过程最厉害的方面，即人心的解放，即占有性的个人主义与排他性的物质主义对其他人性图景的解放。占有性的个人主义与排他性的物质主义对于人性的基本图景是：人生来是为了占有与得到。正如霍布斯所言："一个人的价值，就是他的价格。"这种人性图景的胜利，当然是对中世纪的牺牲者和羊羔式的人性图景的反动，是对人性的解放，但是糟糕的是它以牺牲其他人性图景为代价。"成人之美"以及其所联系的儒家人性图景，既不是一种牺牲者与羊羔式的，也不是占有性的个人主义与排他性的物质主义人性图景，而是最终关系到一种新的人性文化的重建，将改变当代人性文化主流看世界的方式。

第二，慈善事业与志愿者组织，是"成人之美"的制度性实践，可见其有广泛的现实基础。

第三，"成人之美"的"成"，是"诱掖""顺承""奖劝"的意思，是建立在尊重人、相信人性的基础上，所以是主体间性的对话与交往伦理。重要的是知道、理解、尊重、开发对象本身的美好，而不是主体自以为是的好。这样，就可以尽可能地减少强加于人的权利侵害，更避免暴戾恣睢的压迫奴役。对于那些弱小的、边缘的、潜在的、进行中的善良状态，成人之美是要顺承着它的美好的潜在人性趋势，从正面去帮助它完成自己的善良的目标。

最后，在现代社会，“成人之美”作为一种古代的处世哲学，有其理论的混沌，因而对其不可缺少分析的态度。譬如，如果进入社会政治实践的领域，也会产生一种所谓“错置性谬误”。有两个通常的谬误。其一，在经典的古代解释传统中，“成”也被解释成“称”（评论、宣扬）。孔子说：“君子成人之美，不成人之恶心；小人反是。”如果理解成君子只称别人的好处，小人只称别人的不好，那就可以变成讳疾忌医，只听好的一面之词。如果这番话用来批评现代社会的媒体工作者，那就可能成为“错置性谬误”——把用于私德领域的原则放在了公德的领域。现代社会里，凡是公共的事情，当然要有人出头来分黑白、多臧否，遇事激扬一番。其二，不同价值冲突的人群间，可不可以也“成人之美”呢？其实，成人之美是有点自私的。自私是说，所成之美，也是我的好，是我的生命的一部分。因为成全了别人，也成全了自己。如果没有我的好在其中得到印证、认同，就不一定能成全。因而在价值冲突的人群间相处，儒家一个更重要的主张是“和而不同”。我们不必无限夸大“成人之美”的优越性。成人之美更多的主要是小社群的相处之道，但是，依儒家之道，小社群处好的，大社群也是可以处好的。大社群相处的原则，也含蕴在小社群之中。“成人之美”强调的是这个“美”，即“生命的相通”。

一个中古的传奇故事可以说是“成人之美”的极致。

一天夜里，嵇康在路边的亭子里休息，弹琴。琴音雅逸，有个声音在空中叫好。嵇康抚琴而问："请问你是何人？为什么不出来呀？"那个声音回答："我听见你弹琴，音曲和美。可惜我的形体残毁，不宜与先生相见。"嵇康又抚琴击节，问："夜色已深，为何不快点出来见面？区区形骸之间，又何必计较呢？"那个声音于是出来，只见一个人自己提着自己的头，说："听你弹琴，开心得很，好像又活转来了。"他与嵇康一起讨论音乐的美妙，最终弹奏了一曲《广陵散》，教给了嵇康。天有点蒙蒙亮时，嵇康与无头人一路谈论着音乐，消失于晨光熹微的旷野之中。

那个听音乐的人，是个野鬼。嵇康与他隔着完全不同的世界，但是他们相会、相知，灵魂相遇于超越的生命境地。我们可以把这个故事解读为一个伟大的寓言：虽然是异类，然而都有平等、美好的心。嵇康成全了无头人的心，无头人也成全了嵇康的心。在心的相通上，完全不同的人，可以相遇于遥远的天边。

第二个例子：王维诗"雨中山果落，灯下草虫鸣"。

钱穆说王维的"雨中山果落，灯下草虫鸣""可以当得了一部中国哲学史"。为什么"雨中、山果、灯下、草虫"就是一部中国哲学史呢？

记得一九九八年去台湾时，有个达摩书院的学人来了，讲了他的"八句教"，当时我觉得很有意思，就将他这八句都写下来了。

这个达摩书院学者的"八句教"，恰好可以用来诠释钱穆的这个观点。

“万化自然”（中国的周易、道家的哲学），雨中的山果，熟透就落下来，正是自然而然。

“人心澄然”（中国的佛家哲学和庄子哲学），秋天的夜里，灯下的心，是最澄静和空明的。

“处世超然”（道家的人生态度），不因山果的坠落而悲伤，也不因秋天草虫的鸣叫而哀伤。

“得失淡然”（道家、儒家哲学都把个人看轻，把个人的得失看得很淡），山果也罢，草虫也罢，对于大自然来说，它并没有失去什么，也没有得到什么。

“生活纯然”（道家的美学），生活要简，看重单纯的美，一灯一窗就足够。山果熟了便掉落，虫子到了时候就叫，其实生活也就是这么简单。生活纯然，才有空间，有力量，有超越的源头活水。

“生死了然”（儒家说死生有命，不必强求），这两句诗透过山中雨天的果子与虫子，表现生命的跃动，十分空灵，十分有智慧。

“有无或然”（“有”即现象、现世、现成，与“无”即未形成、未来相对），有智慧的人，看物是流动的，而不是凝滞静止的。明年山果又生，秋虫又鸣。很难说哪个是好，哪个是不好；很难说哪个是破坏，哪个是生长。

最后，是“一切本然”（佛家的如实观、儒家的尽性知天、道家的归其根），山果之熟而落，秋虫之蛰而鸣，都是大自然生命交替循环的本来样子。

我举的这两个例子，都尽可能结合古典文艺作品本身，同时切近地理解其中的中国思想，既不离传统思想本身的真相，也不局限于古典本身的脉络。由此可见，古典中国的文论，不仅是一些现成的概念与命题，更重要更精彩的是，它结合中国儒道文化的深厚内涵，发掘出更有精义的思想，让智慧的内核放出光来。

四　为什么不是断裂？

小引

我在《略论后五四时代建设性的中国文论》以及《再论后五四时代建设性的中国文论》[①]二文中，有两个重点，其一即是五四新文化的后果，从两方面将中国文论祛魅了：一是以进化论和西化论从价值上将中国文论去势；二是从学科化和体制化历史实践上将中国文论化约而为一项遗产，最主流的方式即以古代来解释古代。因而，长期以来，中国古代文学理论界的研究活动，在释古方面，收获较多；在理论方面，活力不足，最重要的一个瓶颈，即“以古释古”的优势。[②]因而“后五四时代建设性的中国文论”，首先反思“五四”后果，回归文化自觉，这是“守正”；其次，有必要突破“以古释古”的研究模式。对于

① 《略论后五四时代创造性的中国文论》，《文学遗产》2014年第2期；《再论后五四时代建设性的中国文论》，《社会科学战线》2015年第4期，《新华文摘》2015年第21期全文转载；《三论后五四时代建设性的中国文论》，汕头大学中国古代文论第二十届年会会议论文。

② 当然更深层的问题是现代学术的技术主义与专家主义（Specialism）优势。雅克·巴森说：“在专家主义的氛围下，我们把文化整个委托给了专家；就算有人出于好意而想要分享文化，文化却再也不属于他们了。显然，结果就造成了零碎化的现象，每个人都在感叹，却没有人想要予以改变。专家们选择一个小小的主题作为自己的专业领域，毕生画地自限，但这还不是最糟的。由于文化被委托给了专家，艺术与人文的重要性也随之改变了。这些之所以有价值，不再是因为它们能直接影响我们的理智与内心；它们之所以有价值，是因为它们变成了专业，成了谋生之道，成了某种光环，成了可以营销的商品，也成了文化产业的组成要素。”［雅克·巴森：《文化的衰颓：史学大师巴森的12堂课》，陈荣彬译，（中国台湾）橡实文化2016年版，第16页。］更有甚者，不仅成了“商品”“产业”，而且成了“行业”、成了“民俗”，有学者专门研究学术圈的“民俗学”与“人类学”，确是专家主义发展出一种所谓“学术灰色生态”的真实写照。［施爱东：《学术行业生态志：以中国现代民俗学为例》，《清华大学学报（哲学社会科学版）》2010年第2期。］总之，行业民俗、专家主义与技术主义趋势也是现代文化的学科化发展的结果，当然也是后五四反思的对象。

中国文学研究而言，以古释古与今古接续，永远是两条大路，但相比较而言，今古接续的研究路向，学术界向来重视不足。[①]

而后者蕴含着重大机遇，隐藏着充沛活力，启示着中国文学这一富矿可以开采利用的丰饶图景。对于中国文论自身而言，中国文论这门学科的特殊性，即是它不仅是作为一项“遗产”，不只可供深入探索历史的真相，同时也是一项“资源”，可充分发挥理论的效用，通古今、衡新旧，解释现象、建构文本，因而有理由在后一方面再做新的探索。当今的时代思潮，十分有利于中国文论发挥创造性活力。

一个既继承“五四”，又超越“五四”的新文论时代已经到来。[②]本文试图持续以“后五四时代建设性的中国文论”为题，聚焦理论，关注当今时代思想的新变化与新需求，重新评估二十世纪中国文论研究的成果，重新激活中国文论的理论解释力，以有助于重新深掘理论资源，守正以创造，返古以开新，响应时代新的文化思想挑战。

---

① 先师王元化教授在二十世纪七十年代末即大力提倡古今结合，并以《文心雕龙》为对象作出重要的成果，影响一代人。陈伯海教授长期致力于古代文论的现代转换，并以其《中国诗学之现代观》（2006）、《回归生命本原》（2012）、《生命体验与审美超越》（2012）三书，为古今连接的理念奉献了精彩的实绩。在我的了解中，在学术体制与学术理念方面的双重努力下，似乎只有章培恒教授生前提出了“古今贯通”，即打破现代文学与古代文学两相分割的学科界限，提倡从现代中国文学的大立场来发展出一套研究古代文学的论述。章氏弟子及复旦诸君为此召开了多次学术研讨会，出版过会议论文集多种，然仅此一家而已，学界似不甚重视，也无国家社科基金重大项目支持，近年来颇有不继之象。

② 中国古代文学理论学会为此召开多次学术会议，绝大多数专家学者都能认同有必要展开古代文论的现代意义的探索。其中部分讨论见《“作为理论资源的中国文论”高层论坛专题讨论》，载《古代文学理论研究》第四十二辑，华东师范大学出版社 2016 年版，第 31—48 页。

一、常识、事实与前提和理论

开掘古代文论的资源，响应现代思想的挑战，首先要处理传统与现代的关系问题，这是文论之外的理论与观念上的难题，属于哲学上的“古今”之争。我在前两论已经涉及一些，但是有些问题其实学界已经有共识，本不是问题，却在一般知识界依然有困惑。这根本上是由于长期以来进化论以及功利主义、物质主义思想的影响，贬低或无视人文思想的偏见仍然很深。譬如这样的问题：“今天的生活和社会与古人有很大的不同，古人的思想观念如何能有益于今人？”其实这基本上是一个伪问题。难道柏拉图、亚里士多德、孔子、老子与我们生活的时代不同，他们的思想就无益于今人？难道西方文艺复兴运动之于古希腊、中国宋代的新儒学思潮之于孔子、马克思之于希腊艺术、海德格尔之于前希腊思想……都不是人类思想史前后相续的事实？我们相信，古典的华夏文学思想与观念，仍然是可以传承下去发挥力量的重要人文传统。这是人类思想的基本常识之一，传统之所以是“传统”，就因为它一定有其自身的生命力，是可以传下去的精神能量，如果只活在当代，就不能称之为“传统”。

然而有的问题需要回答的，不完全是理论，而更是事实。譬如：“文言文的审美经验，如何能适应于当今信息时代、网络时代、大众文化时代的美感经验？”

首先，网络时代大众文化并非与文言文不相干。甚至可以说，文言文学的复苏，正是后五四时代的一个重要文学现象。“伴随着文化资源与技术应用的发掘，当前国产魔幻题材影视剧创作迎来时代机遇。就创作素材而言，一方面，传统文化的觉醒为魔幻题材影视创作提供了丰饶资源，像《山海经》《搜神记》《封神演义》《聊斋志异》等神话志怪类文艺作品，本身就具有改编为魔幻影视作品的巨大潜质，无怪乎越来越多的创作者将目光瞄向丰富的中国神话传说、神魔小说等文化资源，力求从中汲取创作灵感和素材。另一方面，随着网络文学作为影视改编富矿的价值被‘一夜间发现’，动辄上千万点击量的网络魔幻和玄幻类文学作品，亦为国产魔幻题材影视创作提供着源源不断的 IP 资源。”[①] 又“据《中国互联网第 21 次调查报告》显示：……在年轻人写年轻人阅读的网络小说中，‘穿越架空历史小说’成了历史题材创作的主流，如 2009 年起点中文网就有原创的历史类小说 11320 部，其中‘架空类历史小说’就有 7756 部”[②]。因而，文言文的审美经验，与

① 胡友笋、张修宁：《魔幻题材需厚植文化根基》，《人民日报》2016 年 9 月 30 日，“文艺评论”版。

② 参见蔡宗齐《岭南学报（复刊第八辑）——现代与古典文学的相互穿越：故事新编与理论重建》，上海古籍出版社 2017 年版，第 77 页。

其说是一个理论问题，不如说更是一个实践问题和已成事实的问题。这里再举一个诗歌的例子。唐代诗人韦应物一首小诗中有“我有一瓢酒，可以慰风尘”两句，二〇一六年，由一位作家不经意据此发起一场“续写运动”，不到一周，阅读量达两千五百零七万人次，转发十余万，评论超三万。不仅在线，而且线下互动，纸媒参与、专家评说、诗社征诗，甚至一些高校以此开展全校热烈参与的写诗活动。如何解读此一现象？其实，这完全可以用古代诗学中的基本理论“兴”来论述。我因此写了一篇文章在上海的《文汇报》“笔会”上发表，大意是：以他人成句起兴之诗，是“兴”观念下的一个诗学传统；其中有“诗乐一体”“成诵易记”“现成思路”“经典生发”等创作机制起作用。因而，只要文言不死，文言审美经验及其理论必不死。

以古今语言不同来取消文论的普适性，显然是很荒唐的。正如中外语言不同，然而西方文学理论与中国文学创作并非全然无关一样，文学作为人学，其核心价值无疑是普世性的。至于白话文创作与文言美学理论有无关系，答案是肯定的。此一关系不仅早已成为文学史的常识，而且仍是方兴未艾的学术前沿。前者如王国维的境界说、悲剧说、古雅说，鲁迅所论“魏晋风度”“摩罗诗力”[①]，梁实秋所论“常态人性”“古典理性”，周作人所论“言志说”，

① 参见胡晓明《真诗的现代性——七十年前朱光潜与鲁迅关于“曲终人不见”的争论及其余响》，载《诗与文化心灵》，中华书局 2006 年版，第 428 页。

宗白华所论“艺境”“虚实”“宇宙意识”，朱光潜的“情趣与意象的统一”“诗音与诗意的统一”[①]，李泽厚所论“积淀说”，王元化所论“情志说”“比兴说”，徐复观所论“中国艺术精神”，夏志清所论中国现代作家的“感时忧国”传统，等等；后者如陈世骧、高友工、王德威、陈国球、郑毓瑜、萧驰等持续讨论的“抒情传统”[②]，中国台湾学者颜昆阳所发展的一套关于诗用说的论述，以及章培恒长期所主持的一项论述“古今贯通与中国文学”[③]，都分明来自文言审美经验，而俨然成为学术长期持续不衰的论述焦点，成为一种本土美学理论的资源，不仅已经成为关于中国文学研究的重要新范式，而且不同程度地长期持续影响中国当代作家艺术家的创作思想。

有些问题，看似属于永远讨论不尽的老问题，如：“古典中国的理论思想遗产，不是一个抽象不变的整体，如何区分其中的自相矛盾的部分？如何看待同一思想或观念在不同时代的含义变化？如何不会成为一种各取所需的利用？如何得到一个文化上的正解与通识？”似乎只要有

① 参见胡晓明《对五四的回应，对革命的和解——梁实秋、宗白华、朱光潜合论》，载《庆祝徐中玉教授九十华诞集》，华东师范大学出版社 2003 年版，第 209 页。

② 参见陈世骧《中国文学的抒情传统》，生活·读书·新知三联书店 2004 年版；参见高友工《美典：中国文学研究论集》，生活·读书·新知三联书店 2010 年版；参见柯庆明、萧驰《中国抒情传统的再发现》，（中国台湾）台大出版中心 2009 年版；参见王德威：《抒情传统与中国现代性：在北大的八堂课》，生活·读书·新知三联书店 2015 年版。

③ 参见梅新林、潘德宝《中国文学古今演变研究通论》，梅新林、潘德宝编《中国文学古今演变研究读本》，上海人民出版社 2016 年版。

不同的数据出现，就一定会有不同的答案，不同的答案之间常常可以是冲突的立场。在掌握了各种材料而且崇尚数据第一的人以及无法穷尽数据因而崇尚理论的人看来，似乎是无解的。[①] 然而也可以化繁为简。简解此题有两方面路径。

第一，佛家说的“观”，正是诠释学所论的“诠释”。鲁迅说一部《红楼梦》，“经学家看见《易》，道学家看见淫，才子看见缠绵，革命家看见排满，流言家看见宫闱秘事”。这是“观照”的不同，世界就是由不同的观照者组成的。尤其是，文化中国作为历史，已经成为观照的对象而构成我们的意义世界。所以，可以从观照者的观照中见其世界之五灯交映之丰富性，以及变化万千的创意。这本身也是一种观照。古典中国的世界也是如此。若只有单一的一个，则直接就取消了观照本身。

这是承认古典中国的复杂性，进而论证了不同观照的客观合理性。

第二，一个人在苹果树下休息，苹果落下来了，打在他的头上。这至少可有六种反应的态度：其一，噫！谁家的苹果？打在我的头上了！其二，嗯，果子熟透，可以吃了。其三，不是可以摘了捡了去卖吗？其四，噢，谁家的苹果掉下来了，我得去通知他们一下。其五，王维的解读法：雨中

① 这类似于历史有没有真实性的争论。正如巴森所说：“有人说历史的真相是不确定的……首先必须像上帝一样全知全能。”[雅克·巴森：《文化的衰颓：史学大师巴森的 12 堂课》，陈荣彬译，（中国台湾）橡实文化 2016 年版，第 100 页。]

山果落，灯下草虫鸣。其六，牛顿的解读法：万有引力。上述对“苹果”的解读中，前面四种都是世俗与日常人生的态度，而最后两项最具有价值意涵。王维的解读是诗性的、审美的：世界自由兴发，自成一体，消解理性与欲望的世界。牛顿的解读是科学的，也超越世俗的、利害的世界。所以，后两项与其他解读有高下之不同。因为科学求真，艺术求美善，与功利主义人生属不同领域。

这是在承认古典中国思想文化资源广大复杂多样的同时，又同时承认多样的资源蕴含多样的价值，因而更论证了不同观照的价值层级与价值区分。其中，王维的与牛顿的，代表了求美与求真两种取向，表明两种取向其实是可以并存不悖的。上面两个步骤加起来，就是关于多个“中国”如何并存的命题的完整答案。

承认各种解读之间必有价值层级与价值区分，也就承认了文化上的正解具有较高的价值层级。至于“如何得到文化上的通识与正解”，这是另一个问题，参见下文。

二、中国文学思想与观念的古今之变

重新激活中国文论的理论解释力，前些年叫作“创造性转换”。然而“创造性转换”之所以在文论上成绩不大，一个原因是他们过于西学立场，而且只盯住当前的一些需求，过于直接功利地看待古典传统的功能，以为利用当先，受益第一，缺乏一种古今之变的思想史眼光。依我个人之见，“现代转换”的前提是要知古又知今。“知古”且不论。“知今”不仅是“知用”，有时表面上有用，其实无用；有时表面上无用，其实有用。因而要重视古今之变，要分析文论所处的现代境遇。现代中国与古典中国，遭遇三千年未有之变局，饱受西方思想的冲击，因而在文学思想与观念上，也有相当大的变局。学界已有的论著，或有所涉及，但大都站在现代文论立场，极少以古典文论为论述的中心。所谓“以古典文论为论述的中心”，即站在中国文化自身的立场上，在客观了解传统要义的前提下，同情地理解古代文学观念在今天的各种命运。我这里另辟新途，化繁为简，略为十项。

（一）由整体性宇宙论与存有连续生命观，变而为一维式宇宙论与原子式生命观，由此而来文学生态的大改变

陈寅恪有一句诗“谁问神州尚有神”，极富象征性地表达了古典中国与现代中国的文化前提发生了重大改变。传统文学、历史和哲学作为“伦理公设”的结构，作为“意义”的世界，作为“宇宙正当性”——这种种概念的瓦解，是最先成为现代性浮现的前提的。换言之，现代人最先以拒绝“伦理公设的宇宙”和“意义取向的宇宙”的行为，来表明自己的身份。因此，考察文论的变迁过程和发生机制，必然是考察其背景的宇宙观变迁；而透过文论的变迁，又可以观察中国现代化过程中古今之争核心问题的变化，而其他文化问题变化很大程度上照应、延伸、客观化那一核心问

题的变化。关于中国哲学思想的整体性宇宙论与存有连续生命观，学术界有相当多的讨论。简言之，所谓中国思想的整体性宇宙论，即老子说的“道生一，一生二，二生三，三生万物”，即天地人神的整体关联。所谓“中国思想的存有连续论”，即万物之间的生命流转与生态和谐。这里仅以钱穆先生关于天人合一的思想为代表。钱先生说：

> 中国人是把“天”与“人”和合起来看。中国人认为“天命”就表露在“人生”上。离开“人生”，也就无从来讲“天命”。离开“天命”，也就无从来讲“人生”。所以中国古人认为“人生”与“天命”最高贵最伟大处，便在能把它们两者和合为一。[1]

因为有此种宇宙人生和合一体的思想，所以不把人作为孤立的个体，个人总是与他的周边连接在一起，以他在社会上的关系来确定他的意义与价值。也因为这样的和合思想，时间、自然界与事物，不是只有朝向死亡的一次性的意义与价值，而是可以回返、变化，有新生的意义与价值。

对比而言，西方思想的前提是一维性与原子式的。一维性即万物皆向死而生，皆朝时间一维的方向，进化、发展、死亡。因而，在这个思想观念的大前提下，形成西方文化重征服、重创新、重发展、重否定的精神特质，即所谓浮士德精神；也形成西方文学艺术现代性的一个主要特征，即不创新即死亡，为新而新，为创造而创造，将欲望的新新不已，

① 钱穆：《中国文化对人类未来可有的贡献》，《中国文化》1991 年第 4 期。

化为自身的本质。原子式，即万物各自为政，互不关联，对立而生，个人至上。因而，在这个思想观念的大前提下，形成西方文化的分的倾向、趋新立异的潮流与绝对个人主义崇尚。

古今中西之变，很大程度上是这样的思想前提带来的文学生态大改变。

（二）由以“非虚构”为主流的诗歌文学传统，变而为以“虚构”为主流的叙事文学新传统

中国诗是中国文学的最根本、最核心、也最为普及的一种文体。从某种意义上说，中国诗代表了中国文学的灵魂。而中国诗的主流，不同于西方文学的虚构性，乃是非虚构的文学。“亚里士多德说，诗人不像历史学家，用不着一定要忠于事情本身。因为文学作品，包括历史小说，并没有义务亦步亦趋地遵循历史事实，它们可以重组这些事实，以便突出其道德意义。叙事常常改装世界，以便从中凸显出意义……文学作品模棱两可的信息，是‘拿我当真的，但又不要拿我当真的’。”[①] 美国汉学家宇文所安、余宝琳并非最早揭示了中国诗与西方诗异质的非虚构性特征。日本汉学家吉川幸次郎早已在《中国诗史》之《中国文学史的一种理解》（一九六六）中指出：“中国的文学史，其形态与其他地域的文明里的未必相同。至少，在最近时期以前，一直是不同的。被相沿认为文学之中心的，并不是如同其他

① 特里·伊格尔顿：《如何读诗》，陈太胜译，北京大学出版社2016年版，第47页。

文明往往早就从事的那种虚构之作。纯以实在的经验为素材的作品则被作为理所当然。诗歌净是抒情诗，以诗人自身的个人性质的经验（特别是日常生活里的经验，或许也包括围绕在人们日常生活四周的自然界中的经验）为素材的抒情诗为其主流。以特异人物的特异生活为素材、从而必须从事虚构的叙事诗的传统在这个国家里是缺乏的。散文也是以叙述实在事件的历史散文或将身边的日常事情作为素材的随笔式的散文为中心而发展下来的。总之，无论诗或散文都不需积极的虚构。”① 因而长期以来，在这一诗歌文学传统基础上，建立了中国文学的非虚构的文学理论与观念，“诗言志”“兴观群怨”“赋比兴”“修辞立其诚”等，都是非虚构的文学理论与观念。最近，邓小军教授又重新论证了中国诗的非虚构性，他不仅首次考察了赋比兴的非虚构性特征，更以诗歌史上双峰并峙之李白、杜甫为例：

北宋曾巩对宋敏求本《李太白文集》诗集“考其先后而次第之”，即对《李白诗集》分类，每类之中按行踪、年代先后编次，并且在每类之中行至每一地的第一首题下注明行踪所在地。曾巩《李白诗集后序》总结云：“初隐岷山，出居襄汉之间，南游江淮，至楚观云梦……去之齐鲁，居徂徕山竹溪，入吴，至长安。明皇闻其名，召见，以为翰林供奉，顷之不合，去。北抵赵、魏、燕、晋，西涉岐邠，历商於，至洛阳，游梁最久。复之齐鲁，南

① 吉川幸次郎：《中国诗史》，章培恒等译，复旦大学出版社 2001 年版，第 1 页。

浮淮泗。再入吴，转徙金陵，上秋浦、浔阳……永王璘节度东南，白时卧庐山，璘迫致之。璘军败丹阳，白奔亡至宿松，坐系浔阳狱……乾元元年，终以污璘事长流夜郎，遂泛洞庭，上峡江，至巫山，以赦得释，憩岳阳、江夏。久之，复如浔阳，过金陵，徘徊于历阳、宣城二郡。其族人阳冰为当涂令，白过之，以病卒，年六十有四，是时宝应元年也。其始终所更涉如此，此白之诗书所自叙可考者也。”

清仇兆鳌《杜诗详注·凡例》：“今去杜既远，而史传所载未详，致编年互有同异。幸而散见诗中者，或记时，或记地，或记人，彼此参证，历然可凭。”

李白一生主要行踪、杜甫一生几乎全部行踪“历然可凭”，依据在于李杜诗题目与正文的记时、记地、记人、记行、记事。①

以上文字有力地证明了一直被现代文学观念所遮蔽的一个事实。古典中国与现代中国，建立在诗歌文学基础上的文论，一个明显的古今之变，或许正是由写实的、非虚构的文学观，尽变而为虚构的文学观。现代文学的实践是虚构主流，现代人对中国文学的本质的理解也是虚构主流。换言之，我们理解的文学与古人理解的文学，已经发生了一个重大的转变：古人认为主流的文学写作，乃是写亲身

① 邓小军：《中国诗的基本特征：写实还是虚构？》，载《古代文学理论研究》第四十三辑，华东师范大学出版社 2016 年版，第 21 页。

闻见、亲身经历的现实世界情景，及由此而来的真情实感。而现代人认为写实或现实主义，主要是文学虚构，因为来自西方的文学理论有关写实主义、现实主义的特征正是“虚构”。“许多诗并没有原初语境，因为它们描写的经验完全是想象的。首先，并不存在任何真实的情形。我们不知道莎士比亚是否在荒原上发疯和赤身裸体，对背叛他的女儿们倾泻过让人恐怖的诅咒，而从批评的角度看，他是否如此并不重要。引起我们关注的，并不是隐藏在《李尔王》后面的体验，而是戏剧的体验。艾略特曾说：真正的诗人可以写出那些还未在他身上发生过的体验。况且，并不是所有的诗都记录‘体验’。荷马的《伊利亚特》……又反映了什么‘体验’？”[1]所谓“形象”“想象”“创造”“叙事”“典型”“象征”等，都是以虚构为基础的理论。一系列连带的种种后果：文学家与文学作品渐渐分离，文学也渐渐与安顿生命、提升人生两不相干；文学的意义也流于世俗的消遣与功利性；诗人美刺与诗史的政治用心，渐渐流失于无；感时忧国、国身通一、富于忧患意识的家国意识已逐渐边缘化，变而为个人意识优势，等等。这一切，虽不完全由于这一原因，也与此一变化有着不可分割的重要联系。

由非虚构而虚构，文学观的变化必然有现代性，一是现代文化领域的分化与自主化，文学从新闻报道、从政治实践、从教育活动等领域进一步区分出来；一是现代社会

① 特里·伊格尔顿：《如何读诗》，陈太胜译，北京大学出版社2016年版，第42页。

生活多样、变化与繁复，要求有更直接更真实的认识手段。但是，不可讳言，西方关于文学的观念引入，以及新文化对于传统的贬抑，加快了虚构的文学观取代非虚构的文学观的进程，而遮蔽了传统的主流。因而，重新发明传统，解放非虚构文学观曾被遮蔽的活力，成为后五四文论建设的一个新任务。

（三）由“斯文在兹”，即人文经典形塑人生的优势，变而为“简单化约式的存在决定意识”，旧瓶不能装新酒

与古人文学观相联系的一个思想前提是，古典中国的知识系统，可以提供一般人安身立命的价值，借用一句古话叫“斯文在兹”。我们看古人代代相传的生活态度与对于世界的认知图式，大都传承有自，有德性，有合理性，有来自经史的支持意识，有不言自明的规范与原则，这就是广义的“文”。换言之，如果我们将生活的精神动力分为纵贯（来自经典与前辈）与横截（来自生活与现实）两个来源，那么，古人更多更稳定的来源是前者，即社会学家所谓“前塑型文化”。[①] 然而现代不同了。五四新文化以来，新思想或现代思想，一方面要与过去的传统彻底决裂，另一方面，我们大家都很熟悉一个来自庸俗进化论的现代思想观念，即只讲“新的战胜旧的”“物质决定精神”“存在决定意识”，通过肤浅的教科书和庸俗化解释，直接或间接地慢慢深入

① 社会学家将人在社会上生存的支持意识，分为前塑型、同塑型、后塑型三个类型。参见李亦园《文化与修养》，（中国台湾）幼狮文化公司 1996 年版。

人心。但是，这其实有很大的问题。首先，看不到科技至上，物质第一的负面力量，迎合俗流，火上浇油。本来，来自人文经典代代相承的古典中国意义世界是完整的，是可以提供人生的基本幸福感的，但是科技来到中国，必然带来生产方式、生活方式、人的社会存在，以及人的社会意识的变化，这是事实。但是这个“存在”对“意识”的影响、改变甚至操作与控制，不仅不具备必然地“决定”人的意识、不以人的意志为转移的合理性（譬如，科技至上、科学主义、科学崇拜等，不仅不能必然决定人生是否幸福，甚而反之，带来灾难性的后果），而且当这一大因缘决定着人的所有意识包括精神价值的源泉时，我们要有足够的警惕才行。但是正是在源泉、根本这个问题上，“存在决定意识”被浅薄化、利益化，被别有用心地利用来作为物质主义、实用主义、功利主义、占有和瓜分至上、权力至上的理论的护身符。在一般人的心目中，“权力”和“金钱”就是最大的、最进步的，最能代表着人生方向的存在，这种存在当然决定着人的意识。这里说的是中国的一般思想状况。至于知识人，当然知道意识也可以反作用于存在的辩证法，但是第一，这只是附属于存在决定意识的，是第二义的；第二，在科技、新社会、进步等大叙述的面前，知识人并没有多少自主思考的余地，还是“存在”第一的；第三，虽然意识可以不被存在简单决定掉，但在文化传统遭受重大破坏、人文精神面临严重边缘化、知识与道义尊严未能真正建立的情况下，其实现代中国知识人了无资源可托，可以说是来无可藏身之地，去无可往之乡。

（四）厚人伦、美教化、移风俗、化人心的传统，以及沦肌浃髓的心学传统，变而为功利、娱乐与刺激

非虚构之外，中国文学的主流是人文主义文学。孔门诗教的功能之一，是“事父事君”，以及观风俗之盛衰，知政事之优劣。《诗大序》论及中国文学的根本宗旨，是“厚人伦、美教化、移风俗”。古典中国当然也有娱乐传统以及为艺术而艺术的文学观念，但始终不占主流。尤其是在诗、骚、陶、李、杜、苏、古文运动、复古思潮、格调诗论等强大深厚的典范作用下，每一代以文学写作为职志的知识人，皆尽力于以一人之志，系一国之本，负道德之担当，晓生民之耳目，鼓天下之动。而自现代思潮风行以来，文学成为独立之职业，成为市场之经营，成为消遣之选项，成为娱乐之刺激，陈寅恪所谓“吾民族所承受文化之内容，为一种人文主义之教育，虽有贤者，势不能不以创造文学为旨归”[①]，此一种人文主义文学，渐趋于边缘、流为僵硬、化为口号。

以此相关，沦肌浃髓、有益身心的心学传统，变而为功利化和消遣性的阅读新传统。

五四新文化人的文学变革，初衷是以新文学来追求新民主、新时代与新世界，文学的教育与启蒙作用仍然十分重要。然而，“革命”不免以暴力手段从追求平等、解放民

① 陈寅恪：《吾国学术之现状及清华之职责》，载《金明馆丛稿二编》，生活·读书·新知三联书店 2009 年版，第 362 页。

众，到后来渐变而为将手段当作目的，为解放而解放，为革命而革命。二十世纪除了后面二十年，一大世纪主题即是继续革命与不断革命。

受此影响，新文化人的文学观念，先是服务于革命，文学沦落为政治工具，政治任务消解之后，文学服务于人心人性之外的力道并未消解，或者，“为服务而文学”的机制已经形成，因而亦蜕变为以大众为上帝，以大众为目的，由“新人”而变为“为新而新”，唯“新”是尚，为流行而流行，为商业而商业，为世俗而世俗。因而阅读传统发生巨变，古之所谓“移风易俗”“化民成俗”的教化传统，有益身心、沦肌浃髓的心学传统，变而为围绕着考试、升学的工具化要求，以及各路商家为营销图书而推行的走马灯一样流行的浅阅读要求，变而为功利化和消遣性的阅读新传统。

（五）美刺的传统，变而为抒情与写意

我曾经撰文批判五四时期的《诗经》解释新潮，以顾颉刚、郑振铎、郭绍虞、闻一多以及俞平伯、余冠英等为代表的古史辨派、人类学派或文艺学派，将《诗经》解释成民间的男女情歌、上古的巫风以及原始性艺术、贵族的日常生活恋爱抒情，彻底将“毛诗序”的美刺传统说成是一大堆遮蒙附着于《诗经》真相之上数千年、需要彻底清理的瓦砾、藤蔓与杂草。然而，现代《诗经》研究业已表明，他们所解释的作品，只是其中很小一部分；大多数作品，仍然不能离开《毛诗小序》、郑笺及《左传》的材料，而只要有根据地解释，就不能将大部分“诗三百”的作品脱离毛《传》，朱子的《集

传》其实也没有完全废弃毛《传》。这就表明，“五四”还原民歌的努力，并未成功。[①]然而，由此开头而奠定新文学基础的民间诗、人民性、爱情文学等诗歌观念，就再也不提美刺比兴的重要传统；由此而建立的白话文学、大众文学传统，因此就失去了中国文学之根，就排斥了真正的士的文学、士的思想与担当。因而在现代中国，美刺比兴的诗歌，渐渐淡出了诗人与文学家的视野，成为一种遥远的回响。

举一个例子。诗歌讲美刺比兴，就不能不讲本事，不能不讲诗歌所涉及的真实时事。因而讲美刺比兴的传统，不能不讲“诗史”传统。然而可悲的是，现代人讨论诗史传统，基本上是在文艺学的圈子里打转，聚焦于争论诗可不可以表现历史的真相，多立足诗的艺术性，围绕诗史界定、写实与虚构、表现与再现、抒情与叙事的纠缠关系做文章，甚而有人越来越强烈质疑这一传统，以至于渐成为一种主张文学独立与纯文学的讨论。[②]然而，据项念东博士的研究，孟棨《本事诗》提出杜甫晚年之诗多“推见至隐，殆无遗事”，

① 参见胡晓明《正人君、变今俗与文学话语权——〈毛诗序〉郑笺孔疏今读》，《文学评论》2011年第6期。林庆彰认为：历代有两次废《诗序》的运动，一是宋代以朱熹为首，一是民国以胡适、俞平伯、郭沫若为主的，但是两次都失败了，《毛诗序》屹立不摇。他们失败的原因是，《诗序》很大部分是有根据的、可靠的，即使是国风，朱子定的诗旨也有百分之七十合于《诗序》，何况是雅颂，仅仅靠解释几首风诗的民间性质，不能整体上废去《诗序》。其次，《诗序》不只是一种史的事实，而且是一种儒家理论与思想的建构，在儒家思想占主流的时代，《诗序》不可能被废。

② 钱锺书《管锥编》：“盖‘诗史’成见，塞心梗腹，以为诗道之尊，端仗史势，附合时局，牵合朝政；一切以齐众殊，谓唱叹之永言，莫不寓美刺之微词。远犬吠声，短狐射影，此又学士所乐道优为，而亦非慎思明辨者所敢附和也。”（钱锺书：《管锥编》第四册，中华书局1979年版，第1390页。）

堪谓“诗史”。此一“至隐”，至少有三层意思：第一，政治隐秘，或曰难以明言的重大政治变故。第二，生命隐痛，凡有良知之人或良史之才，怀有怨苦而襟不得言，自有其抑郁难解的一份心灵隐痛。第三，用诗语隐晦传达此一隐秘与隐痛，亦即微言写作。因而，“就杜甫晚年而言，安史战乱、玄肃政坛的更迭，尤其是疏救房琯的濒死经历，所带给他的不仅仅只是战乱频仍、世事变换，更有对政治失道的愤慨，家国危亡的深忧，以及满目疮痍、生离死别的锥心惨痛。故其晚岁为诗，何止‘非但叙尘迹摭故实而已’（魏泰《临汉隐居诗话》），满溢纸面的更是一份切身之痛与悲悯之怀，故‘其旨直而婉，其辞隐而见’（杨维桢《梧溪诗集序》）”。虽然“历代‘诗史’论者不乏言及诗如何写‘事’的讨论，但其着眼点却不在由此而凸显‘诗’的艺术的面相，而更在强调‘诗史’主文谲谏、直面时政之弊的思想传统”。因而，“文天祥、汪水云以下诸多诗人饱含‘诗史’精神的写作，就不仅可以见证黑暗，为现实思想界解毒、祛昧，更成为‘一障江河之下’最后的思想阵地。这些作品是诗，更是史——‘史外传心之史’，是‘事功节义之士’最后的思想遗言。其中有历史真相，有对暴政横逆永恒的抵抗，更有古代中国知识人世代相守、歌哭以随的一份精神关怀”。[①]唯其如此，“诗史”既是一个文论命题，更是一个思想命题。

① 项念东：《“诗史”说再思》，载《古代文学理论研究》第四十四辑，华东师范大学出版社2017年版，第106、112、117页。

只有如此理解，才能避免离开中国诗学的主流传统与深刻意涵，变成一种浅碟子的诗学。

（六）感时忧国、国身通一、富于忧患意识的家国意识已逐渐淡化，变而为个人意识优势

首先，“国家”是一个近代的新词，需梳理其中含义。简言之，有古代、现代、后现代三个维度上的解释。古代的国家，是宗族所在（屈子之所殉），是王朝更替（杜甫之所忧），是文化共同体（顾、黄、王之系心）。总之，是血统、政统、道统的体现与承载体，具有生命缘与文化缘一体的价值存在。而现代国家，是民族国家，是一定军事力量与政治力量作为治理因素的一大权力组织。而后现代主义眼中的国家，是形形色色的国家，有专制、有民权、有依附于外力等，要义是虚构的“想象共同体”，是统治者一方为自我正当化而使用的说教。明乎此，我们就知道为何传统文学观的国身通一与感时忧国已经逐渐衰亡了。因为，“国家”的意义已经在不同的历史时空条件下发生了变迁。一方面，传统知识人已渐从血统、政统、道统之中解脱而出，因而传统的国家含义已渐渐空洞化；另一方面，民族国家的政治动员力量又以特定的时代内容为古老空壳化的概念注入新血。如果说五四新文学之后的一段时期，为人生的文学具有夏志清所说的“感时忧国的传统意识”，那正是因为二十世纪上半叶，无论是新民主主义还是三民主义，为民族国家的建立而努力奋斗的时代思想文化潮流，裹挟了大部分文学知识人，因而在文学作品中反映了他们的时代性。而改革开放之后，尤

其是进入二十一世纪的中国文学，个人主义超过了国家思想，这一方面是由于“国家”显然与古代和现代民族国家的建立不是一回事，历史内涵发生了变化，另一方面则是，在后现代主义思潮的影响下，“国家”成为“想象共同体”，因而文学的观念也不得不变化。然而值得注意的是，随着中国近十年的重新崛起，“国家”概念又重新获得了现代民族国家中重新植根于国民创建基础、强劲动员全民精神力量、整合全社会目标与归属感以及中华文明的伟大复兴等重要含义，因而，传统的家国观念，正在成为新的文学观念的重要背景。对于同处于中华文明共同体的中国台湾、中国香港，甚至汉字文化圈的日本、越南、韩国而言，“家国”的概念必然有不同的历史脉络与地域文化场域，彼“家国”与此“家国”，定有若干交叉重叠而又不尽相同的含义，而不同的含义之间的撕裂与整合、冲突与化解，对应于东亚文化圈，“文化中国”的概念，如何成为新的“家国意识”，两者既相互联系又相互区分，表达了华夏文明的认同作用，既有传统文学思想甚至政治思想所能涉及的，亦有彼不尽能承担的。[1]

（七）道高于势，渐渐变而为多元、柔性、非政治、非对抗的思想倾向

根据现代思想史家的研究，传统中国的儒家知识人大

① 笔者在中国台湾的一次座谈会上谈及学习中文的重要性，举吕思勉先生论金世宗仿汉人科举的例子，表彰汉字为世界第一精深文字。在座的大学青年教师竟说如果在中国台湾的大学新生入学演讲中如此说，一定会被下面的学生扔鞋子。这可以算是一个极端的例子。

都无恒产，即并没有独立的生活资源，而必须依附于庞大的政府官僚组织机构以生存，这当然或多或少使他们的利益与统治者的利益连接在一起，而不可避免成为统治者的一分子。然而相当吊诡的是，由于儒家早期创始人孔子主张“士”的根本特征是“志于道”，孟子主张道义高于权势、天爵高于人爵，而道家根本主张超然物外、自贵其心，在此影响之下，加之长期以来儒家知识人进德修业中德性与问学的双重高贵性的自我正当化努力，因而，追求“道”的价值独立性，以及保持君臣关系相对性，亦成为儒道两家政治学的一项特色。正如钱穆指出的：士阶层的身份兼吏与师而为一，既非官吏后备队员，又非教堂神职人员，本质上是可进可退的。“与上层政治虽不显居反对地位，而始终有其独立性，决不为政府一附属品。”[1] 因而，在他们代代相传的政治实践中，自古以来又分明存在一个道高于势的思想传统。尽管在具体的历史情境下，知识人面对政治权力有着种种不一样的响应方式，但是在道与势的相争中立场站在“道”的一方，向来成为优秀知识人的主流价值，而整个集体记忆系统也承传表彰这样的主流价值人物。然而，新文化运动对于传统的批判以及后来“十年内乱”对于士人文化的清算，使得这一传统出现了非自然发展的断裂，加上市场经济条件下物欲的膨胀、后现代社会利益和思想

① 钱穆：《略论中国社会主义》，载《国史新论》，生活·读书·新知三联书店 2005 年版，第 61 页。

的多元化，导致虚无主义、犬儒主义盛行。

（八）超越的传统，渐渐变而为随俗、顺世的世俗现实主义或市场现实主义的传统；自得其乐、独善其身的传统，变而为去道德化

古典中国有两个很重要的文人人格传统，一个是道家的隐士文化所造成的超越精神，追求生命自由与不羁人性，超然物外，看破世俗，睥睨权贵；一个是儒家的独善其身所造成的超越精神，自贵其心，不以世俗荣辱为自身命运的主宰。史中的伯夷、叔齐，文中的庄子、嵇康、苏轼，诗中的陶渊明、王维、李白，画中的黄公望、倪云林等，都是古典中国超越人格的代表，古书上称之为"逸"。孔子表彰过"逸民：伯夷、叔齐、虞仲"，"不降其志，不辱其身"（《论语·微子》）。逸民、逸雅、闲逸、飘逸，皆是此一传统的表达。

然而，在现代文化的脉络里，"逸格"遭遇了被唾弃的命运。首先是独善其身的传统被认为是"自了汉"，是失败者，是消极顺从命运；更严重的颠覆来自五四新文化传统对隐士人格的批判，鲁迅和钱锺书可为代表。鲁迅《隐士》一文最大的问题，是不承认中国历史上有真隐者，以及不承认中国思想中隐逸观念自有其真实价值。[①] 钱锺书其实在论述之先，即有三种预设。第一，二元化。他认定历来的隐士思想史只有两个系统：一是庾峻与梁武帝的系统，即主张隐士可以有裨于政教，即鲁迅先生所谓"帮闲"。一是

① 《且介亭杂文二集》。

靡元和明太祖的系统，即认定隐士是圣代罪人，无论有意与否，客观上都是反社会、反统治、反规范，都是一种消极的力量、一种游离的存在。统治者贬隐士与统治者利用隐士，"此古来论隐士之大较也"[1]。在他那里似乎没有第三种可能：既与政教无关，又与反统治无涉。钱锺书论隐士，几乎只有一个视角，即完全从维护统治、维护社会的角度去看问题。所选取的话语，无论是隐士"帮闲"也好，斥责"隐士"也罢，都是从上往下看，几乎全是从统治术的角度理解隐士问题，他无视还有另外一个重要的论述，即"道统"（士君子传统）的角度，因而有很大的盲点。

鲁迅与钱锺书的观念具有代表性。在新文化思想家们看来，伪的且不论，真的隐士也无疑是现代化中国的边缘人物、应该消失的旧人物。尤其是在革命年代和崛起年代，隐士人格是与时代风气、主流价值格格不入的。隐士这个流品的存在与否其实不重要，重要的是，这在知识界导致了一个思想倾向，即必须与时代、人民相融为一体，必须积极投身于时代洪流之中，才是值得过的人生、有价值的人生，其他都是虚无。而这个逻辑，又必然导致下一个逻辑：在人文知识人那里，并没有什么独立、超然的价值存在。唯其如此，知识人既可以成为融入社会、为现实斗争与为任务而奋斗的积极知识人，也可以融入世俗，渐渐变而为随俗、顺世的犬儒现实主义或市场现实主义的知识人，因为

① 钱锺书：《管锥编》第三册，中华书局 1979 年版，第 913 页。

知识人已经空心化。而自得其乐、独善其身的传统，也因为知识人独立性已经被摧毁，必须依附于其他阶层才具有真正意义，因而变而为俗话所说的“有奶就是娘”，变而为祛道德化。

（九）生活艺术化的古雅传统，渐渐为西方话语主导、阶级斗争与大众文化优势以及唯利是图的商业逻辑所摧毁

中国文学思想发展到明清时期，文学、戏曲、书法、绘画，不仅仅是艺术本身，而渐渐形成一个艺术生活化的传统。平淡、天真、古雅、疏野、清奇等概念，各显神通，讲趣味、求神韵，皆于此时得以充分尽其用。诗话、词话、小品文、序跋、笔记、清言、谈嘲等文体，亦有相当丰富的讨论与品题，对于东亚文明，有相当多的影响。兹借日本学者对于宋瓷欣赏的一段文字来理解。

> 重访久违的波士顿美术馆时，我再次与宋代陶瓷展品面对面。定州窑、汝州窑、吉州窑、建州窑等烧制的每一件瓷器，无疑都经过无数坎坷的命运，现在静静地陈列在地球背面的美术馆的陈列柜里。它们就是小杉一雄在《中国美术史——日本美术的源流》（1986）一书中高度评价的“宋代陶瓷才是贯通古今东西、人类所能得到的最美的器物，我这样说恐怕没有人异议”的绝品。它们摒弃一切装饰，彻底追求形状本身匀整美的造型手法，以及直逼天然玉石色调的人工釉料所反射的微妙光彩，无不具有一种不可思议的力量，令人忘记隔断自己

与器物之间的玻璃以及玻璃所反射的影响视线的室内照明。我比过去更长久地伫立在展品前，静静地凝视着它们。但是……美术馆内参观者摩肩接踵，但是到这个展室的人却寥寥无几。偶尔有人进来，却可能是被琳琅满目的中国陶瓷给吓倒，匆忙退出。[1]

之所以这个欣赏品位是孤独的，之所以更大多数的普通人并不能进入这一意境，正是因为现代生活与文化发生了很大的变化。长期以来的西方现实主义、物质文化、现代主义、浪漫文化的强烈视觉主导话语权力，不可能在世界上培养与影响宋瓷的观众。而在国内，长期以来阶级斗争历史、现代化即物质化的历史、对大自然征服与破坏的历史，城市文明粗鄙化超速扩张的历史，使具有贵族美与士大夫趣味的东西，早已丧失存在的时空条件。左派理论家也曾经大力主张质朴自然甚至原始乡村之美，深受西方后现代思潮影响的右翼理论家也曾经大力主张极简主义之美与野趣之美，然而，他们都未能懂得古典中国平淡天真之美，乃是一种经绚烂而归于平淡，化七色为一白，外枯而中膏，似淡而实腴，因而具有真正贵族气质的平淡天真、疏野质朴之美的，其实是九转灵砂之后，由文化心灵转出的古典美。正如梁遇春所言："我们把无知误解作天真，不晓得从经验里突围而出的天真才是可贵的"，"天真和经验实

① 小岛毅：《中国思想与宗教的奔流：宋朝》，何晓毅译，广西师范大学出版社2014年版，第9—10页。

在并没有这样子不共戴天，它们俩倒很常是聚首一堂……建在理智上面的天真绝非无知的天真所可比拟的，从无知的天真走到这个超然物外的天真，这就全靠着个人的生活艺术了”。[①]也正如冯友兰所说：“若将浑沌冲动视为天真，是对天真的误解，天真是真率纯洁，是自然的礼物，是精神的创造，是源于学力功夫。”[②]这是东方艺术精神特有的一份智慧。因而，复苏平淡天真之美，需要精神文化的土壤，不可能一蹴而就。

（十）人品与文品的关系，变得复杂、宽容、解放、多元，同时也渐失其初心与规范性意涵

“文如其人”是古典中国文学传统中的一项老观念。一方面，它植根于非虚构的文学传统，另一方面，它植根于儒家人文主义思想中做人的优先性，即德性人格的导向。所谓“立德、立功、立言”，德是第一位的；所谓“修身、齐家、治国、平天下”，修身是第一位的；所谓“成己成物”，“成己”是第一位的。“余事”“余力”为文，在文与人的关系上，长期以来成为主流的认知。因而文品与人品无疑是统一的。从根源来说，诗言志，文学根于人心，表现人格；修辞立诚，辞达而已，表达真实是文学的生命，而成功的文学表达可以曲尽其意。因而，“文如其人”有其内在于文学自身的重要理据。从意义上说，此说也发挥了积极正面的作用。“‘文

① 梁遇春：《天真与经验》，《语丝》1929 年第 5 卷第 31 期。

② 冯友兰：《冯友兰散文：觉解人生》，北京联合出版公司 2015 年版，第 34 页。

如其人'，含有'文如人'和'文当如人''文应如人''文须如人'的双重内涵"，"文论家无不特别强调诚心正意，培根固本。因为连自己都欺骗的人，自然免不了欺骗他人，欺骗读者。通过文辞将丑陋的心灵包装得冠冕堂皇，已经违犯了'精诚''诚意''正心'的心律原则。为了文章价值的发现，就要重视学识与人格两方面的修养。道德品行修养获得成功，文章写作才会获得有本之木，有源之水。'文如其人'的应然评价标准，恰恰在于引导人们修其身以诚其意，养其性以培其本，正其心以利其行"。[1] 这是"文如其人"的传统观念作为文学质量保证、文学健康发展和文学主流价值的规范性要求。

当然，传统文论中也有不一样的说法，但主流仍然是"文如其人"。现代文论中，不仅有复杂多样的讨论，且更有颠覆的努力。这是有其社会土壤的。首先，文学与游戏、与商业同流，因而并非所有的作家都认为文章要与自己的为人相一致、都打算以文章表达自己的人品。这是主观上的"文不想如其人"。其次，文学语言本身的自足性加深加大，在现代性各文化领域分化的趋势下，游戏与修辞本身成为美，"隔"成为自足的美，因而并非所有的语言都透明地表达自己的人品；同时，文不尽意，文字表述与作者内心所思有一定距离，作品不能完全表达作家的意思。这是客

① 任遂虎：《分层析理与价值认定——"文如其人"理论命题新论》，《文学评论》2010 年第 2 期。

观上“文不能如其人”。再次，在复杂而多样的文学阅读活动中，很难清楚准确地从“文”中知道其为人(无生平材料的作品、游戏之作、故意作伪掩饰很深的作品等)。第四，由于文学的独立，进一步要求更明确地区分文学活动的审美要求与道德要求，限定“文如其人”这一命题的有效性与合理性，更指的是气质个性而非品德，因而应该以此展开人与风格的论述，而不宜在文学批评中进行道德批评。[①]最后，钱锺书认为，从批评上说，“文如其人”将不可指实的虚构落实在具体的人事中，在文学批评上很危险，易于造成文字狱；而从创作上说，文学的虚构性要求与做人的真实性要求不一样，如“王国维《红楼梦评论》第五章：‘如谓书中种种境界、种种人物，非局中人不能道，则是《水游》之作者必为大盗，《三国演义》之作者必为兵家’；语更明快，倘增益曰：‘《水游》之作者必为大盗而亦是淫妇，盖人痾也！’则充类至尽矣”[②]。这其实已经换了概念，将真诚性的要求换而为事实性要求，于是从根本上否定了“文如其人”对于文学的正当性。

由此一问题的讨论可见，现代理性的科学性要求，将古代一些含混或笼统的命题加以清洗、区分，深化了其中的内容，厘清了其中的纠缠，有功于古典理论，然而也有意或无意偏离了古典理论的焦点，将一个单纯的规范性要求

① 参见蒋寅《古典诗学的现代诠释》，中华书局2003年版，第193—200页。

② 钱锺书：《管锥编》第四册，中华书局1979年版，第1391页。

变成一个美与真的冲突命题，渐渐失去这一理论与主张的初心，也渐渐放弃了这方面对作家的规范性要求，批评家只能就文说文，作者已死；文学阅读活动只是看作家的化装面具舞会表演，符号的能指狂欢替代了文学家的心性修行。这是古典理论本身转型为现代理论的一个例子。

三、古代文论传统与现代结合的多种可能

综观种种，可见古今之间有着极为不同的彼此关联。可以肯定的是，那种认为古今之间是一种“根本性的相异与断裂”，其实是不正确的。经过近十年的国学复苏与传统再认，学术界已达成共识，现代与传统之间，并不存在根本性的相异与断裂，如果说现代化在社会现代化与科技现代化上，与传统社会之间发生了一些重大的相异，那么，在文化精神与民族生命传承上，经过调适，仍有重要的延续与相承。倘若承认古今之间仍有重要的传承，那么，中国文论的学术思想传统与观念价值，仍有其重大的当代意义。

由上所述亦可见古典中国文论的一些重要传统，如非虚构为主流的诗文传统，感时忧国的传统，道高于势的传统，超越的传统，生活艺术化的传统，人品重于文品的传统，自得其乐、独善其身的传统，等等，在现代中国不同程度地遭遇到了种种挑战。挑战相同，但处境与响应不一样。有的受到遮蔽与扭曲，这需要重新解释与发掘；有的经过转化，已经融入现代传统，这需要加以强调；有的表面上传承，其

实已经失落，这需要校正；等等。由于不同的社会形态与文明发展，该变的不得不变，然而变中有通；不该变的，一定有其不变的理由与重新创造性复苏的新机。本文力图发现变的背后传统的力量，以及通的背后传统的调适，努力为古典理论在今天的位置与新生，发展出一套论述。

文学思想与观念作为华夏传统之一，必然离不开整个传统与现代关系的大格局，必然牵涉整个传统与现代冲突与融合的大逻辑。回望二十世纪，现代思想与传统观念之间，时而形同路人，时而枯木逢春，时而表面斗争，骨子里结合，时而表面上和谐，背后斗争。种种复杂关系，可大致析而为三型：其一，二者冲突。譬如专制与民主，水火不能兼容；科学与愚昧，亦冰炭不能同存。此不待论。其次，二者各行其是，互不相害。如敬拜祖宗、孝顺父母等传统道德，可与现代个人主义精神并行不悖，在家庭的领域可以以孝为大，在个人的世界可以个人优先，二者的关系不必是你死我活。其三，二者结合，产生积极正面意义。如社群主义、公道精神、责任意识、和谐价值、诚信伦理、敬业态度、尊严感、启蒙教育、自主人格，等等[①]，都是可以结合的思想

① 陶行知论启蒙："中国古代教育是一贯的注重觉悟。'大学之道在明明德'，明德即真理。第一个明字便是明白和阐明。明白是自觉，阐明是觉他。这个道理和'先知觉后知''先觉觉后觉'是相通的。并且觉悟是智仁勇三达德之康庄大道。'仁者不忧，智者不惑，勇者不惧。'因为不惑，才能不忧、不惧。不惑便是思想贯通而觉悟了。《中庸》说'不诚无物'，无论是'自诚明'，或是'自明诚'，都离不了'诚'。不诚便没有觉悟。诚心追求真理才能自觉觉他。要负起自觉觉他的任务必定要忠实于真理。"（陶行知：《生活教育运动十三周年纪念告同志》，载《陶行知全集》第三卷，四川教育出版社 1991 年版，第 417—418 页。）

理念。[①]

然而，“结合”一型最为诡异复杂，又可析为四类：

（1）表面冲突实则结合。

（2）表面结合实则冲突。

（3）不同也可以结合。

（4）貌合神离的结合。[②]

由此看来，我们主张传统文论与现代相结合，除了“貌合神离的结合”，除了“表面结合实则冲突”，富于真正建设性意义的是：（1）表面冲突实则结合，（3）不同也可以结合。以下略加讨论。

如“非虚构为主流”的诗文传统，即属于“不同也可以结合”。尽管我们无法回到非虚构主流的文学场域，我们也可以增大“非虚构”在当今文学中的话语权，努力扩展现代生活中非虚构类的文学地盘，可以充分发扬古典中国在这个领域极为丰富的文论遗产。非虚构是门槛低的文学，是自由度高的文学，是唱叹兴感的文学，也是无意为文的文学：“山川之秀美，风俗之朴陋，贤人君子之遗迹，与凡耳目之所接者，杂然有触于中，而发于咏叹。”[③] 英杰传

① 参见胡晓明“传统思想与现代价值结合”课题及系列文章：《从自主性原则看传统思想与现代价值结合》，《华东师范大学学报（哲学社会科学版）》2003 年第 1 期；《现代性的普世依据：重新认识中国文化与欧洲启蒙思想的真实融会》，载《思想与文化》第二辑，华东师范大学出版社 2002 年版。

② 参见胡晓明《中国文学的现代性问题论纲》，载《思想与文化》第一辑，华东师范大学出版社 2001 年版。

③ 苏轼：《南行前集序》，载《苏轼文集》，孔凡礼点校，中华书局 1980 年版，第 323 页。

记、古今人品、小人物志、亲友伤逝、自传日记、家族记忆、游记胜迹、八方风土、异域考察、节序写真……灵活多样，丰简自裁，功能完备，它完全可以与虚构类的现代传统并行不悖，如两轮之在车，共同承载国人的文学想象与语言创意。

有些关系正在发生重大变化。如“斯文在兹”，即人文经典形塑人生的传统，原先在现代生活中属于严重破坏的传统，但近十年[1]来有重要的转机，随着后五四时代整个社会主流风气对待传统从冲突走向融合的变化，传统儒道人文经典渐渐复苏，不仅是文化自信的来源，而且是文学佳作的条件。黄山谷说：“学问文章之气，郁郁葱葱，散于笔墨之间，此所以他人终莫能及。”[2]这不仅可以评论苏东坡，而且是评论现代好作品、好作家的重要标准之一。

厚人伦、美教化、移风俗、化人心的传统，感时忧国的传统，与现代新传统的关系，属于“表面冲突实则结合”。现代社会，文学多元，娱乐游戏，时光消遣，私己悲欢，梦幻人生，虽然合理正当，却应该不是真正文学生活的主流。表面上看起来，严肃文学处于不断衰退溃败之中，古典传统与现代冲突中已经胜负了然，然而，现代精神传统仍然在不断重新唤醒古老的智慧，譬如现代国家仍需要精神提升、文化认同，需要某种新的“道统”，因此，语言文学所创

① 本文定稿于 2017 年 8 月，“近十年”以此时间为基准。

② 赵令畤：《侯鲭录》卷二，中华书局 2002 年版，第 73 页。

造的文明愿景、想象世界、时代精英、价值能量，当然是国家民族认同的强大资源；另一方面，民族国家的认同是一定要表达的，这个认同应该是“桃李不言，下自成蹊”，“化人心”的功夫其实在诗外，不一定直接表达国家与文化认同，然而内涵是让所有的国人认同。什么时候我们的电影、绘画、书籍、音乐能够变成年轻人真正欣赏、喜闻乐见的文化产品，我们的国家认同与文化认同也就自在不言之中了。什么时候我们的文学能够广泛吸引人心、聚集共同的情感，我们的教化之美、风俗之善也就自在不言之中了。因此，可能是深深海底行，透过现代社会幽暗人生、梦幻心灵等没有那么感时忧国的文学，却高高山上行，得到家国一体、文明进步的大境界。

文学理论中关于文学的政治性、思想文化性的问题，一直没有处理好，原因就是将它们看成二元的。于是，或者文学一定要与政治、文化思想等脱离干系，才是正常、健康的文学；或者文学一定要批判现实、干预时代，才算是真正的文学。文学理论就摇摆于这两种倾向之间。这种“一定要”或“一定不要”的论式及其意义结构，就不是一种对话关系。如果说在前现代中文学与政治、时代确有一种约定的责任和天然的意义结构，那么，现代化进程中的社会文化，其意义结构已经松开、复杂化。有时文学不指涉政治，反而具有更大的政治性；有时过于指涉政治，却不具真正的政治关怀，而仅仅成为某种装饰或戏仿。这需要根据上下文作出具体的理解与批判。同样，道高于势的传统、超越的传统，其实是儒道两家的人格理想与现代文学人之间，充满了复杂的分合关系。表面上看，“五四”后百年来的现代作家诗人，已经渐渐完全离开了儒家自尊自贵、士志于道的人格范型，也几乎完全失去了道家隐逸人生的可能性，他们身体依附于体制、集体，思想灵魂亦大都未能超脱于时代的意谛牢笼。然而往深一层看，无论他们是否已经不再认同孔子、老子与佛家，无论他们的心灵止泊处是在哪里，只要他们对“做事的人生”与“自足的人生”同时加以肯定，对“独立的思想”与“清洁的人格”同时加以肯定，那么，他们心中就一定有一个孔子、老子与佛家的影子在晃动。

人品重于文品的传统，确实是有很多现代的变数。然而，它的根本大义是人的文学，是内重而外轻的文学，是推重一种有力量、有真气、文字的背后有一幅活生生的人的文学，不能因为其有许多变数而转移或失焦。曾国藩论文学说：“余好读欧阳公《送徐无党南归序》，乃知古之贤者，其志趣殊不愿以文人自命。东坡读少陵‘许身稷与契’及‘舜举十六相’等句，以谓‘此老胸中大有事在’。大抵经纶雷雨，关乎遭际，非人力所能强。至于襟期淡泊，遗外声利，则学者人人可勉也。”[1] 王船山也说：“吾身有事。”杜甫的后一句是“身尊道何高”。身与道，互为能量之源。熊十力《十力语要》中特为叹赏此语。源源有自，此一大传统，

① 曾国藩：《诗文》，载《曾国藩全集》第十四册，岳麓书社 2011 年版，第 443—444 页。

理想主义、英雄气质、士的担当，直到现代，不绝如缕，值得珍视。

前些年，古代文论的现代转换论者过多站在现代立场，对现代性缺少辩证的分析，唯一种进化式的“现代”是从。这里有必要引入多元现代性的概念。多元现代性的含义是：传统/现代、中国/西方、挑战/应战等二分论式，既是中国现代化叙事的基本框架，又不是唯一的框架。以文学为例，譬如：“当四十年代政治激进的作家朝向为革命而文学的目标迈进时，他们对中国现代性的企图的结果，即使不算是中国所有的政治传统中最老旧的传统，也是中国所有现代性中最不现代的现代。”[①] 这一方面表明中国的现代性是复杂的、充满歧义的，需要作具体的辩证分析；另一方面也表明，古典传统与现代的结合，并不是单一的模式。

尽管有诸多古今之间的冲突与不适，还是应该看到，中国文论在现代化进程的社会/文本互动之中，仍是有重大获益的。发展进步的核心，可以概括为两大优势。

第一是他山之石的优势。在前现代中国文论中，这个优势是由佛教传入中国而带来的。而在近两百年的时间中外接触的思想大潮下，文学与社会的现代化进程为文论提供了前所未有的契机，引发产生了很多新观念、新问题和新领域。所获得的世界性优势，与在这个过程中所失去的

① 王德威：《被压抑的现代性——晚清小说新论》，宋伟杰译，北京大学出版社2005年版，第27—28页。

东西相比较而言，在观念开放的时代、文化交流的时代、东西方自由平等对话的时代，文论思想与观念的进步是毋庸置疑的。与过去相比较，参照和学习借鉴的花样多了，整个文学的格局、风格、流派、创作方法以及个人体验的丰富程度，自然较从前有了极大的不同。以王国维、钱锺书、朱光潜、王元化的成就为例，现代中国文论的开拓者是王国维，集大成者是钱锺书、朱光潜，而文化自觉者是王元化。他们不仅开创了文学的新论域，打通了中西参照的新思路，奠立了现代文学理论的新原则，而且树立了国人的文化自信，启示了比“五四”更宽广的中国文论之路标。

第二是动力性优势。在前现代的阶段，中国文论的探索是缺乏清晰而有力的动力因的，靠的是序跋、诗话词话、诗文评的文体惯性与戏曲小说的评点机制。而在现代社会文化一体互动的进程中，文论因民族复兴与社会发展而兴旺，因此取得了时代历史的“天命”，更化此一永恒的天命为具体的“现在”，因而获得了新新不已的实践活力和当下即是实相的现世品格。植根于现代性文化对人的解放的永远的诚心、对人的命运的不懈的关心以及对人的自我正当化能力和自我反思能力的不倦的信心，这些都是生生不息的动力因。

华夏文明的传统毕竟是十分强大的。尽管有这样那样的现代性文化方案的扭曲、匮乏和困顿，民族古典生命也能存活新的生机；即便是在社会转型和文化痛苦变迁中，也有传统精魂死而复苏的真实脉动。从近百年人文学发展中，我们不仅可以从熊十力那样的极富于鲜明存在感觉的哲学、鲁迅那样极富思想深度和文化危机反应的文学，以及陈寅恪那样充满文化忧患意识和时代体验的史学中，找到典型的证明，相信也一定能从文艺思想与观念中，找到古典中国真正的托命人。

五　发现人类情感心理的深层密码

小引

我近年来努力提倡“后五四时代建设性的中国文论”，主张不仅在文献整理、史实梳理、体系建构等方面超越“五四”，而且在文明传承观、文学史观、文学思想范式等方面更上一层楼。“后五四时代建设性的中国文论”，不是平地起楼，而是有不少典型可资学习。本文认为，钱锺书先生晚年完成的《管锥编》，从某种意义上说，正是一部后五四中国文论的大书。第一，这部书尊传统。在书中，被“五四”胡适、陈独秀等视为敝屣的传统，却是一草一木总关情；中国经史子集的一字一句，都被他刮垢磨光，奉为珍品，然后化腐朽为神奇。第二，这部书尊文学，处处为文学着想，以文学为中国一切学问的旨归。第三，这部书尊智慧，字里行间充满了哲人的睿智、语文的机锋、心理的妙悟，看似无理论系统，却处处有思想的闪光。第四，这部书重趣味，本身就是一部很有深度的文学作品，因而是一部具有独特文体魅力的文论。最为根本的是，这部大书，回应“五四”以来的重大文化问题，即如何复兴古老而深厚的古典中国魅力。这是时代的大课题。从早年的忧患之书《谈艺录》，到晚年的《管锥编》，作者实现了他年轻时代的狂想曲，即中国文化之传承，不是一种简单的重复，乃是一场“灵魂的冒险”，因而也颠覆了五四新文学如胡适、陈独秀的古典文学论述，成为“后五四”的先驱。

一、古典中国的意园神楼：钱锺书与中国传统诗学

钱锺书以二十世纪四十年代之《谈艺录》蜚声学坛，然而《谈艺录》产生于国破家亡的时代大背景之中。这时期最优秀的著作，皆非纯粹为学术而学术，而深抱故国之思与兴亡之感。“余身丁劫乱，赋命不辰。国破堪依，家亡靡托。迷方着处，赁屋以居。先人敝庐，故家乔木，皆如意园神楼，望而莫接。”“虽赏析之作，而实忧患之书也。”[①]我们今天知道那个时代有很多诗学著作[②]；然而，《谈艺录》还是十分独特的，关键是这部大书的背后，有钱锺书的人格性情。因而，要了解钱锺书的诗学，需要借助他的治学名言。

> 大学问家的学问跟他整个的性情陶融为一片，不仅有丰富的数量，还添上个性的性质，每一个琐细的事实，都在他的心血里沉浸滋养，长了神经和脉络，是你所学不会、学不到的。反过来说，一个参考书式的多闻者（章实斋所谓横通），无论记诵如何广博，你总能

① 钱锺书：《谈艺录》，中华书局1984年版，第1页。

② 参见张寅彭《民国诗话丛编》（全六册），上海书店出版社2002年版；潘静如：《民国诗学》，北京联合出版公司2017年版；陈平原：《中国近代文献丛刊》（文学研究卷），河南人民出版社2018年版。

把他吸收到一干二净。[1]

首先要知道他是以诗学为故园、以诗艺为性情。中国诗艺，是他在忧患人生中安顿心灵的“意园神楼”，是他在漂泊时代心血中沉浸滋养的整个性情。我们在讨论钱锺书诗学时，要时时记得回到这一原点。

二、二十世纪中国诗学研究的五大传统与三大维度

概要而论，二十世纪的中国诗学研究，有五个大的传统与三个大的维度。五大传统指的是：中西比较的传统、科学化的传统、学艺兼修的传统、考据的传统与思想的传统。三大维度是：新义理学、新考据学、新辞章学。

五大传统具体表现为：

1. 从王国维“以外来观念解释中国材料”开始，晚清诗学就启动了“中西比较进路”。王国维（主客哲学、观念、体系）、林纾（小说翻译、西方文学启蒙、东西语文魅力）、吴宓（博雅、东西人文主义传统交融）、朱光潜（心理学与美学）、闻一多（人类学），包括不是专门的研究者如梁宗岱（形而上诗与神秘主义）、吴兴华（形式、音律、中西翻译）以及王元化（德国古典哲学与俄罗斯文论），后来的海外延伸如陈世骧、高友工、叶维廉等，而钱锺书无疑是这个传统最终修成正果的一个集大成者，体大思精。这个传统无疑

① 钱锺书：《论交友》，载《写在人生边上　人生边上的边上　石语》，生活·读书·新知三联书店 2002 年版，第 78—79 页。

为中国诗学的现代生机开出一条新路。成绩且不论，总的流弊，是主体迷失、空洞化与西学优势。但是，钱锺书不同。第一，他对于两个大的文化圈是区界清楚而又明确肯定的。尤为重要的是，钱锺书将两个大的文化圈分解为无数的小圈，各个小圈之间交叉着无数的连线。第二，许多中西进路传统中人以为，东方文化需要靠西方的光才能照亮，然而在钱锺书这里，中国文化真正站起来，具有自己的尊严与美妙，东西方的文化世界成为交相辉映的共同体。

2. 中国诗学研究的科学化传统。特点是规模化、开荒拓宇、求真求实、填补空白。如罗振玉、王重民、任半塘、钱仲联等，尤其是致力于以项目生产为追求、以集体协力为特征的现代学术体制中的学者们，同时结合了中国传统诗学学术中的文献学传统，即以训诂、校勘、注释、目录、版本为本领的清代乾嘉学术传统。优点非常明显，且不论。流弊是学问中没有思想、没有关怀，诗学中有学而无诗、无性情，成为一种社会科学或历史编纂工程学。

3. 中国诗学研究的学艺兼修的传统。如陈衍、马一浮、饶宗颐、顾实等。优点是有深度、有体贴、有细节、有感受。流弊是缺乏科学性、没有计划、没有目标、没有大的影响力。

4. 中国诗学中的考据学传统。有深沉厚重的史，也有精深细致的诗，有文化生命的人文温情，以陈寅恪为其中的杰出代表。

5. 中国诗学学术中的思想关怀的传统。以马一浮、徐复观、钱穆等人为代表。诗不仅仅是诗，而是文化血脉，诗与一流的中国智能、思想对话；缺点是成就不够，有影响力的代表作太少。

从中国文化的特性来说，此“诗”非彼“诗”，我赞成中国传统诗非等同于西方文学中诗歌、小说、戏剧与散文中的诗，我相信诗乃吾国先民心血淬炼之人文精华，无不默然寄寓代代相承之先民魂魄，而华夏诗书，元典之精髓，已然凝聚于其中。然而，中国诗既是多元的传统，每一个部分与其自身的历史仍然应该得到尊重，因而应该被区分地看待。

二十世纪中国诗学的使命，可以从以下五方面得到理解。

其一，传承古典中国的技艺。五四新诗并未获得真正的成功，旧诗的传统正在得到传承，一个新旧诗并行不悖的局面正在良性形成。目前旧诗的写作有两大阵营，一是拟古的，诗的前提是先要写得像古人，然后再谈到创造；另一是顺时的，即强调今天这个时代的特殊性，要反映时代的生活，同时也要传承古典的流派与技艺。因而今天不再有人说这样的话：旧诗一定要与新文学结合、与西方结合，才能活得下去。旧诗完全可以独立地活下去，而且活得很好。因而，有关旧诗的那一大宗传统理论与批评，即便是我们原汁原味传承下来，亦是有其正当性的。

其二，帮助新诗创作之成长。融合中西美感经验，融合新旧诗歌创作，诗学终将被运用于实践。这方面，有不少努力，但成功的太少。

其三，参与现代人格的美育。中国有悠久广大的诗教传统，透过诗学来发挥传统艺文的审美力，增进国人的心智、教养与情操，目前看来，还正在努力的途中。

其四，复苏华夏文化的心灵。不仅将“五四”打倒的旧体诗学重新恢复生命，而且要活转其最美最精彩的文化心灵部分。死而复苏的努力不仅是诗歌的，而且是人文思想与精神价值的。透过中国诗，重新认识文化中国，那么，陈独秀说的中国文学只是“山林文学、贵族文学、庙堂文学”就十分狭隘了。文言白话之争，不仅是古今之争，而且是民族文化的精神生命权之争。在“复苏”这个意义上，诗学已经做了很多，然而诗是文化的精华，如何洞察中国文化的奥秘、张扬中国文明的精粹，仍然有事要做。

其五，丰富人文科学的传统。整理与研究，求真求实，成为一种现代学术。从日本、欧美汉学界来看，中国诗学已变成一种国际化的学问，基本成功。

由此可见，中国诗学在现代社会的使命，仍然是传承与创造并重，诗本身与诗教并重，知识与美感、价值并重。其中，创造力的发挥尤为重要，因而必须透过钱锺书这座大桥连接古今中外。

我们再从另外一个意义上看中国诗学的再生。凡中国的学问，皆有义理、考据、辞章。中国诗学要想在数千年传统积累的基础上更上一层，一方面，考据、义理、辞章依然是传统学问修成正果的必经之路，除非诗学成了另外的学问；另一方面，要得时代之机缘，继承传统又超越传统，又绝非只是传统一套。因而，必然有三大维度：新义理学（重新以儒道释思想观念作参照的诗歌义理学，马一浮、徐复观、钱穆等人有初步的探索，钱锺书也有独特的发现）、新考据学（以陈寅恪为传统的诗学）、新辞章学（以钱锺书等人为典范的诗学艺术学）。必须消化这三大维度的学术知识体系，才能由此建立新型的中国古典诗歌美学。

新考据学，即诗学研究中采用文献整理考订之外的史实考据方法，主要涉及诗人及与其作品相关的时间、地点、事件、人物之类的实证性考察。超越传统而最具代表性的学术方法就是“诗史互证”。“作为一种在中国诗学史上有着久远发展史的学术方法，20 世纪以来为诸多文史考据学者所继承。孟森、黄节、梁启超、张尔田、王国维、陈垣、岑仲勉、邓之诚、陈寅恪等，构成诗学考据领域一个群体性的存在。”[①] 其中最知名最有成就者，莫过于陈寅恪。

值得注意的是，陈与钱的方法，既有十分相近的一面，亦有相反的一面。相近的一面有两个，一个是注重汉语词汇，一个是注重让材料本身说话。

陈寅恪有一句名言：“凡解释一字，即是作一部文化史。”而钱锺书之“管”之所窥、与“锥”之所指，都是具体的字与词，当然也是字与词背后的生动故事。因而，陈寅恪

① 项念东：《文献工夫与思想工夫并进——邓小军诗学考据学述略》，载《古代文学理论研究》第四十七辑，华东师范大学出版社 2018 年版，第 434 页。

的汉字背后的文化史，在钱锺书这里是汉字里面的张力与彼此之间的意义链，一个字即一个修辞学，一个字即一种结构学，一个字即一种主题学或原型学。

让材料本身说话，钱锺书是参证式笺解，陈氏是“合本子注”。

参证式笺解，即辑录汇编相关主题与题材的语言材料，用以相互参照，互相发明。整个《管锥编》，几乎是避开经史子集自身的系统与固有学问，只集中讨论钱锺书认为最值得表彰、最有光彩、最有创造性以及最有智慧的亮点。尤其是西中互证、文哲互证，如五灯相映，极有发明。

陈寅恪重视“古人治学之方法”——“合本子注”。1948年，陈寅恪在为学生徐高阮重刊《洛阳伽蓝记》所作的《序》中就提到，裴世期注《三国志》“以为注记纷错，每多舛互。凡承祚所不载，而事宜存录者，则罔不毕取，以补其阙。又同说一事，而辞有乖杂，或出事本异，而疑不能判者，则并皆抄内，以备异闻”，乃一“广义之合本子注”。在陈寅恪看来，这种著述方式的好处就在于，借排比纷错之注记，可去舛误；杂采乖违之辞、异出本事，可补旧有之阙，或备异闻之查考。而这一备引文献，后加案断以见“史识”的著述体式，正是陈寅恪绝大部分著述的主要体式。

参证式笺解与“合本子注”，最大的共同点即充分占有材料，进到古人文献与思想的幽深处，然后尽量让材料本身说话。

然而即使存在表面上的相同，也不能否认两者有很基本的不同。

从治学的态度来看,陈最重要的方法是“同情的了解”,更多主张发现古人的历史真相;而钱是“灵魂的冒险”,刻意强调一己之读书创获。

最大的一个区分是“史与诗”。钱锺书是尊文学,处处维护文学自身的独立与尊严,不主张混史学于文学;而陈氏是不斤斤计较于文学之好坏,文学只是史学的一种,史学只是文化心灵史的一种,笔下是全幅的命运(个人、时代、家国),而学钱锺书的流弊,很可能只是宝光内蕴而引人入迷的碎片镜像。①

钱、陈的诗学典范,有深远的影响,不仅综合了诸多的传统,而且发明了重大的意义。陈的意义是历史的洞察,生命史的掘进;钱锺书的意义是中国语文的言外之意、丰富细节、文本精彩、作家艺术心灵之奥秘。陈、钱典范,有重要的对立。此种对立,是中国诗学本身在现代情境中的破裂与再生的表现。

为什么确定钱锺书诗学研究为新辞章学?这是由钱锺书的学术性格决定的。文学本身其实已经包含了义理、考据、辞章,而文学研究必然要面对人的全部存在世界与所有关系,因而文学的探索本身必然就是一种跨越文学,深深进入哲学、社会、宗教、心理、历史论域的活动,所以文学并无边界。然而钱锺书万变不离文学本身,无论如何跨

① 参见胡晓明《陈寅恪与钱锺书:一个隐含的诗学范式之争》,《华东师范大学学报(哲学社会科学版)》1998 年第 1 期。

越，他也带着“在他的心血里沉浸滋养，长了神经和脉络”的美妙语文，也充分发明这一美妙语文——这一基本事实，决定了他的学问性格大要，乃是一种以语文为工具、又以语文为旨归的新辞章学。

三，《管锥编》与以古典汉语为基石的新辞章学

第一，既是传统辞章之学，首先要讲到《谈艺录》与《管锥编》的关系。

同样是诗学，《谈艺录》是传统诗学，主旨是接着陈衍讲，立足于同光体的宋诗传统，力主唐宋合一，最重要的诗学思想即笔补造化、润饰自然（唐诗的特点是“天然去雕饰”，宋诗的特点就是“觑天巧”）、妙悟与理趣（结合唐宋诗，从严沧浪的“兴趣”、王渔洋的“神韵”转出）以及唐宋诗之分乃风格性相之分而非时代先后之异。如果用钱锺书自己的话来讲，中国固有文学批评的一个特点，即“将文章通盘地人化或生命化”，那么，《谈艺录》的人化或生命化，即钱锺书“唐宋诗学一体观”的人化或生命化，是钱锺书这个人，既有浪漫古典情怀，又有世俗精神、智慧与理性，是钱氏集唐诗风神气韵与宋人筋骨思理为一身的人格的投射。它要响应的问题是传统诗学的最重要的问题。这与《管锥编》不同。《管锥编》要响应的问题是活化传统，再造古典，诗学只是一端。同时，就诗学而言，《谈艺录》更全面系统，包括了鉴赏论、创作论、作家作品论、文体论、修辞

学和风格论，而《管锥编》的重点是中西融合的诗歌美学。当然，补订本《谈艺录》与初版的不同，有了更多中西融合的内容。[①]

《谈艺录》更多的是化古典为生命，古典与性情融合为一，而《管锥编》更多的是“灵魂的冒险”：“若云不读文言则于吾邦旧日文化不得亲切体会，第亦以为不然。老师宿儒皓首穷经，亦往往记诵而已，于先哲之精神命脉，全然未窥……盖读书，本为‘灵魂之冒险’，须发心自救……”[②]这句话，是理解《管锥编》的重要关键。

第二，二十世纪中西比较传统汉语诗学的奠基之作有三部：一是王国维的《人间词话》，二是朱光潜的《诗论》，三是钱锺书的《管锥编》（先师王元化先生的《文心雕龙创作论》其实也是这样的作品，不过，更涉及“文学”这个大类）。这三部作品有三个共同特点：一是有意识立足于中西融合，二是有意识古今打通，三是有意识建立系统——从什么是诗，到如何成为好诗。

然而，王国维的《人间词话》只是单一的诗话语言系统，从严羽到王渔洋，以及一些词话的术语。而钱锺书则大幅度扩展到四部的范围，尤其是集部的很多作品，从作品中发掘理论，这是钱锺书的特点，因而更为开放、多元，格局

① 钱锺书《谈艺录》（补订本）《引言》说：“逐处订益之，补为下编；上下编册之相辅，即早晚心力之相形也。”

② 钱锺书：《与张君晓峰书》，载《钱锺书散文》，浙江文艺出版社 1997 年版，第 410 页。

更为广大。朱光潜的诗学著作，不是真正以古典汉语为基石的作品，而是以哲学或美学为进路的。因而，真正以汉语为基石，成为钱锺书的特点。

第三，乔姆斯基的生成句法理论和弗莱的原型理论，可以作为钱锺书的论据之一。弗莱认为，文学起源于神话，神话中包蕴着后代文学发展的一切形式与主题。正是在这个最一般的意义上，弗莱把神话称为文学的原型。在弗莱看来，《圣经》是最为广博的神话故事全集。从文学的视角看《圣经》，它不再是基督教的至圣经典，引用教义的源泉，而是以神话的方式讲述着人类生存的全部历程：从创世到末世，再到获救。钱锺书也是将"经"视为文学的母胎。从中国文学最重要的经典中去寻找诗与文学的基因。当然，弗氏强调"隐喻的语言"，以及集体无意识中存在着大量的原型。钱锺书抛弃了这里面的直觉与神秘主义的想象发挥，而将原型的洞见充分知识化，同时也内化，落实于字、词、句子及篇章结构之中。

乔姆斯基认为，人的语言先天就具有作为生物属性的普通语法构成各种语言的基本结构。每一种不同的语言皆由普通语法生成转换而成。语言与世界是同构关系，既可以是同一个世界通过各种不同的语言来表达，也可以是不同的语言表达不同的世界。前者即钱锺书心同理同的根据，后者即语言是存在的家，语言可以创造世界、宣示它的多样与独特性，因而，既不是完全绝对的古代诗学（因为同一个世界可能透过古典汉语或可以透过现代汉语，甚至英语来表达），也不是没有自我的西方诗学(因为语言是存在的家,如果只有西方一种诗学,后人就无家可归,灵魂就无活生生的血肉可附)。因而,语言既是心同理同的诗学,又是可比较、建立在古典汉语基础上的、有差异性的、有母语根源意味的汉语诗学。

以钱锺书在《管锥编》中开篇讨论的“体用”为例。有人说“体用”之名来自佛典、《坛经》,而由朱熹借用,因而朱子被人诟病,是阳儒阴释,因为来自外来文化的体用只能代表某种外来的思想观念。而钱锺书引《周易正义》,以及种种文献材料,证“体用”之意并不首见于佛典,其中所表现的本与末、内与外、主体与功能的丰富义理,是中土古已有之的老观念、旧传统。当然,钱锺书也认同由于佛典集中使用强调这一概念,使之在哲学思想上趋于精密。但“既济吾乏,何必土产”,“体用”之名既然恰如其分,完全无须在意它姓儒还是姓释。

从本文的分析角度说,“体用”思想一如乔姆斯基所说的“普通语法”,是构成先民有关世界本质的基本洞见,这是来自语言与人心的共通处的,中外皆有,心同理同,正是同一个世界在语言上的呈现。而“体用”一语后来由释典而加深与精密化,是在普通语法上的不断生成、深化与变化,完全不必因为它是被重新精密化、成了一大套专门的论述,就否定原来普通语法具有的意义生成性。

钱锺书开篇讲“体用”,正是为他的方法与立场定一个调子。强调开放式的中国古典学,可以将西学中的很多概念与义理，与中土的概念与义理、辞章，放在一起讲。[1]这就打通了中学与西学。由于强调心同理同的理，因而很自然要舍弃一些非普遍性的语义。于是悬搁那些文本同时代的主流语义与知识脉络，择取那些更具有普通语法的精华，就是再正当不过了。因而钱锺书笔下的经史子集，某种意义上也是经不经、史不史、子不子、集不集，很大程度上是脱离了那些古代的知识系统的。从现象学的意义上说，意向性是心灵的特征、意义的赋予，是人文创造的特征，由此而关联世界。

综上所述，《管锥编》是不同于立足传统的《谈艺录》的诗学现代转型之作，是植根于古典语文的新辞章学，是奠基于深层语法而心同理同、充分展开古今中外交流的对话诗学。只有从这样的脉络中理解，才能把握其高明而沉潜的学术性格。以下从两个方面，具体论述古典语言诗学的内容，同时，也附带发表我个人的心得体会。

四、汉字与辩证诗学

陈子谦在《钱学论》中专门有一章，讲钱学的“一与不一的辩证方法”。他认为“一”与“不一”哲学或辩证方法，

① 钱先生论“体用”，亦不啻为今之所谓“失语症”批评者下一针砭，有三义：一、“体用”并称虽来自佛典，然“孔孟未尝言体用而每言无非有体有用”，此即所谓深层语法之相通，东海、西海心同理同；二、“才说性理，便欠此二字不得，亦要别寻二字换却，终不得似此精密”，这表明，只要有助于思想精密，外来何妨；三、“严周身之防，亦陈仲子之廉也”，这是一种语言与思想的过于洁癖与自我狭隘化，不利于健康。

不仅支配了《管锥编》的文艺批评，甚至“钱锺书对人生、社会和文学的哲理深思，几乎都可以归结到这个一与不一的哲学命题上”。具体的内容，展开为“相反相成”“一贯万殊”“有无相生”三个方面。[①] 中国古代有极为丰富的艺术辩证法。钱锺书是这个宝藏的发掘者，同时也是这个传统的开拓者。本文与陈文的不同，在于本文更着眼于钱锺书辩证诗学的一大特点：根于汉字。[②] 钱锺书《管锥编》以汉字为进路的具体内容，主要是用“三”与“二”的哲学，即“字有三名”与“字有二相”。以下是几个重要的个案解读。

（一）字有三名

1. *易之三名*

即易（简易）、变易、不易。钱锺书开篇即掘出一个“易”字，在极其纷繁复杂的历代易学思想中，他是弱水三千，只取一瓢，旨在响应黑格尔对中国传统思想的批评。

黑氏认为汉字不如德语精密，不能表达复杂的思想。其中一个证据即一个字不能兼含相反的意思，如“奥伏赫变”，既保留又舍弃，既生成又消失。而钱锺书认为：“易之三名”恰恰可以做到“赅众理而约为一字，并行或歧出之分训得以同时合训焉，使不倍者交协、相反者互成。”易

① 参见陈子谦《钱学论》（修订版），教育科学出版社 1994 年版，第 615—654 页。

② “根于汉字”的文化或史学研究，最重要的典范如沈兼士于 1936 年的打鬼节之际写出一篇《“鬼”字原始意义之试探》以及胡适《原儒》。但钱锺书是完全脱开历史书写。这样做的好处正是回应黑格尔关于中国没有辩证思维的批评。

之三名有两层含义，一是简易、变易、不易，恰如黑格尔之正题、反题与合题，是一个事物或一个观念的连续体。钱锺书的例子还有“应”有三名、“伦”有四义、“王”有五义、“睽”有三义（背之、面之、背即面）、“音”有三维（心、调、声）、“哀”有三义（爱、悲、怜）、“心”有三联（物、意、文）等（其中有并出分训多项），这充分表明了汉字所具有的复杂思辨能力。“字有三名”作为汉语精深的标志之一，可以容纳复杂的思想。这表明语言的深层语法确实是心同理同的。辩证诗学最终要通过事物之正题与反题，达到事物之合题，而合题正是诗之所以为诗、诗意的丰富与幽深处，也是作为理论的诗学所必须具有之整体性与结构性。钱锺书以“易”开篇，奠定了三范畴的新辞章学的基础。

2. 诗之三名

即“承”“志”“持”。诗之背出分训，即“之”（表现）与“持”（节制）；诗之并行分训，即“志”（表达个人的情感）、“持”（守住性情的规范）、“承”（承当群体的使命）。这正是中国诗歌的本体论。这个维度的引入，使诗本质成为一种整体、辩证的论述。这既不是现代人尤其是浪漫主义诗学所主张的表现，也不是古典主义所主张的控制与中庸；既不完全是个体生命的自我完成，也不完全是群体生命的保守与传承。这是完全可以活在当今的诗学话语中的根性。

3. 风之三名

即风谣、风教、风刺。风谣往往是来自民间的、朴素的；

风教往往来自精英阶层，来自统治者的要求，来自道德教化的规范；风刺则既是民间的痛苦与抗议，也是精英的批判与控诉。风之三名，只是一个字，却以三维角度，整体化了诗歌是谁作的、给谁写的以及写来做什么。不仅如此，风之三名更是《诗经》本身的生成史：从最早的民间风谣，到文人与政治家的文明教化，再到变风变雅的社会批判，俨然是《诗》的历史本身。因而一个字，即是一部文化史。现代人往往将诗歌创作论、接受论与功能论分开来讲，或者将某一个部分的定义代替整个的全体，但这只是一种分析式的诗学，而在古人那里，是浑然自成结构的诗学。

朱自清《诗言志辨》中将诗言志从四个方面讲，即“献诗陈志”“赋诗言志”“教诗明志”“作诗言志”。其实最后一个“作诗言志”可以看成是后来成熟的普通义，除此之外，仅从“志”本身的发生学来论，也可以说“志有三名”：士人献诗之志、使者用诗之志、圣贤教诗之志。士人献诗之志是来自下层的，原初创作的思想与情感；使者用诗之志是在外交与政治场合的委婉表达，是礼乐社会的政治交流工具；而圣贤教诗之志则是教育贵族精英子弟文明素养与政治才能的课本。只有三个环节相扣，才能完整说明“诗言志”这一中国诗学基石的产生，而只有完整探明诗言志的产生过程，才能理解中国诗深度的人文主义性格。

先师王元化先生《文心雕龙创作论》也是充分发挥了德国古典哲学与中国古典文论（《文心雕龙》《人间词话》等）三范畴辩证方法，构建了一套打通古今中外的文艺哲学。[1] 与钱锺书不同的是，前者是精深解读了以龙学为中心的一部书，而后者是深刻把握了古典语言核心秘密。

（二）字有二相

钱锺书以“易”开篇，除三范畴之外，更有二元对列。即一个字，能“以相反两意融会于一字”，“语出双关，文蕴两意”。前者是同一字可以做矛，也可以做盾，就看不同时分别的使用；后者把“矛盾”作为一物，同一字可以同时兼含两个相反的意思。钱锺书强调变易与不易，舍“简易”义，突出互为敌义的汉字辩证性。以苏轼《前赤壁赋》与歌德咏瀑布诗对读：“‘逝者如斯，而未尝往也；盈虚者如彼，而卒莫消长也’；词人妙语可移以解经儒之诂‘易’而‘不易’已……歌德咏万古一条之悬瀑，自铸伟词，以不停之‘变’（Wechsel）与不迁之‘常’（Dauer）二字镕为一字（Wolbt sich des bunten bogens Wechseldauer）。”我认为也可用饶宗颐诗句“万古不磨意，中流自在心”作一诗例。虽然有大化流行，却万古宇宙之本体不变，而人心亦如宇宙之本体，可以自在不变。辩证诗学也可以用一个意象或词语，兼含丰富错综的意义。这方面的例子有：道二相（远与近、知与非知、言与不言）、象二用（实与假）、衣二柄（隐与彰）、息二义（消与长）、巫二任（神与人）、兴二义（起兴与寄托）、梦二苦（不梦为苦、梦促亦为苦）、常二义（纲常、平常），以及背面、往来、彼此、前后互训，每一个字的展开论述，

① 这一特点已有很多研究者指出。参见何懿、李平等人的论述。

都包含着极为丰富的艺术与诗学意蕴。

钱锺书说："黑格尔说'奥伏赫变'，亦引拉丁文中西塞罗趣语（Witz）佐之。按，西塞罗用一字（tollendum），兼'抬举'与'遗弃'二意，同时合训，即所谓明升暗降，如吾国言'架空''高阁'或西语'一脚踢上楼''一筋斗栽上楼'（to kick upstairs，die Treppe hinauffallen）。"[①] 这表明，语言中一字（词）不仅可同时含二相反义，而且二义之间有反讽关系（"所谓明升暗降"）或互涵关系（即体即用、体用不二）。我受钱锺书启发，从中发展出两套论述，一是"文"之二相，一是"象"之二柄。

先说"文"之二相。即"文"这个字包含着相间、交错两项含义。这一套论述是有关所有文本的深层语法。大家都知道吾国诗学以及艺术理论，有极为丰富的二元概念：虚实、悲喜、动静、明暗、阴阳、张敛、开合、藏露、曲直、方圆、内外、表里……然而这一切竟然蕴含于一个"文"字之中。钱先生讨论"声成文"，非常敏锐地将其与《乐记》"屈伸、俯仰、缀兆、舒疾，乐之文也"联系起来。然而可惜钱锺书这次没有再追到《周易》。其实《易》仍然是"文"的来源。正如朱熹强调的："'物相杂，故曰文。'卦中有阴爻，又有阳爻，相间错则为文。若有阴无阳，有阳无阴，

① 语出双关，文蕴两意，同时并存。其他如"拜倒"，既是钦倒佩服，又是"拜之使倒"；"水月"，"客亦知夫水与月乎？逝者如斯，而未尝往也；盈虚者如彼，而卒莫消长也"；"好"，"正是江南好风景"（杜甫）、"青门好风景，为尔一沾巾"（司空曙）、"却道天凉好个秋"（辛弃疾）、"那堪好风景，独上洛阳桥"（佚名），以及黛玉临终语："宝玉，你好……"

如何得有文？”（《朱子语类》卷第七十六）“相间”即《国语》里说的“物一无文”；“交错”即《易传》里说的“物相杂故曰文”。相间：相形、相区分、相对待。交错：相成、相应答、不相离。每一种具体的文本都是由“文”所内含的“相间与交错”这个普遍语法生成转换而来的。然而如果只是纯粹的相间与纯粹的相杂，都不可能成为文章。好的文章，正是又相间又交错，互为条件，互为融合的。好的文章，即二元之间的既区分又融合的结晶。以孟浩然《夏日南亭怀辛大》为例：

山光忽西落，池月渐东上。（东西、山月、忽渐）
散发乘夕凉，开轩卧闲敞。（时间、空间）
荷风送香气，竹露滴清响。（嗅、听）
欲取鸣琴弹，恨无知音赏。（无人）
感此怀故人，中宵劳梦想。（有人）

这首诗的基本语法，是通过一系列的相间，即各种丰富的二元要素的区分来表现：诗人犹如导演与作曲家，经营布置了一个有角色应对的舞台，或一曲富有和声的咏唱调，顺着时间的自然变化，同时以“夏天的诗情”这一主题流动其中，交错穿行游走于各角色各声部之间，最终“绘就”一幅充满身心万物交感之迷魅的仲夏夜诗意图。

刘熙载说：“《国语》言‘物一无文’，后人更当知物无一则无文。盖一乃文之真宰，必有一在其中，斯能用夫不一者也。”（《艺概·文概》）案，前一个“一”，是单一、无变化；后一个“一”，是不相离，是统一性，即交错性。《说文解字注·杂》："所谓五采彰施于五色作服也。引申为凡参错之称。"案，"杂"从衣，集声。"集"，《玉篇》："合也。"《广韵》："聚也，会也，同也。"以上表明：杂，首先是多样；其次，多样性不是混乱无序，而是既有类聚的一致性，又有区别的参差与交错，因而它有一个结构在其中。这种类的一致性，我们称为"交错"；这种区别的参差性，我们称为"相间"。换言之，文的根本义，正是相间与交错的图式（宇文所安翻译"文"为"pattern"，即刘若愚所谓"图式"）。

"文"之一字，即一部中国艺术哲学。这一个字里所包含的生成语法，可以重新发明陈寅恪先生关于对对子是中国语文特征的论述。对对子思维即是文之根本，即相间与交错之美。因而，古典中国文学的主流是一种图式化的艺术（有一种隐含的图案），即技艺化的文学。而现代文学失去了这个本色。失去的后果，是精英文学的资源、本土传统的资源和语言的资源断绝。相间与交错之美，有显性的与秘传的之分。形式是显性，对对子的思维是秘传，是一种类似黑格尔的客观精神那样的一种美的思维。[①]

再说"象"之二柄。钱先生在首篇论易之背出分训时指出易有相反二义，又引"衣"有隐与彰二种相反义。其又在讨论《易·归妹》时，明确提出"喻"之二柄。

> 同此事物，援为比喻，或以褒，或以贬，或示喜，或示恶，词气迥异；修词之学，亟宜拈示。斯多噶派

① 参见胡晓明《"文"：中国抒情技艺的一个秘密》，《长江学术》2016年第2期。

哲人尝曰，'万物各有二柄'（Everything has two handles），人手当择所执。

所谓二柄现象，一方面是物本身的矛盾性与两歧性，另一方面是人借以利用物的世界的矛盾性、两歧性，表达人文世界的丰富、变化、多元与两歧性。先看钱锺书的例证。我梳理全部用例，共得二十一条（《管锥编》二十例，《谈艺录》一例），可分为自然意象、人文事象与义理抽象三类。三类皆为事物具有同一现象，因观照的角度不同，或使用者的不同，引出或褒或贬、或悲或喜、两两相反的主观评价。如"鸢飞鱼跃"，或言得意遂生，或言远害逃生，兼有正面与反面二义。如"木槿花"，朝花夕落。有人喜其朝花，终恨其夕落；有人虽感其终谢，尤爱其闪亮一时。前者伤叹其美好年华不再，后者赞赏其终能成就精彩。又如"水月"：喻至道于水月，乃叹其玄妙；喻浮世于水月，则斥其虚妄。全部《管锥编》，共讨论了二十二例"二柄"修辞个案。[①]

然而钱锺书与古人更多的是讨论不同的文本的二柄现象，即所谓一个比喻，不同时、不同语境、不同文本中的背出分训。我这里要提出这个问题更复杂的引申：有没有可能同时合训，即二柄存在于一个文本与意象之中并能得到解读？当二柄并存于某一个文本或某一个意象传统之时，似可以称之为"象之二柄"。二柄的两个相反义项合在一起，

① 更专门的分析，请参见胡晓明《蓝蛇之首尾与诗学之古今》，《学术研究》2015年第10期。

能通过解读，读出包含更深层丰富的第三个意思。这就超出了合训简单的相加或诗无达诂、或这样解也可那样解也可，而是有复杂性。这种复杂性也是根于人类心灵所具有的复杂性。[1]最有价值的是，探论同一意象其中的独特结构，揭示其中诗学之古今共有的现象：二柄相连，相反而相成的机制。这里试以谢灵运名诗“池塘生春草”为例，历代评点鉴赏无非是两个解释：一是因病而苏的欣喜之情，一是无所谓欣喜的自然描写。

“池塘春草谢家春”所引发的究竟是喜意，还是无意？无论强调病后复苏心理，还是强调景物客观描写的，都是表达欣喜，感春天之来临，庆生命之复苏，在这一点上，意见一致。然而，如果不是断章取义地拈出这两句，而是从整个诗歌的前后来看，则又不免有很深的伤春意。因为，“祁祁伤豳歌”的“豳歌”，指《诗经·豳风·七月》(其中有“采蘩祁祁”句)。“伤豳歌”，乃谓周公遭受流言、出居东都以避谗害之时作此歌。谢灵运用此典故，分明有自伤之意。“萋萋感楚吟”

---

① 乔姆斯基：“普通语法的内部结构复杂错综，足以说明为什么存在着从表面上看千差万别的各种语法和语言。”（《乔姆斯基语言哲学文选》，商务印书馆 1992 年版，第 199 页。）普通语法即“先天、生物属性决定的原则”，“这些原则是人类心灵的一个组成部分”。（同上，第 226 页。）也有点类似于物理学中的“波粒二象性”（wave-particle duality），即所有的粒子或量子不仅可以部分地以“粒子”的术语来描述，也可以部分地用“波”的术语来描述。爱因斯坦这样描述这一现象：“好像有时我们必须用一套理论，有时候又必须用另一套理论来描述（这些粒子的行为），有时候又必须两者都用。我们遇到了一类新的困难，这种困难迫使我们要借助两种互相矛盾的观点来描述现实，两种观点单独是无法完全解释光的现象的，但是合在一起便可以。”

的“楚吟”,即《楚辞·招隐士》(其中有“春草生兮萋萋”句),大谢用此典语,分明亦有因贬边而伤远之意。

于是,“池塘生春草,园柳变鸣禽”,就因此而有明显的意义二柄:一方面,“久病之后开窗眺望,忽然发现池边已生出春草,树上的鸟声也变了。原来春天已经悄悄地来到,顿感春意盎然,生机勃发”,由此而生欣悦之情;另一方面,因眼前的春草生而联想到自己如楚臣一样不归的寂寞伤怀,以及为自己如古贤人那样忧谗畏讥的命运咏叹。

然而诗意并不是悲欣并列或两截,毋宁说是“悲欣交集”。读到最末,我们才懂得所谓“伤豳歌”“感楚吟”,其实并不是完全如前人那样一味地忧伤与悲惧,而是因楚臣或古贤人的命运、德操与贞行,而更具一种高贵的美,投射于自然之中,因而更感动、更爱惜他们所吟唱过的春日之美。这时的“伤”与“感”,亦犹如后人所谓“寒山一带伤心碧”,是一种美的感动,是一种美与尊贵的自我完成。诗人或触景生情,化病生欣,又转欣为愁,因愁惜己,一篇之中,悲欣二意流转而相生,互渗以强化,构成更有张力、更有深意的诗味。[1]

五、词语与原型诗学

前文已论及钱锺书诗学中特为关注一个词语、一个比喻、一个意象、一个题材,在阅读史上的延续、仿写、改写

① 更详细的分析,请参见胡晓明《蓝蛇之首尾与诗学之古今》,《学术研究》2015年第10期。

与翻案。这与弗莱的原型批评以及接受美学有关，但背后更多的支持意识来自心同理同、古今相通的博雅人文信念。在《管锥编》中，他从《诗经》的文本与训释中，拈出“黄昏意象”（《君子于役》“暝色起愁”）、“伤春传统”（《七月》“伤春诗”）、“赠答原型”（《木瓜》“投赠与答报”）、“送别情境”（《燕燕》）、“在水一方”（《蒹葭》“在水一方为企慕之象征”），又在《楚辞》中拈出“美人香草”“天地拟象”“思与丝”“忧思约带”“离骚意象”等重要原型，且将西方文学中的相类题材与意象贯通互释，从而激活古典，融会雅俗，打通古今。在五四新文学家那里，一直被贬谪被践踏的中国古典文学、中国古典经学，由此而获得新的生命。这里以“离骚意象”为例。

钱锺书与王逸都将“离”释为“别”，但是在王逸那里，“离”是名词，离别的意思，而在钱锺书这里，“离”是动词，是“离去”“遣去”的意思。王逸将“离骚”解为“离别”的哀愁，而钱解释为“摆脱”哀愁。

他的这种解释，可能并没有多少传统小学意义上的训诂学根据，而是将这个词过于文学化、戏剧化了。但是这样解，钱锺书有他的根据：一方面，符合“离”这个字义在后来的发展，特别是在小说戏曲中的俗语的意思，即“远离”，“离恨天”的“离”。在正规的语言学中，词有时代性，用后起的词来解释前面的词，这是有危险的，但这是钱在学问中追求趣味的一个表现。他的训诂既不是空疏不学的那种，也不是经师的那种。以俗语解说雅言，用小传统来解说大传统，这也是钱的学问的一个特点，也是中国文化在新的时代因宜适变的一种发展。

然而还要强调的是，这里其实隐藏着很深的今义，即爱而不得的知识人苦恋情结。“离骚”即是与“骚”“分别”，与愁相畔（判），远离苦痛烦恼，浪迹远游。钱锺书又举了很多诗例，如庾信、李白、韩愈、辛弃疾、陆游、周紫芝、元好问、李开先等人的诗作，说这与西方浪漫主义文学一大题材所包含的意义相通，引西方名典如歌德之《浮士德》、马拉美之《微风》以及波德莱尔之《远航》等，相互参证，不仅证明中国现代读书人骨子里其实也有很浓的浪漫性，而且发掘出中国知识人与生俱来的原初之苦。“离骚”即因去除愁苦而更遭遇苦痛，以酒浇愁愁更愁，抽刀断水水更流。既遭遇痛苦，又排遣痛苦，排遣不了，更增痛苦，这正是中国诗学从根源之处而来的一个抒情传统。为什么屈原最能代表中国诗人及中国志士仁人的痛苦情结？“离骚”一个意象，足以简括。

如果我们将钱先生的离骚解读与王国维论屈子文学之精神对读，就看得更为明白了。王国维将屈子文学精神，称为“欧穆亚之人生精神”，即先肯定人生即是烦恼与不尽如人意，更不回避人生的基本烦恼与痛苦，生命要义在于改良社会、优化人生，然而此人生观难免有一内在的矛盾：接受人生社会之缺陷，并与之成为一共同的命缘，但是又想改变这一命缘。即爱人生与恨人生同时加以肯定，生命在其生命之中，然而生命又在其生命之外，因而生出一时以为亲，一时以为寇，亲寇相循、爱恨交加、纠缠如蛇、执着如鬼，春蚕丝尽、蜡炬成灰，离心与向心相互作用的特殊心理情结。王国维的洞见，揭示了中国文人与生俱来的政治性与悲剧性，与钱锺书的离骚原型，可以相互发明。

此外，钱锺书在《管锥编》中还有相当丰富复杂的修辞与心理诗学，如“尔汝群物”“丫叉句法”“现成思路”“离方遁圆”“庸嘉相济”“无中生有”“以动写静”“眼耳相通”，以及“以问诘谋”“含蓄与寄托”“四望”“以象拟象”“常山蛇势”等篇章与结构诗学，限于篇幅，今后再续加讨论。

结论

本文不反对将《管锥编》的艺术辩证法具体的内容展开为“相反相成”“一贯万殊”“有无相生”三个方面，甚而“钱锺书对人生、社会和文学的哲理深思，几乎都可以归结到这个一与不一的哲学命题上”。[①] 只是要强调的是，第一，钱锺书特别反对用现代体系化的理论对他的文本加以归纳，本文所解读的内容，就完全不止于上述三个方面。第二，本文与陈文不同，本文更着眼于钱锺书辩证诗学的一大特点：根于汉字，透过汉字的核心秘密，去触摸中国文论的幽深处。第三，要真正读懂《管锥编》，更要从它本身即是一部“作品”来理解，它以一种独特的具有文学性（汉字的故事性、原型

① 陈子谦：《钱学论》（修订版），教育科学出版社 1994 年版，第 615—654 页。

诗学的抒情性、一波三折与花开两朵的戏剧性）的文本，来处处展现中国文学思想与智慧的机锋。而一部文论著作，如果能做成文学迷宫式的结构，将智能与思想藏在探索过程的字里行间，藏在穿花蛱蝶与自在娇莺的款款舞动之中，则能于文本与读者之间的逗引、诱发、召唤与想象、互动的过程中，去领略理论与观念的迷魅。如果只是看他的理论条目，就错失了这样的文本的创意。中国古代当然有极为丰富的艺术辩证法，然而，钱锺书不仅是这个宝藏的发掘者，同时也是这个传统的新开拓者。

余论

不必为尊者讳，钱先生也偶有失误之处。我在其他的论文里已经讲过，钱锺书由于忽略了史的成分，解读文本会遗失一些历史变化的信息，因而不能真正了解历史生命的幽深处。此不赘言。[①] 除忽略历史的缺失之外，仍有文献解读上的疏失。此再举两例。

（一）关于“川上之叹”

钱锺书批评董仲舒《山川赋》误读《论语》“川上之叹”。

> 前半赞山，结处称君子“俨然独处，唯山之德”，紧接“《诗》云：‘节彼南山，惟石岩岩。赫赫师尹，民

① 参见胡晓明《蓝蛇之首尾与诗学之古今》，《学术研究》2015 年第 10 期；《真隐士的看不见与道家是一个零？——略说客观的了解与文学史的编写》，《北京大学学报（哲学社会科学版）》2010 年第 3 期。

具尔瞻’，此之谓也。”后半赞水，起曰：“水则源泉混混沄沄，昼夜不竭，既似力者”，继以“既似持平者”“既似察者”“既似知者”“既似知命者”“既似善化者”“既似勇者”“既似武者”，然后终之曰：“咸得之而生，失之而死，既似有德者。孔子在川上曰：‘逝者如斯夫，不舍昼夜！’此之谓也。”引《诗》四句，与君子俨然之意相映发；引《论语》两句，与得之为德之意了不关属，脱榫失卯。明是刻意经营，力求两半格局平衡，俾乍视前后结处，《论语》若与《诗经》对称；实则不顾义理，拉扯充数。尝见元曲《西厢记》《㑳梅香》中红娘、樊素辈偶引《论语》，不特酸腐可厌，更属支离可哂；不谓明道鸿儒，才竭技穷，出下策而呈窘态，无异空花炫眼，刍人巡城。倘以起处“混混沄沄，昼夜不竭，既似力者”三句移至篇末，承以“孔子在川上”云云，文病或稍校；然川上叹逝与“混混昼夜”固可沆瀣，而与“力”依然河汉。崔瑗《河间相张平子碑》：“敏而好学，如川之逝，不舍昼夜”；流水之不舍与好学之不倦融合无间，董相形而见属词粗疏矣。（《管锥编·全汉文卷二四》）

钱锺书认为董仲舒引《论语》“川逝”两句，与“德”之意“了不关属，脱榫失卯”，而与“力”之意也是有“河汉”之别。这分明只是钱先生对于《论语》的误读。《论语》“子罕”篇此句的正解，应是清人刘宝楠《论语正义》的解释。

明君子进德修业，孳孳不已，与水相似也……明夫子此语，既赞其不息，且知其有本也。

而刘宝楠的解释，是有根据的。孟子说：

徐子曰：“仲尼亟称于水，曰：‘水哉，水哉！’何取于水也？”孟子曰：“原泉混混，不舍昼夜，盈科而后进，放乎四海。有本者如是，是之取尔。苟为无本，七八月之间雨集，沟浍皆盈；其涸也，可立而待也。故声闻过情，君子耻之。”（《孟子·离娄下》）

东汉赵岐注：“言有本不竭，无本则涸，虚声过实，君子耻诸。是以仲尼在川上曰：‘逝者如斯。’”这个“有本”，即有德的另一种说法。当然不仅是孟子，还有荀子。

孔子观于东流之水，子贡问于孔子曰：“君子之所以见大水必观焉者，是何？”孔子曰：“夫水……其赴百仞之谷不惧，似勇……其万折也必东，似志。是故君子见大水必观焉。”（《荀子·宥坐》）

先秦时代关于水的喻象，几乎没有把它只当作现代的时间意识来讲的，完全是儒家进德修业的思路。因而，董仲舒并没有讲错。钱先生其实不是故意忘记了先秦的旧说，而是不主张以水“比德”说。他认为德有两义，一是道德，一是性能。如果说水的性能有多种，是可以的，如果说水有道德，如何解释“水之卑弱适成其所以为‘祸水’”？因而说水有道德，类似于“因伛为恭，以阉称贞”。然而，首先，钱先生似乎忘记了他发明的喻之二柄，水可以是祸水流行，也可以是生命精进，正是意象的解释与使用不同。只许有负面之祸水，而不许有正面之道德，不亦固哉？以喻之二柄之矛，对水之二义之盾，不亦宜乎？其次，不喜欢"比德说"是一回事，而董仲舒有没有根据，有没有将"川上之叹"讲错，又是另一回事。前者是个人的观点与意见，后者是文献的正当与理据。钱先生用对前者非议来批评后者失当，就似乎犯了误置之忌。

（二）关于"声成文"

钱锺书先生有一篇很有名的文章论诗歌文学中的"通感"，但是他将《诗·关雎·序》中的"声成文"也说成是"通感"，又是十分明显的误读。他说：

> 我们的《礼记·乐记》有一节极美妙的文章，把听觉和视觉通连。"故歌者，上如抗，下如队，止如槁木，倨中矩，句中钩，累累乎端如贯珠。"孔颖达《礼记正义》对这节的主旨作了扼要的说明："声音感动于人，令人心想其形状如此。"《诗·关雎·序》："声成文，谓之音。"孔颖达《毛诗正义》："使五声为曲，似五色成文。"……这些都真是"以耳为目"了！[1]

他在《管锥编》之《毛诗关雎（二）》中也继续申论这个说法。

> 又"声成文，谓之音"，《正义》："声之清浊，杂比成文。"即《易·系辞》："物相杂，故曰文。"或陆机《文赋》："暨音声之迭代，若五色之相宣。"夫文乃眼色为缘，属眼识界，音乃耳声为缘，属耳识界；"成

① 参见钱锺书《通感》，载《七缀集》，上海古籍出版社1985年版，第66页。

文为音”，是通耳于眼、比声于色……以听有声说成视有形。[1]

“通感”不是一般的比喻，而是感官上的打通。我们看钱先生举的通感例子。

白居易《和皇甫郎中秋晓同登天宫阁》：“清脆秋丝管。”

贾岛《客思》：“促织声尖尖似针。”

丁谓《公舍春日》：“莺声圆滑堪清耳。”

《儿女英雄传》第四回：“唱得好的叫小良人儿，那个嗓子真是掉在地下摔三截儿！”

王维《过青溪水作》：“色静深松里。”

刘长卿《秋日登吴公台上寺远眺》：“寒磬满空林。”

杜牧《阿房宫赋》：“歌台暖响。”

当然，不只钱先生一人论通感。陈望道说：“官能的交错——就是感觉的交杂错综，这是近代人神经极敏所生的一种现象。例如德国诗人兑梅尔《沼上诗》中有‘暗的音声’一语：明暗是视觉上的现象，音声的听觉上自无所谓明也无所谓暗的；说是‘暗的音声’那是视听两官感觉的混杂，就所谓官能的交错了。”[2] 而五音比五色，表面上看似打通了视与听，也是所谓“官能的交错”。然而细想“声成文”分明讲的是声音之间的交错，不是不同官能之间的交错，

① 钱锺书：《管锥编》，中华书局 1979 年版，第 59 页。

② 陈望道：《文学小辞典》，载《陈望道文集》第一卷，上海教育出版社 1979 年版，第 509 页。

这个“文”字，用的正是“物相杂成文”即“交错”义，因而并不是通感。如果讲成通感，就完全忽略抹杀了“声成文”的本义是真实的不同声音的相间与交错；而声音的相间与交错，用五色相宣的画面来比喻，也只是指出了其中共同的因素即相间与交错，不必一定有视与听的感官相交错。

“五色相宣”只是比喻“五音交汇”而已。陆机讲的“暨音声之迭代，若五色之相宣”，也是强调二者都是《正义》所谓“杂比成文”。音色相喻，是强调其中的相间与交错，而通感完全是没有这一层意思的感官直觉。因而，钱先生的说法是对“声成文”的误读。混同于通感，就失去了“文”的正解。声文与形文一样，不能离开相间与交错之美。

六　突围：知识、思维与价值

小引

批判与反思精神的失落，一种思想的放假与精神的懈怠气息，在人文学界弥漫。很大程度上，后五四时代的批判性，也包含了知识人对自身知识套路的反思与批判。在文论与文学史研究中，由于习惯于二十世纪的某些固定的思想观念与思维模式，而导致西学流行的专断、意识形态的遮盖、传统真相的迷失、书写方式的简化、套路生产的泛滥。因而，不应一味“顺着讲”，而应勇于“逆着讲”“移开讲”。今天我们看人文学，应接上王国维、陈寅恪、钱穆等人对于华夏文化主体的敬意与温情，应有更深层次的文化自觉与前瞻性的文化视野。更应深刻认识到，“后五四”正是暗合了二十世纪以来世界发生的知识体系重建的重要趋向。二十一世纪，全球一体化思维、现代性批判、生态主义、人工智能、基因工程、生物科技、互联网资讯技术等新一波所谓颠覆式科学技术革命，已经挑战了自十九世纪以来的知识体系，我们如果仍然按照五四时代的学科分类，就完全不适应新时代气象万千的变化。中国古典学因其本来即不同于十九世纪的知识体系，恰恰可能赶上新的时代机遇；因而，中国古典学研究返本以开新，不仅是古典学本身，而且更有社会思想、当代文艺、教育哲学、文化创意等方面的影响与变革意义，其隐含的思想生机，可能正蕴含在知识体系重建的“后五四”命题中。①

① 此章是颜昆阳教授《学术突围》[（中国台湾）联经出版事业股份有限公司2020年版]一书的序。

一

我现在看学人，比较注意他是否有学术思想。有学术的学者不少，但有学术思想的学人并不太多；而试图去突破二十世纪主流范式，有如此自觉的学术思想的学人，就更少了。颜昆阳教授是我所认识的台湾学界最有思想的古典学学人之一。他长期浸淫于华夏原典，于先秦经史、老庄玄佛、唐宋诗学、六朝文论，皆有著述，成名甚早，硕果累累。本可岁月静好，安享晚年，然就像庄子说的任公子一样，驾着一条台海的大船，秉长竿而一往，决不止泊懈怠，他以其自觉的革新思想与颠覆创意，总有重要的突破与锋锐的反思。近几年来，我与颜教授东海论诗，淡江讲学，沪上研讨，几番切磋交流，时有心期相印；常劳远赠宏文，亦间有隔海酬唱相知之乐。其新著《学术突围》一书撰成，索序于我，来函说："台湾此间学风，亦复如是，故步自封，囿于旧调者甚多，正须你我携手开拓新路。"期望甚高。然小弟自知鲁钝老衰，好为大言，而成绩平平，并不足以成为最合适的作序人。又转念及近十年来，我一往秉承先师王元化先生反思五四之学思余绪，于文论与文学史研究，倡"后五四"之论述，撰文析义，论坛鼓呼，今有此机会，促使我试将有关"突围"的学术思考写出一二，未尝不是好事。更精密细致的思索研讨，仍有待于他日。

二

从文化精神上说，继承"五四"，又超越"五四"的大方向，我们都是认同的。做知识人，就是要做精英，就是要有淑世的理想与抱道的追求。然而此一副"五四"真精神，久已迷失。昆阳教授赠我的一篇文章，题目是《台湾当代"期待性知识分子"在高度资本化社会中的陷落与超越》，所批评的正是这种现象。

> 一个选择学术为业的高学历者，空持博士、教授之名，非但不能从生命存在的理想性价值，自我期待在知识真理本身能时有创发，而只安于所谓学术的因循复制，以换取生活之需；或倒置"知识经济"之本末，仅以知识生产为博取资源、经济效益的工具。这种行为虽无关乎道德，却也是我所定义下的"陷落"。[1]

他在这篇文章中论及"期待性知识分子"，认为："应该接受孔子'士志于道'的规创性界说；只是在以科技为文明、专业分工日细而阶层流动频繁的现代化社会，'道'的实质内容不宜只界定在儒家政教道德的窄域中。现代社会，各所从业者以'理想性价值'自我期待并实践之的基本精

① 颜昆阳：《台湾当代"期待性知识分子"在高度资本化社会中的陷落与超越》，(中国台湾)《文讯月刊》2006年第253期。

神所谓‘理想性价值’，因着个人自我定位的角色，在有限的社会条件与合理的规范基础上，以各所业本身之应然性目的去期待。”质言之，即在有限的人生中，实践读书人最充实的价值。而依孟子，所谓“充实”，即尽性、赞化，即以个人参赞、助成时代历史社会人生的健康发展。而中国台湾以及现代世界的一个潮流，或追名逐利，或同流合污，或顺俗而安，或自欺自瞒，正是这样的“期待性知识分子”的整体“陷落”。这篇文章原发表于二〇〇六年，台湾东华大学与江苏社联在南京共同举办的两岸中华文化发展论坛。正如先师元化先生生前常常批评人文精神的失落，首先是读书人人文精神的失落，他也期待真正的知识人，“乃是为思想而生，而不是靠思想与观念谋生”。这一点，其实也正是“五四”前辈的精神气象。从这个意义上说，昆阳教授骨子里是“五四”的血脉。我与他所说的“后五四”，其实都是要从“五四”那里再重新出发的。

“期待性知识分子”的“陷落”也包含了批判与反思精神的失落。一种思想的放假与精神的懈怠气息，在整个人文学界弥漫。很大程度上，批判也包含了知识人对自身知识套路的反思与批判。昆阳长期以来关注的是文论与文学史研究中，由于习惯于二十世纪的某些固定的思想观念与思维模式，而导致西学流行的专断、意识形态的遮盖、传统真相的迷失、书写方式的简化、套路生产的泛滥。昆阳教授的学思历程中，一直有这个针对五四新文化弊端的问题意识。他认为，近百年来，中国古典人文学术的发展轨迹是：

从“反传统”到“远传统”；从“文化主体失位”到“经典诠释失能”；从“中体西用”到“中西本末倒置”。书名《学术突围》（以下简称《突围》），意为二十一世纪的中国人文学必须突破五四时期的“学术围城”，才能开展真正现代化、当代化的新知，而形成新一代学人真正的“典范迁移”。

《突围》在宏观与微观两个层面，以破显立、本末兼治，胜义纷披。宏观的方面，譬如，作者指出前一个历史时期的“五四知识型”存在文化主体失位、缺少“动态历史语境”、预设立场等五大迷蔽；并指出破除迷蔽的办法在于：后五四时期的人文学者，必须能自觉、朗现而形塑一个“现代化”甚而“当代化”的“历史性主体”，并对“五四知识型”进行全面而深切的反思、批判，重新定义研究对象的本体论、知识本质论与方法论并付诸实践，进而开启既筑基于传统又开展于当代、既交会于群体又创变于个人的“问题视域”。

作者所针对的批评对象，不光是五四以还，以“抒情传统”“艺术美感”等学术进路为代表笼罩整个中国文化史的一些当代论述，当然也包括中国文学史书写过程中，深受西方理论影响而未有反思的一代学人。简单地说，这是要求治中国文论与文学者，先有一个自觉的主体。这个与我们近十年来一直在说的“文化自觉”，是完全一致的。学术不仅是“术”，而且是“道”。先立乎大，中国之人文学术，必先确立学术理想的民族文化根基。

由此，《突围》提出与“五四知识型”相对的概念是所谓华人文化主体性，以此定义学术文化的形式与价值系统，认为其主体性身心俱存，应统摄四个基本要素（真美善合一的理想价值观；动变而恒存的宇宙观；经、权交用的实践精神；二元对立统一的辩证思维）。而面对现代华人文化主体性是否保持这一问题，作者将这一主体性的存在生动地描述为一缕旷野中的微光，既失望，又保有一丝希望。

“华人文化主体性”的失落与“五四知识型”的迷蔽，既表现在文学理论观念中，亦内在于文学史研究中。后者如文学史中汉赋、六朝诗、明诗文的“模拟”“拟古”“复古”，被诟病被批判；套用西方模式以“艺术”与“实用”、“纯文学”与“杂文学”、“言志”与“抒情”等二分法，整理中国文学史，以及鲁迅等人有关魏晋“文学自觉”与“文学独立”之说，也很大程度上影响了后来的中国文学史书写。

涉及面较为广泛的是陈世骧、高友工有关“中国文学的抒情传统”的观念。昆阳教授用了很大的力气来展开批判，是台湾学界有关“抒情传统”论述最有力的反对者。《从反思中国文学“抒情传统”之建构以论“诗美典”的多面向变迁与丛聚状结构》一文，在批判其过于单一的线性文学史观后，从诗歌历史积淀提出八组对立性变素，以及具体的创作现象抒发、议论、描叙三种基本形态，破而兼立。与之桴鼓相应的，是龚鹏程《不存在的传统：论陈世骧的抒情传统》（《美育学刊》2013 年第 3 期），《成体系的戏论：论高友工的抒情传统》也批评了陈世骧、高友工抒情传统理论的缺陷，除因果倒置、片面简化、以西律中之外，形式上采用结构主义二元对立的对比分析，内容上采取当代新儒家的心性论取向，都是问题。

文学理论方面，如当代人文学者对《诗大序》的几种偏见与谬见：有的是“执用以为体”，以“反传统”“纯文学”等文化意识形态单向批判儒家经典；有的是以西方系统性理论片面、切割地批评《诗大序》的情况。《突围》认为“诗本体”之内容性质为“心物交用、群己不二、情志融合”，形式特征为“声应宫商、辞依比兴”，二者相即不离，不可“执用以为体”，而必须“循用以明体”，这才是儒系诗学最完整的“体用观”。

又如所谓“美感经验”，往往受西方文学本质论思潮的影响，割裂作者与读者、美与真、文本与社会、内容与形式。《突围》反对将艺术与人生截然为二的观点，以“即人生而艺术”的观点，指出“艺术性”与“实用性”是相即不离而共成诗体。中国古代文学、艺术之“美感经验”的体会或“情意”的感通，是“作者”与“读者”两个主体间彼此会“心”而致。

文学理论与观念具有方法论意味的，是有关汉代经学两类知识型的区分与引申。《突围》认为董仲舒与郑玄二人的学术正可称汉代经学最具代表性的二种“诠释典范”（可称“说经体”与“注经体”）。而“通经致用”乃汉代经学共持的基本观念，其中亦隐含体用相即不二之理。作者认为论述、论证这两种人文学说基本的知识形态，分别以实践和学术为主要目标；思想性和学术性本来是表里、显隐之关系，不可偏废；但乾嘉之后以至现当代，缺乏直切生命存在经验、只埋首文献史料的“专业学术”，或缺乏学术涵养而游谈无根的“空言”越来越多。这些都是远传统、文化主体失位和未能觉察并深入研究中国古代经典所隐含的丰富“诠释典范”所致。由此可论，人文学界浮现的危机之一，在于当代人文之学是学而无习，只有知识性的专业学术而没有实践性的生命存在感知、体悟。

总之，作者从对五四以来审美基准问题的省思出发，提出呼吁：不应一味“顺着讲”，而应勇于“逆着讲”“移开讲”。二〇一七年我邀请昆阳来沪，在华东师范大学作《内造建构——中国古典文学理论研究之诠释视域回向与典范重构》的专题演讲，就如何在文学理论领域建构“自体完形结构系统”提出了三点意见：一是“文化主体复位”的自觉，二是重构研究对象的本体论，三是重构人文知识的本质论与方法论。用他的话来说，这也是“华人文化主体性”转向“内造建构”、现代人文学术“典范迁移”的一缕微光所在。

三

昆阳教授的“突围”论，借力打力，自成一个系统。从学术史脉络来说，他绝不是孤立的，而是相合于王国维、陈寅恪、钱穆等学术大师“一生为故国招魂”，因而是对于中国人文学术复苏的深切期望。我最近重新解读陈寅恪《吾国学术之现状及清华之职责》，发现陈寅恪先生在一九三一年所主张的所谓学术独立，有两个相互联系的含义：一是民族文化的自信与自觉，即所谓“国史之正统”“古人学说之真相”与“人文主义教育”[①]；二是独立于一切权势之外的学术自由。其实从根本上说，就是文化自觉。他认为这样的学术独立，是吾国学人的最高学术伦理。

今天我们看人文学，应接上王国维、陈寅恪、钱穆等人对于华夏文化主体的敬意与温情，应有更深层次的文化自觉与前瞻性的文化视野。

首先，“后五四时代”的来临是一个历史必然。“五四”有重大缺失。正如晚年殷海光所说，“五四”过去已经一百年，百年之后，我们不能不进步。“五四的儿子不能完全像五四的父亲。这种人，认为五四的父亲浅薄，无法认真讨论问题……”[②]先师王元化教授的晚年反思，指出五四思想存在着功利主义、激进主义、意图伦理与单一进化论四项局限。无论是从文化意识上，还是从人文学上，深刻反思“五四”的局限性，继承“五四”，而又超越“五四”，都是时代的重要课题。

其次，“后五四”是一个已然学术史与思想史事实。这

---

① 《吾国学术之现状及清华之职责》：“本国史学文学思想艺术史等，疑若可以几于独立者，察其实际，亦复不然。近年中国古代及近代史料发见虽多，而具有统系与不涉傅会之整理，犹待今后之努力。”“其言论愈有条理统系，则去古人学说之真相愈远”；“吾民族所承受文化之内容，为一种人文主义之教育，虽有贤者，势不能不以创造文学为旨归”。（陈寅恪：《金明馆丛稿二编》，生活·读书·新知三联书店2009年版，第361—363页。）

② 殷海光致张灏信，转引自《重建被五四误解的文学传统》，《文汇报》2015年9月13日，“笔会”版。

里有三个层面的史实。

第一，从知识界所取得的成果来看，“突围”已是既定事实。无论是中国史学从“疑古”到“释古”，从“阶段论”到“古典学”，从“资本主义萌芽”到“大分流”或“江南奇迹”，中国哲学从“打倒孔家店”到“儒学复兴”，从“哲学”到“思想”，从两军对垒到多元世界，从本体论到诠释学，还是中国文学从“文学”到“文章”“文体”，从浪漫主义、现实主义二分，到唐宋、文质、情志、骈散、阳刚阴柔等多元丛生与本土二元并置转化，从“虚构”到“非虚构”，从作者、文本，到读者、社会等，大的方向与细节的用心，早已走出“五四”的粗暴、简单与狭隘。

第二，从观念与价值来看，与“五四”看不起中国文化不一样，国人已经渐渐复苏了对于传统的信心。从个人修行到家风家学、治国理政，从中医、国乐、书法、水墨、昆曲、汉服、古琴、古董，到节俗、物候、乡土、教化、礼俗、诗词、歌赋，从经典到民间技艺，传统已经回归国人生活，整个社会文化思想的土壤已经发生了决定性的改变，虽然距离中国文化精神核心的“心的文化”[①]还有很远的路要走，但毕竟已经与五四时代大大不同了。

第三，更应深刻认识到，“后五四”正是暗合了二十世纪以来世界发生的知识体系重建的重要趋向。二十一世纪，

① 参见余英时《新春谈“心”》，载《一个甲子的风雨人情：笔会60年珍藏版》，文汇出版社2006年版。

全球一体化思维、现代性批判、生态主义、人工智能、基因工程、生物科技、互联网信息技术等新一波所谓颠覆式科学技术革命，已经挑战了自十九世纪以来的知识体系，我们如果仍然按照五四时代的学科分类，就会完全不适应新时代气象万千的变化。中国古典学因其本来即不同于十九世纪的知识体系，恰恰可能赶上新的时代机遇；因而，中国古典学研究返本以开新的重大意义，不仅是古典学本身，而且更有社会思想、当代文艺、教育哲学、文化创意等方面的影响与变革意义，其隐含的思想生机，可能正蕴含在知识体系重建的“后五四”命题中。

第四，“后五四”不仅是事实，更是一项时代新使命，深刻意识到何谓中国，即重建文化认同的重大意义机遇与挑战。

今古接续是一切传统之所以成为有生命的传统的重要保证。有幸的是，经五四时代百年之后，我们正迎来一个修复、连接、通贯、重新启动传统，融古今为一体的后五四新时代。其实不仅是文学，在“何谓中国”这个问题上，也是如此。当代中国面临深刻的认同问题，如果在理论与思想上解决不好，则会发展为认同危机。也就是过去的参照渐渐失效，中国无法表述自己是谁，来自何方，向何处去，而渐渐产生一种身份的焦虑。为了真实理解自己，确定未来方向，我们需要更复杂的思考，超越“五四”启蒙的单一思路。

我还是要再回到我所关注的中国文论。“后五四”中国文论开始走上了一条“回家之路”，即掘井及泉，灵根自植，再认古典中国的人文传统。具体到文论，有三个方向的“突围”努力，简论如下。

（一）“中国文论”的知识体系的突围

1. 有关中国文学理论与批评的古今贯通

目前的中国文论体系，要么只是一种古典文化的内部体系，以古释古，只完成了中国文论的一半，缺少启动古典的开放性的知识体系，要么只是一种现代文学批评的有限实践经验与观念的半截子文论，要么更只是一种西方话语的飘浮符码，一直没有在中国文化与历史生命的脉络里生根。前些年在文论研究界所鼓吹的所谓古代文论的现代转换，其实骨子里也只是将过去的以现代为中心转成一种现代性的附属话语，并没有做到真正意义上的文化自觉。而一些用“意境”“文质”“文道”“虚实”“体用”“通变”等古代文论概念为框架的所谓文论体系，一厢情愿地以为打通了古今，融贯了传统现代，其实也只是自我欣赏，实质依然还是两张皮，古代是古代，当代是当代，互不相干。因为其并没有产生真正的问题意识，并未真正将古典的真精神、真价值，以及古典如何在现代社会的对症下药，真实地表达出来。

2. 有关中国文学研究与传承的理论（不是就理论而理论）

一是中国文学研究的理论。即中国诗学、赋学、词学、戏曲学、小说学、古文学，都不仅是理论本身，更包含极为丰富的学术内部话语系统。譬如我所熟悉的诗学，绝非只是诗话、诗论、诗法、诗体等，也绝非只是现代所谓文艺学，还应包含诗歌史、诗歌义理学、诗禅学、诗道学、诗歌考据学、诗歌文献学、诗歌地理学、诗与小说和辞赋等互文、诗史、诗用、诗教化、诗风俗、诗生活等，如果将这些话语统一有机地纳入诗学，形成一种昆阳教授所谓内造的体系，将大大突破十九世纪狭窄的诗学文艺学范畴。《突围》这部书在讲中国诗学传统的“诗用”时，有这方面的重要启示。

二是有关中国文学传承的理论。我们今天已经渐渐清楚地认识到，中国古典文学不只是一个“研究”的对象，还是一个“传承”的对象，是在我们身边依然存有的一个活生生的传统，它完全不同于以希腊、罗马文学为代表的西方古典学。以诗为例，当代古典诗的写作，借助于互联网自由蓬勃生态，已经成为与新诗可以并行不悖的一大宗文学活动，其参与度、表现力、传播力，都显示了极其强大的生机。因而，关于如何写像样的古典诗、写入味的古典诗，需要掌握的诗法、诗家、诗风格、诗渊源，太多太重要；因而，完全可以将古典诗原汁原味地、本色当行地传承下来，不必加以任何现代化的改变。唯此之故，关于“传承”一系的理论，正是一项“后五四”中国文论的新课题。如能将此考虑进去，当然已经大大突破五四新文化所设定的文论知识体系。

三是有关中国文学的理论。其一是有关中国“文学”的观念。举一个例子来看，其实在中国古代，“文学”的真实内容，并非由“文学”这个概念来承担，而更多更好的内容，乃是由“文章”这个概念来承担的。在中国古代的话语体系中，文章常常跟一些非常重要的大词相联系。譬如：经术文章、纲纪文章、礼乐文章、气节文章、文章志节、道德文章、大块文章、节义文章、青史文章……这业已表明，文章才是一个有关文学活动的核心价值。而文学不仅是文学本身，更与天地宇宙、国族命运、文化精神、经典著作、士人操守等，紧密地联系在一起。因而，我们关于中国文学的理论观念，其实是由五四新文学从西方引进的，这个不符合中国自身的传统，几乎是相当于用外来的鞋子套在国人的脚上，尽管有些人已经习惯了这只外来的鞋子，但还是有不少人渐渐感觉这个鞋子不一定是合脚的。如果仍然用这个外来的鞋子作为唯一标准，一定会束缚中国文章这只“天足”的活动！

再举一个例子，正如昆阳教授这本书反复讲到的，“社会实用”不同于西方文学对虚构性的强调，在中国文学中，非虚构文学占据尤为重要的地位。近年来无论是诗人生平与作品关系研究，还是诗与历史事件、诗与日常经验研究的大量新事实，都已充分证明这一点。日本汉学家吉川幸次郎在《中国诗史》中提出：“中国的文学史，其形态与其他地域文明里的未必相同。被相沿认为文学之中心的，并不是如同其他文明所往往早就从事的那种虚构之作……无论诗或散文都不需积极的虚构。”[①] 长期以来，正是在这一

① 吉川幸次郎：《中国诗史》，章培恒等译，复旦大学出版社 2001 年版，第 1 页。

诗歌文学传统基础上，建立了特有的中国文学理论与观念，“诗言志”“兴观群怨”“赋比兴”“修辞立其诚”“诗史”“经典”等，都是非虚构的文学理论与观念。在以诗文为主流的中国古代文学中，文学写作乃是写亲身闻见、亲身经历的现实世界情景及由此而来的真情实感，不同于现代以来以“积极虚构”为主流的文学观念。非虚构与虚构同时存在，延伸文学边界，扩展文学功能，使得文学不仅是少数人秀异的语文游戏与奇妙幻想，而且跟普通人日常生活息息相关，处处有文学，人人有文学，可谓一草一木总关“情”。

其二是有关中国文学中所包含的中国智慧与诗性。我这里有两个例子。一个是萧驰教授二〇一八年的新著《诗与它的山河》，这本书有里外两层含义。外面一层含义是研究中国山水诗，从谢灵运讲起，江淹、王孟、李杜，一直到苏轼，实地考察，古今辨异，美真相较，俨然一部山水诗史。内层其实更是有关中国古典文学景观学的一部大书，他书中所写的山水，都是实景山水，有图可考，有地理可寻，有古今对照。这就将中国文学中所包含的智慧化而为现代人可以分享、可以感受、可以卧游、可以致思的自然与人文遗产；同时以科学家的数据、人文学者的忧思来向现代中国提出尖锐的问题：难道我们就这样眼睁睁地看着内涵丰富而传承久远的风景美学遗产，将要毁于一代无文化、无敬意的现代败家子之手吗？从中国文学进入，而能从中国文学出来，这部山水诗著作，正是我眼中活化传统的“后五四”佳作。

另一个例子是中国台湾逢甲大学廖美玉教授一直以来持续关注有关物候的论题，对唐代及之前的物候诗学做了闳阔而精细的总结与梳理。她在题为《从“四时流行”谈唐代在建构物候诗学上的契机与启发》的演讲（海峡两岸唐代文学学术研讨会，2017 年 10 月 19 日）中，梳理了从先秦的物候书到唐代关于物候诗学的讨论，并重点分析了物候诗中《诗经》与唐诗的相互诠释，总结出唐代物候诗实时即事、多元缤纷、捕捉当下而成永恒的诗学特点，并将“四时流行”这一成语总括为物候诗学的重要特征。她的其他研究如《江山有待——建构物候诗学的思考路径之一》（《安徽师范大学学报（人文社会科学版）》2016 年第 2 期）一文以敏锐的问题意识总结“江山”与“山水”相关词群，从政治、农业、思想、文学等角度，讨论江山与四时构成的极其繁复的天、人论述；《感春之意：从“诗人在场”谈唐代物候诗学的建构》（《西南大学学报（社会科学版）》2017 年第 5 期）一文从诗歌文本爬梳物候诗学，则从“诗人在场”的物我关系角度切入。她的研究出入古典文学内外，充分启动了诗歌中的诗性智慧，不仅对于文学研究，而且对于新一代物候学的建构都有一份贡献。

由此可见，当我们谈理论的时候，我们不仅在关注“中国文学理论”，而且要像前辈程千帆先生所说的，更要关注“中国文学的理论”，关注那些隐含在作品与文本中的重要思想与智慧。

（二）“中国文论”的文体形态的突破

这个问题只能简单提一下。其实这是古代与当代最大的不同。我们看《诗大序》《庄子》《史记·屈原贾生列传》《文心雕龙》《诗品》《昭明文选》《世说新语·言语》《世说新语·赏誉》《世说新语·品藻》《二十四诗品》《林泉高致》《四时幽赏录》《人间词话》等，都既是美的文本，也是理论作品。为什么我们当今的文学理论，要么就是教材，要么就是论文，文体十分有限狭窄，完全缺乏古人的灵气、创意与自由开放性思风？可以肯定的是，用当代新八股论文体，是不可能写出真正有影响、有活力的文论著作的。

文体形态的突围，有先天的困难。“中国文论”的文体形态的突围，也不是没有成功的先例。可以开列一个长长的单子：如王国维《宋元戏曲史》《红楼梦评论》、鲁迅《魏晋风度及文章与药及酒之关系》、朱光潜《诗论》《谈美书简》、闻一多《唐诗杂论》、陈寅恪《柳如是别传》、宗白华《美学散步》、王元化《文心雕龙创作论》、李泽厚《美的历程》等，在语言上有突破，在文体上都有新创，文繁不具论。

（三）“中国文论”的思维模式与价值体系的突围

中国文论是否具有强大解释力和生命力，还要看它能否有效阐释当今文艺实践。而能否阐释当今文艺实践，关键是我们能否提供足够多元、深刻、丰富而具有生命力的文论话语；而历来具有生命力的文论话语，其实是在一些具有悠久长远核心价值的思想观念中，衍化嬗变而出的，譬如仁爱、尊严、忠义，文以载道、沦肌浃髓、淡的崇尚，既是悠久的民族精神传统，也是文论产生的根源性价值，这里隐含着无数思想突围的契机。

以学界近年来一个重要的理论成果“关联思维”——中国文论最核心的思维特色之一——为例。[①]“关联思维”（correlative thinking），即中国文论中所说的“感”。马一浮认为，诗兴，感而已。叶嘉莹一直说“兴发感动”。西方很多汉学家如李约瑟、史华慈、郝大维、安乐哲等，对此都有讨论，称之为“协调思维”（coordinative thinking）或者“关联思维”，认为这种思维是中国文化的核心之一。“感”可以分成多个部分：人与自然的沟通，人与物的沟通、感应、感触，人心理情绪的感动，伦理政治的感化等。张载把这个观念概括为“感之道”。天地万物同源共生，相互感通、相互依存、相互关联、相互协调，这就是所谓的“天地万物之情”，即包括人在内的万物在宇宙生生不息的有机过程中相依相通、共存共荣的情状。这样一种关联模式涉及宇宙自然、社会政治伦理、心理、美学等众多领域，对中国传统产生深远影响，所以钱穆说：“‘感应’二字，实可谓会通两千年来文化之精义而包括无遗。”[②]

如果我们将这一思想精义写入中国文论，那一定会带来对于文学发生、诗性源头、美感经验的新的理解。首先，

① 参见贾晋华《感物溯源：中国古代关联思维的形成和衍化》，载《后五四时代中国思想学术之路》，华东师范大学出版社 2017 年版，第 145—169 页。

② 钱穆：《宋代理学三书随劄》，生活·读书·新知三联书店 2002 年版，第 155 页。

改变二元式的文学本质观。不是客观决定主体，也不是主观大于客体，而是一个体用不二的“感”。其次，改变语言中心论、符号中心论、作家中心论与形式优势论。因为这个观念立足于“感”，其实正是立足于情本体，立足于人心、人情、人性，所有的其他分歧与冲突、障碍与误解，都可以在此化解。一个优秀的作品，无论古今，好就好在它们让人有一种生命与生命相贯通、精神与精神相融合的美感体验，因为它们“感”知社会现实，“感”动人性。这不就印证了中国文论所强调的“感”，印证了诗与艺术的灵性在于生命与生命的感通、人性深处的照面吗？再次，改变就文学论文学。这个思想将政治与文艺、宇宙与社会、人心与自然相沟通相融贯，具有大文论的视野，可以安放更多更丰富的社会内容，可以关联打开更大的思维空间与灵性世界。

中国文论的思维模式与价值体系对于“五四”范式的突围，是挑战与应战。看历史要看大势，从大的方面来说，当今时代是中华民族伟大复兴的时代，中国文论的文化自觉和整个国家的文化战略是相通的，这是发展的重大机遇所在。与此同时，中国文论也面临诸多问题和挑战。譬如，个体意识与群体意识如何协调？如何重新认识文学与国家的关系？文学创作如何在中华崛起的时代充分涵育代代相传的民族精神和人文素养？而“国身通一”的士人理念、“家国兴衰”的志士情怀，正是千年中国文论主流，即严羽所谓盛唐诗为“第一义”以及王国维所谓屈子文学之精神。说到底，“文以载道”的“道”既是客观历史大趋势，也是这个大趋势内化为士人身心的担当（即王夫之所谓践身心之则）。中国文论也有“功夫在诗外”的一整套论述，即一个相反相成的悖论：有时候，只有从文学外部、文学周边来看文学，才是真正“文学性”。从文艺创作主体来说，这是自觉的文化意识，从大众来说，这是百姓日用而不觉。中国文史智慧、人文关怀与道德传统仍然在今天文学活动中起作用。正如起点中文网创始人吴文辉所说，当代最有活力、最有影响力的网络小说，无论怎样新变，还是跳不出中华传统伦理和传统价值观。因而，我们应清醒认识到，中国文论核心价值仍然与当代审美经验和文化实践发生直接关联，并对当代文学创作发挥重要影响。

我十分赞成昆阳教授所说的“文化”就是“人文化成”，“其意义包含了人之生命存在乃是切实立足于‘现世’，而朝向‘真美善’之理想性价值迁化的历程与成果”。因而我理想中的中国古典人文学，不仅仅是中西贯通、古为今用，而且不要唯今是从，要看到“今”（现代性）的弊端，勇于“活古化今”；不仅是要转化传统，而且用传统来转化今俗，以雅化俗。孔门一系的“文学”，其实是“全人宗旨”：孔门四科，“文学”，即文教，培养德行、言语、政事的精英。孔门从事礼乐教化，以文化人，维护文明的延续，使人性呈现其内在的优秀，形成一个民族国家深厚可靠的道德与政治的基础。修身、做人、做事，整个的人、身心灵神的全人，是华夏古典的核心。正如陈寅恪深刻指出的：“吾民族所承受文化之内容，为一种人文主义之教育，虽有贤者，势不能不以创造文学为旨归。”[1] 在这里，人的文学发展，与人的全面发展具有内在的逻辑一致；人的全面发展与民族国家的全面发展，有着终极与内在的共生性。

由此，我设想了一个中国文论的新体系框架，即“一心开三门”，“一心”即华夏文化心灵，“三门”即心灵修行门、人文社会门、自然风物门。“三门”的大致内容如下。

其一，心灵修行门。内含性情教育类（中国文论中有关文学与人的性情养育的论述，与今天的关系）、阅读类（中国文论中有关阅读学的意义、方法与境界的论述）、治疗类（中国文论中有关人的心理康复、情绪调养等论述，与现代心理学的联系与区别）、品味类（中国文论有关人的美学趣味及其熏习的论述，与信息社会的关系）。

其二，人文社会门。内含文化创意类（中国文论中有关人的文化世界多元通变的论述，与现代创意的联系与区分）、公共批评类（中国文论中有关思想批判、社会抗议的思想传统及其在现代社会的价值）、礼仪类（中国文论中有关礼的形态、意义及其今天对于社会生活的价值）、知识人精神传统类（中国文论中有关道与势的理论），等等。

其三，自然风物门。内含生态保育类（中国文论与美学中有关生态的思想及其与现代生态学的联系）、风景美学类（中国文论中有关山水美的论述及其当代价值）、物质美

① 陈寅恪：《吾国学术之现状及清华之职责》，载《金明馆丛稿二编》，生活·读书·新知三联书店 2009 年版，第 362 页。

感类（中国文论中有关物的美及其形态、意味和当代价值）、地域风物类（中国文论中有关地域风物的表达）。

总之，从“传统”“五四”“后五四”的三分类型着眼，发展出一套有现代意识、时代意识，又包容了古典意识（即华夏文化意识）的新体系。

四

昆阳教授说：在后五四时期，我们认为中国文化、学术的“现代化”，更必须回归传统而重新正确、深入地理解传统；学者们应能自觉地展现民族文化主体性，而在承继传统的基础上，创变出具有民族性以及时代存在经验与诠释视域的文化、学术产品。所有“历史性主体”都是既“传统”而又“当代”，更具体地说，那就是每个人的生命都存在于“文化传统”与当代“社会关系”的情境中。

一切历史都是当代史。人文学者尤其是具有自觉理论意识、学术思想意识的学人，应该拥有存在感受，学思互进、主客相循，“根柢无易其固，裁断必出于己”。

两年[①]前，我在上海主持“古今中西之争与中国文论之路国际讨论会”，感赋三绝，其一云：

文论已过百年身，
古树新花又一春。

① 本文定稿于2019年12月12日。

莫负万千杨柳意，

满山都是踏青人。

昆阳兄即席赋诗酬答：

端从观化认前身，

花老谁云不复春。

今古水流明月在，

开新继往付贤人。

两年过后，他交出了“开新继往”的一份厚重答卷，我也收获了又一幅“古树新花”的春意。在这篇序的结尾，我遥祝昆阳兄更行更远更生，踏遍青山人不老！

七　中国文论理论性的三个维度

小引

理论与知识，是文论学科的两个轮子，日渐偏于一端，不免是学术内在的不平衡。理论性表现在以下三个方面：第一，批判性；第二，建设性；第三，前瞻性。我们这个时代，不仅不应该排斥中国文论的义理部分，而且还要充分生发、创造性地转化文论中的义理，营构中国文论价值体系，这方面仍然有很大的提升空间。理论的建设性最根本的宗旨是以中国文化为主体，消化吸收西方文明的滋养，可谓“活中化西”，这也是包括中国文论在内的理论工作很重要的建设性任务。理论的前瞻性，是深深海底行，高高山上立。对古典中国的精神内涵越是有深入的了解，越能产生真正的文化自觉与自信。

一、中国文论的内向型与外向型

中国文论在最近几年[①]取得了长足的进步，大量成果涌现，一批新人茁壮成长，但在肯定成绩的同时，也应看到其有待发展的新空间与新路径。近年来，中国文论存在的一个最大的问题是理论性不够，知识成就绝对优势地碾压了理论成就。[②]理论与知识，本来是学科的两个轮子，渐偏于一端，就会出现学术内在的不平衡。[③]

理论的建设性有两个大的面向，一个是中国文学学科内部的理论，即有关文学文本、文学史与文学批评的理论。不少人一直误以为中国文论只是一套关于文学理论与批评的学说，其实这是将这个学科看浅缩小了。中国文论从逻辑上说，不单单是一套原理构建、体系架构的理论形

① 本文发表于《社会科学战线》2021 年第 9 期。

② 仅以我主编的《古代文学理论研究》丛刊为例，许多名为文论、诗论的研究，其实并不是真正的理论问题，而是知识问题。

③ 笔者主张将“古代文学理论”改称为“中国文论”，包括理论与知识两个部分，参见胡晓明《中国文论的乡愁》，《浙江大学学报（人文社会科学版）》2006 年第 1 期；而且自 2006 年起，笔者所主编的《古代文学理论研究》丛刊，多加“中国文论……”的副标题，以示学术研究的新形态。笔者所主张的这一“改名称”与陈伯海教授的“分名称”，稍有不同。陈先生主张将“古代文论”与“中国文论”视为完全不同的两个学术概念，也很有道理。陈伯海教授的主张更为温和，具有可操作性，更易为学术界接受，但究竟要如何命名，还有待研究的进一步深入。

态，而且应该是一套如何观照、研究、读解中国文学的论述，尤其是超越于技术之上的观念系统与价值系统，因而必然与文学史的宏观把握与中观认知紧密关联，必然与文学文本的分析框架、经典化、解读取向、接受史与阅读史等理论视角紧密关联。近年来，随着中国文化意识的自觉日益加强，学界对于五四新文化影响下外来文学史观与文本理论，尤其是在中观层面与文本观照等方面，有较大的突破。

在宏观思路上，一批建设性的新话语试图引导新风，如“中国文学的古今贯通”[①]，立足于传统中国与现代中国的文学一体化的研究格局；“中国文论区别于古文论”，主张发展出一套理论来解释当代文学现象[②]；“现代文论的古代转换”，主张现代文论要包含古代文论，将古代文论作为现代文论中富于历史视野的“他者”，转换现代文

① 章培恒教授提出。近年来由黄仁生教授主持的同题国际学术研讨会以及相关研究正在持续进行中。

② 陈伯海教授提出。“‘古文论’的理念立足于‘古’，是以保持传统原貌为取向的，故多以考证、注释、批评以至史述的方式来从事整理和研究，意在还原和维护这一传统，不任其扭曲甚或失坠。‘中国文论’则聚焦于当代中国，意图建设一种以传统为依托而具有鲜明民族色彩的中国现代文论话语，用现代中国人的观念和方法来发扬传统精义，且能与当前流行的各种其他文论形态开展有效的对话交流活动。这一功能取向上的不同，决定了‘中国文论’的研究不能局限于对古代传统的整理还原，更当重视开拓与创新，要在清理历史的基础上大力加强理论思维的建设，方有可能让自己牢固而坚实地树立起来。”参见陈伯海《关于中国文论的几点思考》，载《第二十二届中国古代文学理论年会及学术研讨会论文集》，2021 年，第 3 页。

论的平浅与西化[1]；“后五四时代建设性的中国文论”，倡导既走出西学话语，又破中有立、旧中有新的理论取向[2]；“中国文论的知识体系与价值体系”，力求将中国自身的知识与价值结合起来加以创造性发展[3]；“内造建构”，主张内在于中国文学与文化的观照视角[4]；等等。研究当代文学的学者，也能够尝试用“经过创造性转换和创新性发展的中国古典思想和审美传统为评价视域，阐发当代文本的价值和意义……超克‘五四’以降文学观念之局限，自古今贯通的大文学史视域重解当代文学与古典传统间之赓续关系”[5]。

在中观层面，譬如，地方意识与空间诗学的并驾齐驱，共同为五四后长期以来偏于文学史的主流论述做出平衡。又如，受到经学研究复苏的影响，经学与文学的重要性又回到了文学史、文体学与文学文本的关注视野。再譬如，我们不仅不再囿于现实主义与浪漫主义的理论来看中国古代文学史，而且更进一层，不囿于言志抒情的纯文学观念看待中国文学，研究者提倡民族文化思想的本位，植

① 参见刘锋杰《从“以新汰旧”到“新旧融合”——关于中国现代文论史研究的三点看法》，《华东师范大学学报（哲学社会科学版）》2019 年第 4 期，《王元化与后五四反思（笔谈）》之一。

② 参见胡晓明《重建中国文学的思想世界》（孔学堂书局 2020 年版）以及系列论文。

③ 参见胡晓明《六论后五四时代建设性的中国文论——兼序颜昆阳教授〈学术突围〉》，《社会科学战线》2020 年第 2 期。

④ 参见颜昆阳《学术突围》，（中国台湾）联经出版事业股份有限公司 2020 年版。

⑤ 杨辉：《中国当代文学研究中的“古典转向”》，《文艺争鸣》2020 年第 10 期。

根于道教与佛教内部视角而不是宗教影响文学的研究，这样，《红楼梦》等小说就不仅反映了封建社会的末路光景，而且具有道教与佛教的价值体系及其文学叙事模式。如“劫运模式”“谪降模式”，表达存在与时间、贬谪与救赎、永恒与无常、无情与有情的关系，具有高度的隐喻性与哲理意味，由此可以发展出一套中国小说诗学。而中国本土“宗教诗学”的命题业已成为研究重大课题，从“宗教实践”而不是从宗教影响与宗教和文学关系的角度，重新定位中国佛道文学。在目前的中国文学史中，佛道修行与实践仅是文学抒情言志的表现，而不是从佛道本位作内部的观照，这一缺点有望透过宗教诗学的视角加以克服。[①] 例如，对比李白与苏轼，从我国到东亚诗学，都有“天仙”与“地仙”的区别[②]，同样是浪漫主义诗人，如果从道教文学的“游”与“忧”的内部角度切入观察，李白偏于天仙降谪而东坡偏于地仙游世。这也可以丰富唐宋文化诗学。这是文论对于文学史与文学文本的贡献。但总体上来看，这方面的空间虽然很大，但学界理论自觉与学人的用力程度仍然较为薄弱。

本文主要不是谈“内向型”，而是着重从“外向型”，即

① 参见吴光正《百年中国佛道文学研究史论》，中国社会科学出版社 2021 年版，第 281 页。

② “李白乃天仙，东坡乃地仙。天仙一举，杳而不见；地仙则有种种伎俩布于人间也。”广濑淡窗：《淡窗诗话》卷下，载《广濑淡窗汉诗集》附录一，张宇超译，上海大学出版社 2018 年版，第 253 页；苏轼：《书丹元子所示李太白真》：“天人几何同一沤，谪仙非谪乃其游。”

中国文论对文论之外的学科，对于当代文化思想的意义的角度，来谈理论性。中国文论之所以区别于以还原历史真相为宗旨的古文论，就在于它的当代性。陈伯海教授的观点是极具学理启发性的：“众所周知，我们的‘中医’是直承传统医术而来的，但中医不称之为‘古医’，因为它还在开业，在给病人问诊、把脉、开处方。据此，则能否应用于当下，实乃‘古文论’与‘中国文论’的一大分野所在，也是前者向后者转型的关键。”① 简单地说，外向型的理论性有三个维度：第一，对于现代的批判性；第二，对于当下中国文化思想的建设性；第三，对于人类未来的前瞻性。如果我们对中国文论的理论性真有充分的自信，应该努力将理论性表现在这三个维度。

二、理论的批判性

理论的批判性应有两层含义。第一是讲大义，即理论对时代问题的积极回应。本来，二十世纪以来的中国文论已经大大不同于传统的诗文评，不同于传统学术中的辞章之学，而是将义理之学包含其中的。朱东润先生在晚年写《元好问传》时，曾经一针见血地指出：“女真人居然统治了北中国一百一十几年。他们的统治方法，首先是注重文采，其次才谈到义理。为什么？因为义理不

① 陈伯海：《关于中国文论的几点思考》，载《第二十二届中国古代文学理论年会及学术研讨会论文集》，2021 年，第 3 页。

能多谈，谈多了是对于外来的统治者不利的。文采才是最实用的东西。无论平仄对偶、鸳鸯蝴蝶，都可以谈，而且谈多了对统治者更有利。因为谈了，他们就没有功夫谈现实、谈政治，这都是与统治者有关的。”[①]我们所身处的时代，党和政府明确提倡要讲中国文学思想中的大义[②]，为什么我们的中国文论研究，自己却要避开义理层面的学术探求呢？

治现代文论者，又普遍存在一种误判，即认为：“主体、意识形态、阶级等等理论话语在20世纪语境中之解释效力显然远甚于境界、虚实、气韵、笔法等等古典文论的概念、范畴和术语。”[③]这一方面是不懂得这些概念有深义，不能随意套用，不能简单贴标签；另一方面也是以偏概全，以辞章之学，想当然地代替义理之学。中国文论中的美刺、讽喻、变风变雅、变今之俗、文以载道、歌诗为时为事而作，以及国身通一之旨，天民先觉之义，都是文论的义理。但我们比较忽略这个方面。文论的政治性，还没有真正形成一个强有力的、足以影响现代文论与文化的论述系统。值得

① 朱东润：《元好问传》，上海古籍出版社2016年版，第25页。

② 《关于实施中华优秀传统文化传承发展工程的意见》（2017）第一次以中央文件形式专题阐述中华优秀传统文化传承发展工作。如：“文以载道、以文化人的教化思想，形神兼备、情景交融的美学追求”，以及“善于从中华文化资源宝库中提炼题材、获取灵感、汲取养分，把中华优秀传统文化的有益思想、艺术价值与时代特点和要求相结合”等，正是将文论大义及其应用，写入了纲领性的文件。《中共中央办公厅、国务院办公厅印发关于实施中华优秀传统文化传承发展工程的意见》，2017年1月26日《人民日报》。

③ 杨辉：《中国当代文学研究中的“古典转向”》，《文艺争鸣》2020年第10期。

一提的是，刘锋杰先生的新著《“文学政治学”十形态论》，用相当大的篇幅融入古代有关文章与道义的传统观念，用“教化论”“文道论”“诗史论”三章概括讨论中国古代文学政治学的基本形态，涉及文学政治学的功能属性、本体属性、历史属性，而且都能在古典中国文论中落实其文脉义理，不依附于现代的、西方的形态，以中国话语提出神完气足的中国理论形态。尤其是“文道论”居于最核心地位，强调了文学对政治的超越，这是一个自觉的批判性的传统。[1] 中国文章，正如姚永朴《文学研究法·功效》所论：“圣贤经典，无不与政治有关。是以为文章者，必有陈古风今之思，本其心之沉郁，而达以笔之委婉，乃可以动人，可以救世。”[2] 如何营构中国文论政治学价值体系？如何让那些做当代文论的学人有丰富的资源可利用？这些方面仍然有很大的理论发展空间。

第二是当下性。当今互联网与信息洪流的时代，数字技术与人工智能迅猛发展，使中文写作发生了大众大规模自发参与，知识获取与生产方式、写作表达与传播方式更新转型的重大变化。这个变化仍然在进行中。这当然是一柄双刃剑。我曾经对自媒体的滑稽戏谑言谈现象给予相当正面的肯定：清议却不是从制度里产生的，不是从政治家中产生的，也不是从宗教中产生的，而是从文学中产生的，

① 参见刘锋杰《“文学政治学”十形态论》，北京大学出版社 2020 年版，第 24—195 页。

② 姚永朴：《文学研究法》，许振轩校点，黄山书社 2011 年版，第 43 页。

即清议产生于清谈。具有政治反抗性的士人精神力量，原来最早产生于谈笑类俳倡、为文好嫚戏、足以和悦人主、谈言微中的谈嘲即滑稽、诡辩、隐语以及说笑话。[①] 当代网络语文的反讽与幽默都具有自下而上的草根政治性，释放着平民的文学权。但是事情又是复杂的，随着信息化洪流、自媒体表达及社交平台流行，从消极的角度来看，一方面，网络语文所营造的后真相时代的真相将越来越不确定；另一方面，人们的语言表达越来越趋向于粘贴重复、抄袭风、碎片化、图片化、浅俗化，甚至口水化、粗暴化。面具下面，无序与暴力横行，有一种可称为“踩踏美学”“民科当道”和“流量思维”的写作，像幽灵一样在网络世界徘徊。自媒体写作的转载、模仿、跟随大大超过原创，看起来似乎也不算什么大问题，但是一来助长了流言蜚语，二来助长了非理性与反智主义。普通人在面对海量网络信息的时候很难做到完全严谨和理智的思考，面对其他自媒体所发布的鱼龙混杂的信息时无疑会表现为情绪多理智少、抄袭多原创少、转载多思考少。[②] 尽管从社会语言生态的角度说，转载、模仿、跟随或许是正常的，然而习焉不察的结果是渐渐生成一种“语文病”，即写作能力下降、独立思考能力下降，不能不说是问题。因而，古人所强调的“真诚”与“真实”仍没有过时。戴着面具，即不真。主观的真与客观的真，仍是

① 参见胡晓明《略论后五四时代建设性的中国文论》，《文学遗产》2014 年第 2 期。

② 参见韩丽《自媒体发展及其文化问题———新世纪中国自媒体现象研究》，吉林大学 2011 年硕士学位论文。

原则。因而，传统文章论与写作学所主张的“心”的清明沉静、不偏守正，仍然是前提。中文写作的问题、危机与契机，前所未有地被提到当代文化思想的前沿位置，很多问题对我们提出了重要的挑战。中国文论、中国文章学不能一头埋进沙堆里成一鸵鸟，完全不顾中文生态的重大现实变化；中文写作与中国文论即文章学，当然有重要责任。孟子的“知言”说——“诐辞知其所蔽，淫辞知其所陷，邪辞知其所离，遁辞知其所穷”（《孟子·公孙丑上）》——绝没有过时。什么是偏颇的言论？什么是过激的言论？什么是背离正道的言论？什么是滑头的言论？同情、同理，即感应、感发、共感，仍是写作与批评的金律。明乎此，主体与对象、知者与所知者才能和解。而古典文论背后的思想框架，即理/欲、正/邪、文/质、清/浊、雅/俗还是重要的区分标准。当代翻译家赵萝蕤教授曾应宗白华先生约稿，在《艾略特与〈荒原〉》一文中用“浮滑虚空”四字，显示了自己的人生卓见。

> 什么叫做浮滑，什么叫做空虚？也许世界万物尽皆浮滑虚空，而且有大多数人正觉得越浮滑越空虚越美越好。我可以试用一个恳切而实在的譬喻：浮滑就是没有用真心实意的胆识，而尽量的装腔作势；空虚，便是心知（或不知）无物，而躲闪于吹嘘。浮滑到什么程度，空虚到什么程度，必需那身知切肤之痛，正面做过人的人才能辨得出深浅。而艾略特最引人逼视的地

方，就是他的恳切、透彻、热烈与诚实。[①]

虽然赵先生是西方文学翻译的大家，但这样的论述，背后的古典人文主义底蕴，依然与中国古代文论的修辞立其诚，完全相通。

此外，当代文学有娱乐化、消费化、商业化、私人化的倾向，如何以中国文论来对症治药？中国文章论的主流价值，是要鼓天下之动，动人心之情，正人伦、美教化、移风俗，如果为文而无功效，虽语言华美、技巧高妙，但与《礼记·曲礼》所谓"鹦鹉能言，不离飞鸟；猩猩能言，不离禽兽"中的鹦鹉与猩猩，又有什么区别？与欧阳修《送徐无党南归序》所谓"草木荣华之飘风，鸟兽好音之过耳"又有什么不同？古老的传统人文思想与观念，究竟能否在今天多样复杂的语文生态中发挥作用，这是每一个文论研究者都应该关切的问题。譬如"境界"，就不是一个简单的辞章学概念，而关涉到文学对于人生的根本价值，以及古今文学的重大区别。中国传统认为，好的文学，不只取决于作品本身，更取决于作者人生阅历与修行的阶位。这种观念，在大众文化与娱乐至死、以"爽"为高标的当下文学潮流中，本身就具有不可替代的批判价值，岂是辞章小道而已？

① 赵萝蕤：《艾略特与〈荒原〉》，《时事新报》1940 年 5 月 14 日，"学灯"渝版。

三、理论的建设性

中国文论的建设性也有两层含义。一是文化大战略目标。国家已经把中华民族的伟大复兴作为基本的战略目标。以中国文化为主体，消化吸收西方文明的滋养，这是包括中国文论在内的理论工作很重要的建设性任务。近年来，学术、思想与文化艺术界都提出了“中国性”的问题。[①] 中国性与中国文论的建构，要处理好隐与显、常与变、大传统与小传统的关系。有一种常见的理论误区，是认为民族特色或中国特性，只是一个历史性的不断变化的动态过程，而所谓中国特性皆为虚构想象，只不过是现代人的文化建构。具体而论，譬如有人认为：“把旧体诗和人为建构出来的‘中国性’等同起来的做法是错误的，因为‘中华文化’并不能被理解成一系列静态的固有特质和特点，而必须被理解成一个不断发生和变化的动态历史过程。”[②] 但是，这个说法分明否定了古典诗的文化根性与内在精神，是片面的。首先，中华文化既是一个不断发生和变化的动态历史过程，但无疑也是一个接续与传承的缓慢变化的历史过程。以“动态的历史过程”否定历史连续性，不过是一种后现代主义的教条，我们承认

① 2021 年 8 月 2 日，中央宣传部等五部门联合印发《关于加强新时代文艺评论工作的指导意见》指出：“建设具有中国特色的文艺理论与评论的学科体系、学术体系和话语体系，不套用西方理论剪裁中国人的审美。”参见新华社北京 8 月 2 日电。

② 田晓菲：《隐约一坡青果讲方言：现代汉诗的另类历史》，宋子江、张晓红译，《南方文坛》2009 年第 6 期。

动态与变化，但变中当然有其不变的因素。龚自珍《己亥杂诗》的家国情怀，与《诗经》里的大雅、小雅，屈骚里的家国意识就没有相关性吗？陶谢的山水田园美感，与王维、孟浩然、王渔洋的山水神韵，就没有相关性吗？而且，当代旧诗的复苏以及审美方式的赓续，尤其是其中“悲悯凝重的人文情怀”“守正开新的艺术追索”[①]，本身正是变中有不变的重大事实。其次，语言沉淀了中国性。语言是民族生命存在的家。而文言文使用的时间比白话文长久，文化精英比白话文多，因而其所蕴含的“家”的意义更是远为深厚。最后，新文化运动之前的古典中国，相对是一个完整的阶段，诗歌的中国性相对比较恒定确然。换句话说，如果古典诗歌没有了中国性，就等于不承认屈、陶、李、杜、苏有相通的思想、观念与抒情方式。由此可知，既要看到变化的一面，也要看到不变的一面。

其实更重要的中国性的问题意识，其实质是如何消化西学为我所有。不能看表面的现象与短暂的成果。想想看我们的先贤消化佛教文明这一顿大餐，花了差不多上千年的时间。那么我们目前的研究成果、课题以及这样那样的一些学术研讨会议，只不过是大目标中的一个个小目标，是这个长河中的一个小小的浪花而已。人生何其渺小，文明何其伟大！我一直主张的后五四时代建设性的

① 马大勇：《种子推翻泥土，溪流洗亮星辰——网络诗词平议》，《文学评论》2013年第4期。

中国文论，核心命题即一点点消化西学，逐渐建立自我文化主体性。如果说“五四”是中华文明的一次脱胎换骨、死而后生，那么，“后五四”就是中华民族伟大复兴新的开端、生生不已的古老文明的新征程。如何消化西学？钱锺书先生《管锥编》里所讲的“体用”概念是一个典型的个案。“体用”一词确是来自佛教。该不该用这个来自佛家的概念来表述中国的思想，自宋迄清，有很多学者如王应麟、晁说之、李中孚、顾炎武、翁元圻等，争论不休。但是钱先生发现，其实六朝范缜等学人已经用“质与用”“资与能”“力与用”等一对对近似的概念，它们渐渐具有了“体用”的内涵。而晋唐说经如韩康伯注《易》、孔颖达疏《易》，已明确习用“体用”一词。从内在的思想脉络来看，在先秦时代的儒家思想和诸子的思想当中，这种思维方式和论述的语义结构，一直是存在的。“体用”有一个与中国原有说法不断融合的过程。而这个过程实际上是中国思想消化佛教思想，而渐趋于更精密的概念表述的过程。“释典先拈，无庸讳说；既济吾乏，何必土产？”①钱先生的这一个案，是一个观念史的成果：先有诸己，慢慢吸收，化西为中，这可能是中西文论思想的一个规律。钱先生得出的结论是：“东海西海，心理攸同。”这个对我们今天的理论建设，尤其是无休止地争论姓“西”还是姓“中”，依然具有重要的启示意义。

---

① 钱锺书：《管锥编》第一册，中华书局 1979 年版，第 8—11 页。

理论的建设性的第二层含义，是关乎世道人心的教化，关乎人的素质的久久为功的培育。其实，文质彬彬、诗礼传家、孔门四科，“德行”就是修身，“言语”就是做人，“政事”就是做事，“文学”就是传承古代的典籍，就是教师。整个全人的发展是中国古典的核心。[①]孔门文学观，很多人认为只是古老的文学史前史的化石，然而其根本宗旨，是养成健全的人格，辞章之学本身就具备了文明教化的重要含义，虽然与今天的文学定义不同，但含有返本开新、不可替代的根源价值。唐文治《国文大义序》提出一套“表里论”，即大文学观，略云：

默考政治学术之升降、人心世道之根原，爰知文

① 不少研究古典中国教育的国外学者认识到这个问题的重要性。如迈克尔·普鸣（Michael Puett）：“传统中国教育的关键之一，是它并不完全依凭天资。这种教育背后的整体理念是——人本就是不完美的。我们一生最终会变成什么样的人，很大程度上取决于如何修养自身。所以传统学习中的关切，不在于说相比于其他科目你是否更有数学天赋，它的观念更多是‘不，你不是生来就擅长某些事。你把自己培养得擅长某些事，应该注重练习、训练，而不是与生俱来的天赋’。儒家学者不看天资。即使对先天条件有所要求，他们看中的也是积极的性情。培养才是最重要的。其次同样重要的是，对他们来说学习并非主要学技能。你获得技能是为了实现某些更高的目标。但这更高的目标，它意味着成为一个受过教育的人，这才是教育的核心关切。这个更高的目标是用道德词汇定义的。做一个有教养、讲道德的人就是目标本身。他们希望培养有道德的人，通过教育，这些人能够具有体察所处情形的能力，知道生活中该怎么做才能帮助周围的人。尤其是领袖们必须有伦理基础，手握权力的人们应该知道怎么做才能帮助他们管理的人。权力常常伴随着滥用的可能性，对那些将要当权的人而言，重要的一点是强调道德教化，记诵或是解决问题并不那么重要。讽刺的是，东亚现在使用的考试形式破坏了传统教育的所有这些方面。”［美国学者贝一明（Emanuel Pastreich）对哈佛大学东亚系中国历史教授迈克尔·普鸣的访谈。原载《赫芬顿邮报》网站，参见“三联书店三联书情”公众号，2016 年 4 月 8 日。］

章与制行相为表里……上下数千年，纵横亿万里，文化美者，则其国必强焉盛焉存焉；文化微者，则其国必弱焉衰焉灭焉。此天地之常经，世界之轨范也。[①]

有人认为古今文化生活与土壤不同，文论不可通用。然而我认为以唐文治为代表的“国文大义观”无疑是正确的。

近代文论的特色，首先是强调古今价值可以相通，相通的关键即文章，发古人之隐义，畅今学之新思，端赖文章分析之功、精密之论与宏大之识，写作能力与沟通能力、思维能力、协作能力、思辨能力、创新能力、审美感受能力、价值判断能力等的关系，写作与自我成长的关系，无疑是现代社会普遍承认的。因而文章好与不好，与政治教化等息息相通。姚永朴引前人论文与学之关系：

故程子读张子《西铭》，以为“无子厚笔力发不出”。黄东发（震）《日抄》云：“朱子为文，其天才卓绝，学力宏肆，落笔成章，殆于天造。其剖析性理之精微，则日精月明；其穷诘邪说之隐遁，则神搜霆击；其感慨忠义，发明《离骚》，则苦雨凄风之变态；其泛应人事，游戏翰墨，则行云流水之自然。”太仓陆桴亭（世仪）《思辨录》云：“古文须少年时及早为之。王阳明（守仁）

① 唐文治：《国文大义序》，载《唐文治文章学论著集》第一册，邓国光辑释，欧阳艳华、何洁莹辑校，上海古籍出版社 2020 年版，第 25 页。

未遇湛甘泉（若水）讲道时，先与同辈学作诗文。故讲道之后，其往来论学书及奏疏，皆明白透快，吐言成章，动合古文体格，虽识见之高，学力之到，然其得力，未始不在平日一番简练揣摩也。"①

据此，可见文章不止于文章本身，文章写得好，甚至思想的论述、义理的探幽、学问的发挥，皆有着缘助之功效。

其次，强调文化底蕴与文章有关，文章品质与国人的政治品质有关。正如唐文治所强调的："藉令文化日漓，修辞立诚之要义淘汰而靡遗，我国民之心思将日以粗，志气将日以浮，知识日以卑浅，气象日以萎苶。"②再广而言之，文风与统治阶层的政风有关，与一个国家的文明形象有关。"凡为文之博大昌明者，必其行之光明磊落者也；凡为文之精深坚卓者，必其行之温厚笃实者也。至尖刻险巧，则行必浇薄；叫嚣纷呶，则行必桀骜。"③很值得注意的是，当今所谓中国形象，很大一部分也是由政治家、外交家、主流媒体以及民间自媒体涉外的语文风格，久久为功地日渐营构而来的。如何典雅合度、器宇正大，而又有力有理有据，化干戈为玉帛，拨千斤于四两，古典的文章学一套，仍有其应用价值。

---

① 姚永朴：《文学研究法》，许振轩校点，黄山书社 2011 年版，第 43 页。

② 唐文治：《国文大义序》，载《唐文治文章学论著集》第一册，邓国光辑释，欧阳艳华、何洁莹辑校，上海古籍出版社 2020 年版，第 26 页。

③ 唐文治：《国文大义序》，载《唐文治文章学论著集》第一册，邓国光辑释，欧阳艳华、何洁莹辑校，上海古籍出版社 2020 年版，第 26 页。

在文学政治学上，我们不能不承认有些概念是中国文论独有的，譬如“风”，一个人内在的精神，就是“风神”；一个国家、一个时代、一个共同体内在的品质，就是“风气”，以及与之相关的“风教”“风化”“风貌”等。钱穆说，西学讲“潮流”，中学讲“风气”。这有很深的含义。潮流趋新尚变，潮流相斗相克，潮流是时尚的、从众的、随波逐流的，如服装；而风气是品质的，如人心。

“风气”更为稳定、基本、长久，由精英主导，上下相生相孚。君子之德风，风行草上，形成社会人心的主流价值。风气与政治意识形态，有关系，有重叠，但不是一回事。风气更多的要靠知识社会与文化人的心智习性、集体认同与德性共识，要有意识有制度地增大主流知识人对于社会思想文化问题的参与权、话语权与权威性，而不是用过多的包办、行政命令、运动式鼓动、形式主义的学习任务与长官意志取而代之。

四、理论的前瞻性

在很多人的眼中，理论的前瞻性似乎跟传统文论没有关系，中国文论只是博物馆的陈列而已。中华文化当然也是一个不断发生和变化的动态历史，这个文化传统的内在生命，具有不断调适自身、新新不已的动力。这是中国作为一个不间断的文明国家的优势所在，同时也是中国文论具有开放性和与未来对话能力的重要理由。更何况，中国文论区别于现代文论，深深植根于儒道释为代表的东方精神文化厚土，从中汲取了源头活水的滋养，如果以儒道释为代表的东方精神文化仍然具有对人类未来命运的前瞻性，那么我们就没有理由怀疑中国文论的前瞻意义与对话活力。唯此之故，理论的前瞻性，是深深海底行，高高山上立。对古典中国的精神内涵越是有深入的了解，越能产生真正的文化自觉与自信；也因此，前瞻性更体现在中国文论应当在世界文明体系中作出其应有的贡献。

当今思想界回应现代性后果的一大任务，即对资本主义文化工业的反思："在法兰克福学派早期学者视域中，资本主义'文化工业'具有如下特征：生产流程的标准化、技术化、产业化；文化工业产品的同一性、重复性、商品性；对大众精神控制的欺骗性、隐蔽性、意识形态性；文化工业的逐利化、资本化、拜物教化。与此同时，这些特征外在于现代资本主义文化形态，异化成为一种否定意义上的'反文化'体系，最终导致消费公众的'主体缺失'和'批判消退'。"[①] 这其实代表了二十一世纪以来越来越深切的文明忧思，根本上是西方现代性由物量世界无节制的张皇、由现代理性无节制的放大，而导致心世界、灵世界、情世界的枯干与退隐。中国文论中心物不二、天人不二、体用如一，恰可以对治。钱穆论古代的孔、颜乐处与当今

① 陈文旭：《阿多诺"文化工业"批判的哲学解读》，《教学与研究》2016年第12期。

的向外驰逐。

但就人类历史文化看，大圣贤、大豪杰、大哲人、大文学家、大艺术家、大科学家，一应大人物、大事业，对人生有大意义、大价值者，出现在一两千年前简陋之物世界中，并不比出现在当前灿烂光辉的物世界中来得少，抑且反而多。

耶稣说："富人入天国，如骆驼钻针孔。"生在当前物世界中，要进入天堂心世界，真如针孔难钻了……周濂溪教二程"寻孔、颜乐处"，二程当夜归途，有"吟风弄月，我与点也"之意。现世界依然有此风，有此月，但往年孔、颜、周、程那一番心境，那一番乐趣，可不易觅……程明道本喜入山行猎，听了周濂溪一番话，自谓此等乐趣已不再留在心上。濂溪说："莫看得太易，怕此心还在。"过了十二年，途中偶见山中猎人驰骋奔逐，不觉此心跃然而喜，乃知濂溪话不虚……不知孔、颜乐处在心世界，不多要外面条件。入山行猎，乃属物世界中事，并非要不得，但必须外面多种条件配合。一为这些条件粘缠，心上转添了一病。物的占有，有时成为心的亏欠。而贪欲无厌，层层缠缚，看得物世界愈大，转觉心世界愈狭。此心更无间隙，转动不得，却还恨自己力弱。心中只见有物，物外不见有心。心滋不乐，还尽向外面求消遣、求享受。消遣则是一无常，享受反成一毒害。若真能明白周、程当时这一番故事，能使此心自由自在，不为物缚，不受物占，清明在躬，虚灵不昧，也自会领略到人生寻乐真谛。“吟风弄月”的一番乐趣，也并不是只有二程当年能享受……西方现代资本主义社会，自称其中古社会为“黑暗时期”。但西方史学家中，也有人曾发问：“黑暗究竟在中古，抑在现代？”这一问，却值得今人之深省。[①]

在一味驰逐于物世界的当下，吟风弄月的孔、颜乐处，无疑是人类的一种理想，但绝不迂腐，确实是人类前瞻性的遥想。我们时时要反省内心：我们的衣橱里，真的需要这么多的衣服吗？我们的餐桌上，真的需要这么多的美食吗？我们的城市，真的需要这么多的水泥森林吗？我们的世界，真是一定要消费至上、信息泛滥、流量第一、娱乐至死吗？史华慈教授晚年的思考，针砭现代资本主义“排他性的物质主义”和“占有性的个人主义”，正与钱穆的思考为同一个方向。学术界已经或正在发展出的诸多中西古今的文论哲学命题，譬如先秦及早期中国文化中的关联思维、佛教的诸法无我与西方现象学的情境论、宋代平淡论与消费主义潮流批判、儒家自由主义与存在论、天人合一思想与世界的返魅、佛道思想的“无”与生态学，以及庄子的鱼乐/以明/天机、禅宗的破执无住，古典中国凡此种种的美学智慧，回应现代性的机心、科技优势对于

① 钱穆：《晚学盲言》（上），载《钱宾四先生全集》第四十八册，（中国台湾）联经出版事业股份有限公司 1998 年版，第 145—148 页。

人生的强力打造、理性化的规整与功利主义的效率优势，以及排他性的物质主义的文明同质化和海德格尔所批评的“世界僵死”，等等，可谓“活中化西”，都有很丰富的学理与很操心的事项。我这里再讲一个现实生活中的小故事。

> 西湖边有一座美丽的山——宝石山，山上有一座美丽的石塔——保俶塔，在西湖波光粼粼的映衬下，端庄秀美。但是杭州为了让西湖更美丽，就给宝石山上的树干缠满了各种小彩灯盏，晚上远远看过去，在夜空中璀璨夺目，更美丽了。可是，杭州有一位老诗人，我的朋友王翼奇先生，却很认真地给市长写了一封信，说：有没有想过，鸟高不高兴？鸟晚上会不会睡不好？人不能为了自己觉得好看，就更多地以人为的东西，去取代自然的东西，过多地用人的有限的感官，去取代自然的无限的感官……终于采纳了老诗人的建议，只在周末开灯。于是平时的日子里，宝石山的鸟们又回来了。花香、鸟语、草木精神的西湖，才是自然的西湖。①

由此可见，道法自然的古老中国美学智慧，并非只是一个文物化石或观念标本，也不完全是保留在故纸堆里的记忆，而更是一个当代有鲜活生命、有真实力量的思想。它在现代世界越来越显得珍贵。这是既有对现代性观念的批

① 胡晓明：《不寐》，国家图书馆出版社2019年版，第283页。

判性又有对未来社会的前瞻性的智慧。

最后要回过头来讲的是，理论在传统中国，毕竟与在西方不一样。我们是理论与文本、理论与文章、理论与文化、理论与价值及智慧融为一体的。不是为理论而理论，为体系而理论，钱穆认为那是一种理论自身自恋式的“张皇夸大”：“专务思想，此唯西方哲学家为然。此亦先有一番张皇夸大之心情寓其间，乃以思想为人生一项最大学问，终身以之，而其与当身、当代之日常人生亲切行事反不顾及。于是西方之哲学与文学乃同为专门，同出人为，于人生中之学问、行为转多不自然处。中国人从事学问，皆从其当身、当代日常人生亲切行事之实际需要，有情义，有思想，一本自然，而不加以人为之过分张皇与夸大。”[①] 与中国文化的话题相应，中国文论的体系与西方文论不同，严整成套架构的逻辑体系，是西方知识论的特色。我们讲的“体”是身体，是生命，与体系相对应的一个概念是“魂魄”，“魄”是“体”的功能，“魂”是这些功能的总称，“魂”也是超越“具体”生命的精神存在样式。正如华东师范大学著名诗人所说，用解剖尸体的方法去寻找魂魄的位置，比登天还难。

① 钱穆：《晚学盲言》（上），载《钱宾四先生全集》第四十八册，（中国台湾）联经出版事业股份有限公司 1998 年版，第 815 页。

八　百年诗学纵横观

小引

中国诗学百年无疑取得重大成果。然而我们当下校正了少年的浅，但是也失去了那个时代的生猛和元气淋漓；校正了中年的“洋”，获得了更多的文化自信，却失去了宏大创造力和新鲜的感发力；我们多了老年的成熟与厚重，但也多了内卷，多了很多重复、套路，无创意，为职业而职业，自我小化、矮化，制造了很多资源争夺机制。回顾中国诗学百年史，是为了发现问题，拆去遮蔽，看清前面原本宽广的路。

首先什么是“中国诗学”，要先给一个定义。陈伯海先生曾说：“‘中国诗学’也应该理解为‘中国古代诗学’的升级版。这意味着中国诗学不仅仅归属某一学科，甚至也不仅仅是一种学院式、书斋式的知识，而是一个活生生的文学理论体系。”这个定义非常大气，但又是一个狭义的定义。他提到“中国诗学”是一个文学理论体系，这样一来就成了文艺学的一个二级学科了。但是陈先生自己还有一段话：中国诗学“或显或隐地作用古代以至现当代中国文学创作、传播、接受、评论、研究等各个环节。再者，中国诗学作为中国文化的组成部分，从过去到现在以至未来，影响着它所触及的所有人——不仅限中国人——的审美观念、伦理观念乃至‘形上之思’”[①]。这是一个泛性的中国诗学的定义，我们可以说这是中国的诗性文化，这就比用文学理论体系来定义中国诗学更宽泛。陈先生这个定义非常有理论的张力，很大气，但是我个人觉得还是要回到一个老的、传统的说法中去。理解中国诗学首先要明白什么是“诗学”，“诗学”它的本意跟西方亚里士多德的《诗学》不一样。西方的“诗学”就是文学理论的另外一种说法。中国关于“诗学”的概念就很多了，《诗学源流考》《诗学发微》《诗学禁脔》等讲的都是有关诗歌的学问，不仅是诗学的理论，这才是中国本来的意思。我们来给它下一个定义，

① 陈伯海：《回归生命本原》《“形而上学”的终结与“形上之思”的兴起》，载《回归生命本原》，商务印书馆 2012 年版，第 1—23 页。

中国诗学就是：中国古代文献中所使用的“诗学”概念，包括《诗经》学研究在内，其涵盖范围更包括各体诗词、乐府、歌诗、民谣、曲子等文本研究，以及诗歌创作、风格、诗人、源流、功用、鉴赏、传播、美学等有关理论研究。虽然我这里更强调理论研究，但中国诗学是体用合一的，如马一浮所说“良马见鞭影而行，金丹便脱胎换骨”，“学诗贵有神悟，可得而传者皆是死法”。[①] 与西方不一样。西方是理论归理论，在西方一个做诗学的人完全可以不管具体的作品，在中国恰恰相反，诗学跟中国文化的其他学问都是体用不二。诗学的原理、理论、核心价值跟它的形式内容、具体的流派风格等都是相互包含的。所以我的定义是中国诗学的本义，没有用更多今天的观点去延伸和扩展。

图书馆的馆员帮我做了一个文献计量的简单小数据，即从二〇一二年到二〇二二年中文期刊和英文期刊十年来有关诗学研究发表量的对照。这个对照其实要说明简单的道理，就是中国的诗学非常重要，研究的人、研究的文章和书都很多。我们用的“SCOPUS”是一个大规模的英文数据库，这个数据库用“poetry”“pretics”“history of poetry”几个词，即“诗歌”“诗论”“诗史”，去检索。在中国也用这三个词去检索，公平地去对比。这里面没办法检索的是具体的诗人，譬如莎士比亚、华兹华斯、济慈、雪莱，中国

① 马一浮说：“诗第一要胸襟大，第二要魄力厚，第三要格律细，第四要神韵高。四者备，乃足名诗。”这亦是体用合一的讲法。参见马一孚《示张伯衡》，载《马一浮全集》第一册，浙江古籍出版社、浙江教育出版社 1996 年版，第 595 页。

的陶渊明、杜甫，中外公平，这些具体的名字我们没办法作比较。这只是一个辅助的检索，一个侧影。三个关键词出现在题目、摘要和关键词中的文献都被检索出来。在西方的英文文献当中有两万五千多篇期刊文章，而在知网近十年就有四万多篇文章。图书出版成果在“SCOPUS”中有一千八百六十六种，我们知道知网是不收图书的，但是知网有一万八千篇学位论文，会议论文也是有一千六百九十一篇，这还不算具体诗人的研究，所以关于诗学的研究成果远远不止这个数字。担心这里的比较还不够全面，我们还增加了“外文发现”和“中文发现”这两个大型数据库，“外文发现”当中的图书是七千四百七十五种，“中文发现”的图书是四万五千八百二十四种，中文发现中会议论文是两千一百五十五篇，还有报纸四万三千七百二十八篇。这三个关键词的比较说明，在中文世界中，诗歌、诗学的研究是一个非常庞大的知识生产。西方英文写作数量上不足以跟中国比较，并且所谓英文写作，不仅是包含美国、英国的英文写作，还有全世界其他国家、地区的英文写作，说明中国文化当中的诗学具有一种非常中心的地位，这是毫无疑问的，也是我们做诗学的人都会感到比较骄傲的原因之一：这是一门可公度性很高的学问。

中国的诗学在中国文化当中无论是在精英阶层还是在老百姓阶层都非常受尊重，知名度、认同度、传播度非常高。我在这里讲一个小故事。在《聊斋志异》当中有一名篇叫作《嘉平公子》。这个嘉平公子“风仪秀美”，“年十七八”，有一天他偶过许娼之门，看见里面一个漂亮的女孩子，就进去找她，最后相恋。有一天晚上这个女子听到窗外雨声不止，就吟了一句“凄风冷雨满江城”，平仄很工整。她求公子续写下一句。这个嘉平公子就不懂什么叫作“凄风冷雨满江城”，不懂女子讲什么东西，女子就说：“公子如此一人，何乃不知风雅，使妾清兴消矣。”可见嘉平公子虽然“风仪秀美”，但是实际上是没有什么文化的草包。你看这里连妓女都知道中国诗歌的风韵雅致，而且看到后面大家都知道这个妓女是个女鬼。嘉平公子有一天写了一个谕仆帖，就叫他的仆人去做事情，中间有很多错别字，女鬼在上面写批语讽刺：“有婿如此，不如为娼。”她失望地说：“妾初以公子世家文人，故蒙羞自荐，不图虚有其表！”你看一个不懂诗歌、不知风雅的人，会被一个作为娼妓的女鬼所羞辱，这个就从侧面看出民间社会、底层社会对中国的诗歌文化都是有很高认同的。

几千年中国文学中，诗是最主要的文学样式，是中国文化的根底。在世界文学的版图中，中国诗也是特出的美学成就，是中国抒情传统的代表、中国美典的代表。西方诗歌根本没有办法跟唐代那样的诗歌高峰相比较，下层不识字的人都争相拜读白居易最新发表在“朋友圈”里面的诗歌，老妪能解，从全世界来看这都是非常了不起的现象。

这里还要再给大家讲一个小故事，这是日本南山大学蔡毅教授在我们图书馆的一个“教授讲书”活动中讲的，我简略转述如下：在江户时代晚期，相当于中国清朝晚期的时候，有一个日本文人叫市河宽斋，编了一本书叫《全唐诗逸》，是全世界第一本对《全唐诗》进行补佚的书。我们知道当今有陈尚君教授对《全唐诗》辑佚，市河宽斋这一本是历史上的第一本。这个故事非常动人，市河宽斋在写好这本书以后就想把它刻出来，当时他找了一个庙，庙里面的和尚觉得这本书非常有价值，但是等到要赞助他的时候，这个庙被大火烧了。后来又过了好多年，他找到了赞助，但是那个刻工非常糟糕，刻了一大堆错别字，只能重新刊刻，又耽搁了。这个书最终能被刻成是因为他的儿子三亥，所以这个儿子也非常了不起，非常懂这本书是他爸爸一生的心血，不能够一直压在箱底。三亥悄悄地从箱子里偷出来书稿，怕丢失，就一点点把它重新抄了一遍，最后就把这个书带到长崎。长崎是当时日本跟中国来往的一个港口城市，其他的城市是不通外国人的。三亥带着这个书到长崎去，见到了一个姓张的商人，就把这个抄本交给他，告诉这个商人要将这个书交给一个中国文人，并且一定要收录在《知不足斋丛书》当中。《知不足斋丛书》在当时是具有很高知名度的丛书，有很高的地位，类似我们今天的《中国社会科学》这样的一个杂志。三亥认为，其父亲的书进入这个丛书里面之后就能够流传天下了。但是交给中国商人之后又过二十年了，该书还是不见出版，这个时候市和宽斋已经七十岁了。有一年，正好市河宽斋的一个朋友要到长崎去做官，邀请市河宽斋与他同去。市河宽斋到长崎唯一的事情是逢人就打听，你们有没有听说过《全唐诗逸》这本书？后来终有一天这个书刻出来了，进到了我们今天所看到的《知不足斋丛书》最末的一册。但是市河宽斋已经在七十二岁的时候过世了，没有能见到这本书。从他三十几岁到七十多岁，这本书差不多用了四十年的光阴才出来，也见证了一个儿子对父亲的尽心，了结父亲心事的执着努力。这个事说明什么呢？说明那个时代，虽然日本当时已经到了江户晚期，对中国文化没有那么崇拜了，但是中国的诗歌尤其是唐诗，毫无疑问是整个东亚高贵的文化瑰宝，是东亚汉字文化圈所共同分享的文化财富，不仅仅是中国的文化，我们今天从江户看江户，或者从清朝看清朝，我们知道中国的诗歌原来是有这样崇高的地位的。

从诗歌内容来讲，中国文化中的诗，“它是中国先民心血淬炼之人文精华，无不默然寄寓代代相承之先民魂魄，华夏诗书、元典之精髓已凝聚其中”[①]。《诗讳·含神雾》中说“诗者天地之心”，假托孔子说“《诗》者，天地之心，君德之祖，百福之宗，万物之户也”。“天地之心”这个说法最早见于《易经》的《彖》辞，讲到两个非常重要的要点：一个是“复”，反复其道、回归平静、宽裕寂然；一个是“亨”，动而顺行，阳气生长、生命感发、万物之户。这是中国诗歌之所以成为天地之心的一个特点。就像顾随所说的：“诗人尚应有‘诗心’。‘诗心’二字含义甚宽，如科学家之谓宇宙，佛家之谓道。有诗心亦有二条件：一要恬静（恬静与

① 胡晓明：《发现人类情感心理的深层语法——“后五四”时代中国文论如何再上层楼》，《南国学术》2020 年第 3 期。

热烈非二事，尽管热烈，同时也尽管恬静），一要宽裕，这样写出作品才能活泼泼的。感觉敏锐能使诗心活泼泼的，而又必须恬静、宽裕，才能‘心’转‘物’成诗。”[①] 这就是诗心和天地之心所共有的特点。这也是为什么马一浮说“诗之外大有事在”，以及陈寅恪先生说“吾民族所承受文化之内容，为一种人文主义之教育，虽有贤者，势不能不以创造文学为旨归”。[②] 就是因为中国文学当中最高的文学就是诗歌，所有的中国文人最终都是诗人。

我还觉得中国诗学应该被理解为一项资源。一般大众认为诗学是风花雪月，那是肯定不对的。刚刚进入大学的大学生或者中学生把它理解为语言艺术也是把它说得太小，讲成是抒情传统也是把它理解得比较小。我觉得它是中国非物质文化遗产当中最重要的一项资源，我们应该把中国诗学理解为一项资源。联合国教科文组织定义非物质文化遗产说，“自然和历史的互动中，被不断地再创造，为这些社区和群体提供认同感和持续感，从而增强对文化多样性和人类创造力的尊重”[③]。所以我们讲中国诗学它是一项重大的资源，可以从这几个角度来再强调一下。第一是它的存量，诗的资源存量非常多。如果说在中国文化当中找资源的存量最丰富的一个品种的话，那文学当中肯定

① 顾随：《驼庵诗话》，生活·读书·新知三联书店 2018 年版，第 12 页。

② 陈寅恪：《吾国学术之现状及清华之职责》，载《金明馆丛稿二编》，生活·读书·新知三联书店 2009 年版，第 362 页。

③ 《保护非物质文化遗产公约》第一章第二条，见中国非物质文化遗产网·中国非物质文化遗产数字博物馆，https：//www.ihchina.cn/zhengce_details/11668.

是诗，有数千年的历史，有数千万的作品，而且它影响到东亚、南亚的文化圈。我在杜甫诞辰一千三百多年的时候曾经被邀请到越南河内去参加他们的杜甫讨论会，我就非常震惊，那个讨论会济济一堂。他们当中不仅有学者，而且有翻译家、编辑、教师、诗人，也有一般的文学爱好者，都争先恐后地发言，用汉语、用越南语来发言。我们一共四个中国的学者，包括清华大学的谢思炜教授，是做杜诗做得最好的，我们一起感受到了他们是把杜诗作为他们的国宝。何况，中国诗学大家辈出，屈原、陶渊明、李白、杜甫、苏轼，屈陶李杜苏，受众非常广泛。作为一个资源，除存量之外，还有增量，增量就是关联思维、形象思维、生命感发、抒情写意，这些东西都可以大大地去拓展中国诗学的地位、影响力、跨媒介性、再生产力、创造性，所以这个可做增量。而且除此之外，它有非常多样的广泛的诗性的渗透，任何中国的学问和艺术都离不开中国的诗学，如美术、音乐、景观、园林、建筑、节俗、物候、政治、宗教，等等。当然它还有极为复杂的兼性，兼有两个方面的关系，在大众与学院之间、技术与人文之间、雅与俗之间、文学与史学之间、政治与社会之间、作者与读者之间，甚至体制与民间之间，都有非常丰富的内容，所以我们可以用一首诗歌来做一个小小的总结，就是诗学就像天上的月亮一样：“江畔何人初见月？江月何年初照人？人生代代无穷已，江月年年只相似。”诗学是一轮明月，光景常新一样美好的存在。

我今天主要讲的两个内容，一个是回顾，一个是前瞻，但是我不想把它打成两截，我干脆把它讲成一种辩证的关系，在前瞻中的回顾，在回顾中的前瞻。

一、立足当下的回顾

观水观澜，是从高处往远看。立足当下的回顾，大的趋势可以看得更清楚。两句话：一是大势所趋，中国诗学越来越走在回家的路上；一是中国诗学这部大车，可能有两个轮子，一是诗本身，一是非诗。

晚清的传统诗学，经五四新文化的蜕变，中西激荡，越来越回归传统。走了一个圈，却经过了一番中西古今的淬炼，有得有失，这是一方面。

所谓非诗，即不只诗本身。中国诗学越来越清楚的另一点是，它的使命，绝不仅仅是为了打造一个新的中国诗歌生命，还有另外一个日渐清晰的目标，就是让中国诗歌的老传统继续生长下去，继续成为中国文明整体的一个重要部分。文明整体观，是近些年很多人站在高处才看得更清楚的。

立足当下这一认识，而回顾历史，二十世纪以来的中国诗学的百年发展可以被大而化之地划分为三个阶段：一个是以西学为标准的阶段，我们把它称为少年期；一个叫作中西结合的阶段，我们把它称为中年时期；一个是以中学为优势的阶段，我们现在还在这样一个时期当中，叫作壮年或者老年时期。时段的划分依据不是以某个具体的时间作为界限，它可能会长期地影响甚至影响到未来。以西学为标准的主要阶段是五四新文化及其长期影响的阶段。第二阶段是在二十世纪三四十年代时爆发，以后有一些后续的发展。第三个阶段就是以中学为主位的阶段，是从二十世纪九十年代到今天。

为什么不讲二十世纪八十年代呢？很多人怀念八十年代，但选择性地忘记了那是一个践踏中国传统文化的时期。从“文革”到“文革”的后期再到八十年代，那段时间的西化非常厉害，所以我把八十年代忽略。但是我要给大家提到一本书，就是我写于八十年代的博士论文，虽然在一九九一年出版，但是是我在一九八七年到一九九〇年在华东师范大学读博士的时候写的，叫作《中国诗学之人文精神》[1]，我就用了“人文精神”这样一个词语来表彰中国文化当中正面的、值得肯定的价值，即它的人文传统。后来编辑就把“人文”两个字拿掉了，是为了更加适应大众读者的需求。我觉得这本书在那个时代是比较特别的，因为那个时代整个都是在贬低、否定中国的文化精神。从目录可以看到其中的内篇就是“中国诗学之精神方向”，今天看起来真的是狂想曲，不知天高地厚，外篇是“中国诗学之精神原型”，一纵一横，十字打开，舍我其谁，今天想起来都有点可笑。

① 该文后改名《中国诗学之精神》，由江西人民出版社 1991 年出版。

第二个阶段，以西学为标准的阶段。[①] 比较著名的作品有胡适的《白话诗史》、冯沅君的《中国诗史》、顾颉刚的《古史辨》（第三册）、郭沫若的《李白与杜甫》、郭绍虞的《中国文学批评史》、闻一多的《神话与诗》，以提倡白话反对文言等新文学观念和目光来审视、总结中国古代文学，对诗歌也是一次重新定位。其中最值得提到的就是古史辨派的《诗经》学，五四新文化运动时期，“向《诗经》经学化发动猛攻。说要把《诗经》从经学位置上拉下来，还其文学的本来身份，并且通过一系列诗篇的考释，说明《诗经》中许多作品原来是写男女情爱之作。与此同时，疑古派则以更多的文章，展开对《诗经》的讨论，恢复《诗经》的真面目。郭沫若将《诗经・国风》中四十首‘男女相恋的情歌’译成新诗，题名《卷耳集》，于一九二三年八月出版，更是通过今译的方式还《诗经》本来的文学身份”[②]。胡适论《关雎》：“《关雎》完全是一首求爱诗，他求之不得，便寤寐思服，辗转反侧，这是描写他的相思苦情；他用了各种勾引女子的手段，友以琴瑟，乐以钟鼓，这完全是初民时代的社会风俗，并没有什么希奇。”[③] 今天我们看，胡适此说完全是一种误读，朱东润在他的名篇当中说到“国风非民间本来面目”，在当时就不是什么爱情之作，胡适用所谓的西方理

① 尽管也有吴芳吉提倡“忠厚之气象、热烈之感情、美艳之辞章、自由之格调”儒家诗学，以及吴宓“融合中西新旧”的博雅古典诗学，但并不能成为时代的主流音调。

② 余恕诚：《中国诗学研究・绪论》，福建人民出版社 2006 年版，第 9 页。原题为《20 世纪中国诗学研究历程》，《安徽师范大学学报（人文社会科学版）》2003 年第 5 期。

③ 胡适：《谈谈〈诗经〉》，载《胡适文集 5》，北京大学出版社 1998 年版，第 476 页。

论来看《关雎》是乱讲。但是大家要注意一点，在《胡适日记全编》中，一九一七年记录道，有一天他睡觉的时候突然有个灵感，就翻身起床写了一首诗："三百篇诗字字奇，能欢能怨更能思。颇怜诗史开元日，不见诗人但见诗。"[①]《诗三百》中，这么多诗人，但只见到打书名号的那个《诗经》，他就要把《诗经》去掉这个书名号。大家注意这是一九一七年，胡适是一八九一年生的，这个时候他二十六岁。二十六岁虽然是误读，却有了很了不起的革命性思想。他说："从前的人把这部《诗经》都看得非常神圣，说它是一部经典，我们现在要打破这个观念；假如这个观念不能打破，《诗经》简直可以不研究了。因为《诗经》并不是一部圣经，确实是一部古代歌谣的总集，可以做社会史的材料，可以做政治史的材料，可以做文化史的材料。万不可说它是一部神圣经典。"[②]我们今天一方面明白胡适对《诗经》有严重的误读，没有读懂《诗经》的真正含义；另外一方面，我们也不得不说胡适他们这一代人很了不起，毕竟是少年！当下二十来岁的硕士研究生，哪能有像胡适这样的思想，我们在感慨这个时代的同时，不由得很佩服胡适的那个时代。

顾颉刚也说："二千年来的《诗》学专家闹得太不成样子了，它的真相全给这一辈人弄糊涂了。譬如一座高碑，矗立在田野里，日子久了，蔓草和葛藤盘满了……要斩除它，真是费事得很，等到斩除的工作做完了，这座碑的真面目

① 曹伯言：《胡适日记全编》（二），安徽教育出版社 2001 年版，第 527 页。

② 胡适：《谈谈〈诗经〉》，载《胡适文集 5》，北京大学出版社 1998 年版，第 470 页。

就透露出来了。”[①] 这也是口气大得不得了，要拿着一把刀把所有的那些《小序》《大序》等蔓草钩藤全部给清理干净，把这个碑给显露出来，这是非常大气的。其实是搞了半天没搞对，我们今天看起来他们做的那些工作也是不成功的，用林庆彰的话来说，从宋代开始到古史辨派的整个废序运动都是以失败告终。他们废来废去也就是二三十首，诗经有三百多首他们怎么能废得掉呢？但是他们极大地强调了他们理论的民间性、大众化、进化论和斗争性，影响非常深。胡适《白话文学史》重视民歌和通俗的诗歌韵文，论证“文学的新形式都是出自民间的”，对学界影响极深。郑振铎一九三八年出版的《中国俗文学史》（商务印书馆出版），书中讲得最多的是民歌。《白话文学史》只出版了上部，终未能写出下部，因为优秀的作品全部是士大夫之作，民间没有好的文学，怎么能写出下部？这部文学史其实是一部新文化运动意识形态的作品。他们年轻人生猛活泼，那些所谓的民间性、大众性其实就是为当时的新文化运动摇旗呐喊，以进化、演进的发展观念看文学，尤其是看诗歌。闻一多也是用心维护“五四”传统的中坚，他要把诗从《诗经》里解放出来，民俗学、文化人类学、精神分析学，其实都是洋枪洋炮，得出《诗经》“好色而淫”的生殖崇拜观点，其实是很偏的，只能算是透过《诗经》来反儒学，《诗经》的民间源头不能代表《诗经》的人文主义真相，其儒家经典地位不能撼动。闻一多的楚辞研究也是综合运用西方多种社

① 顾颉刚：《〈诗经〉在春秋战国间的地位》，载《古史辨》第三册，海南出版社2005年版，第189页。

会科学新知，对巫文化与楚辞的关系、楚辞中神仙思想，提出新颖的见解。但是必须说，闻一多对神仙的理解也是误读的。

这个阶段优势是非常明显的，就是“生猛活泼”，局限就是误读。它具有一种古今贯通的文化情怀、清晰明确的目标定位、求新求变的学术追求。那帮少年，是相当强烈与生猛的。但是它的缺点也非常明显，就是对中国的诗文化否定太多、误读太多、遮蔽太多。这是那个时代的特点。

比方说对神仙的误读。顾颉刚说：“他们没有在意识中构成一种自由的鬼，浪漫地游戏人世之外，像战国以来所说的仙人……他们会不要这身体，将魂灵从身体里解脱出去，得到一切的自由。”[①] 这其实是不对的。闻一多说：“人能升天，则与神一样，长生，万能，享尽一切快乐，所以仙又曰‘神仙’。”[②] 其实不对，为什么呢？因为中国的神仙有一个很特别的学术，叫作神仙学。在中国台湾学者王叔岷先生的《列仙传校笺》，还有王尔敏先生的《秦汉时期神仙学术之形成》中，专门讲到了这一点，就是我们中国的神仙不是不要这个身体，恰恰相反，他是非常要身体的！神仙当然有死后的世界，但是更多的是关注生活着的世界，所以是活神仙。其实用一句话来说，神仙就是古代的医书，神仙学是古代的古医学。在《汉书·艺文志》中有《七略》，其中有《方技略》，《方技略》当中有一家就叫神仙家，这

① 顾颉刚：《秦汉的方士与儒生》，上海古籍出版社 2005 年版，第 8 页。

② 闻一多：《神仙考》，载《闻一多全集 3》，湖北人民出版社 1993 年版，第 139 页。

部分内容是汉代医家李柱国来校勘的。神仙家里边有很多书，有很多典籍。有“《宓戏杂子道》二十卷”，今天我们看起来有点像武术、太极之类。还有“《上圣杂子道》二十六卷、《道要杂子》十八卷、《皇帝杂子步引》十二卷、《黄帝岐伯按摩》十卷、《皇帝杂子芝菌》十八卷、《皇帝杂子十九家方》二十一卷、《泰壹杂子十五家方》二十二卷、《神农杂子技道》二十三卷、《泰壹杂子黄冶》三十一卷、右神仙十家二百五卷”，这些我们大多都搞不清楚具体是什么了。

贵阳花溪，有一个明末贵阳诗人吴中蕃，他写了一首关于花溪山水的诗。花溪的山水非常清亮，他写了一首诗叫《洗髓岩》：

琼崖当碧涧，终古嵌虚明。气已同波冷，神犹仗水清。巧于宣肺腑，妙在敧用倾。体骨都更易，何曾有世情。[1]

这里的“洗髓”，注意不是骨髓，而是脑髓，是有出处的，古代有《洗髓经》，由神仙家而来，融合了道教养气学与佛教易筋功的一种身体修炼，东方神秘主义文化之一。诗人此处更不是真正地在讲道家的东西，而是借用诗的语言。可见不懂得神仙家，就不懂得山水诗及仙道诗。五四时候的那帮“小孩子”完全不理睬这些，因为他们忙不过来啊，整天忙着打倒那些旧文化。

到了第二个阶段就很了不起，至今无法超越的一个

① 唐树义等：《黔诗纪略》，关贤柱点校，贵州人民出版社 1993 年版，第 1161 页。

时代。就像朱光潜的《诗论》，有着很深的关怀，即反抗“五四”。因为五四的时候就产生了一个东西：新诗。按照宇文所安的观点来说，中国的新诗直到今天都是失败的，除极少数如北岛等诗人之外，全世界的人喜欢的还是唐诗、苏东坡等。新诗其实在他看来是没有成功的，远远不如中国旧诗、古典诗在世界上有地位。朱光潜的《诗论》就是反“五四”的，它从形式到内容再到思维都在反“五四”，是个非常了不起的为中国古典诗翻案叫屈的一本大书，他里面也用了非常多的心理学、西方美学。钱锺书的《管锥编》《七缀集》《谈艺录》更不用说了，中西结合得非常好。《谈艺录》乃忧患之书，代表二十世纪四十年代中国诗学的最高水平，表面上看起来是引用西哲如柏拉图、亚里士多德、康德、克罗齐、克尔恺郭尔等，文论大家如歌德、约翰生、希勒格尔，甚至物理学家如马赫等的观点，其实都是将其辞章化、文学化，更多的是具体的诗人如莎士比亚、圣佩韦、济慈、艾略特、拜伦、瓦勒里、里尔克、马拉美、狄金生等人的诗句诗论，如珠光宝气，又如水中着盐，并不在意西方精神分析、现象学、阐释学、心理学的体系与观念，而是游戏其间，化整为零，以西就中，中学为体，西学为用。《谈艺录》最大的性格特征，即博雅、精思。博雅乃以诗为意园神楼，接续文化生命；精思乃以诗为美与智慧，续命文化新机。钱氏称其为“忧患之书”，大有深意：不仅代表二十世纪四十年代中国诗学中西互通的最高水平，而且其博雅与精思亦预示了后来中国诗学不只抒情、不只为诗史，更体现为文明精粹、华夏美典的发展前景。后来《管锥编》继续光大了这个论述。然而另一个方向，陈寅恪先生在二十世纪四十年代中期完成《元白诗笺证稿》，将诗学与社会、文化、心态、史学结合为一，以其精湛的诗史考证的功夫，提炼出今典与古典的命题，即诗学又超诗学，诗通往政治、通往宗教、通往历史事件，还原了诗骚国身通一的传统。尤其是陈寅恪先生晚年的《柳如是别传》，直探现代中国的精神源头即晚明清初，深具前所未有的国家情怀，把中国的文心痛史用明代的一个名媛、一个奇女子柳如是来表彰，其厚重的担当与浓郁的诗情，直到今天都没有超越的著作。这两个方面，都是能见其大，如鹏之两翼，预示了中国诗学“后五四”的新机。更早些时候如吴宓的《空轩诗话》，以及差不多同时李长之笔下的李白、冯至笔下的杜甫、梁宗岱笔下的陶渊明以及卞之琳、何其芳、吴兴华、废名的新旧融合实践等，都是中西结合的重要努力，而后来有陈世骧及高友工在海外开辟的中国抒情传统、叶嘉莹的《迦陵论诗丛稿》代表中西结合的一个又宏放阔达又幽深细微的论述。

此外，大众化普及也是这个阶段很重要的一个方面。余恕诚提到：“人民文学出版社出版的余冠英的《诗经选译》《汉魏六朝诗选》《乐府诗选》，萧涤非的《杜甫诗选》，马茂元的《唐诗选》，钱锺书的《宋诗选注》，冯至的《杜甫传》，何其芳的《诗歌欣赏》，等等。这些著作，普及面是旧时代所不能比的。虽是旨在普及，但朴实通俗中有学术品格、学术内涵，在普及和提高方面都起了重要作用。尤其是在五六十年代学术不够发达的情况下，这些普及性读物，对民族文化的传承和诗学知识的普及起到了重要的作用。”[①] 记得我十五岁到工厂去，读的就是他们的这些选本，“文革”时候这些书都能找得到，像这样的大学问家做选本，我们今天很少见到了。

这个阶段的特色就是格局渐大，通过文化的比较求其特色并融入世界，有一种强烈地把中国诗学融入世界的用心，通过我们今天讲的文明互鉴而得其通性。求异，可以增加我们的自信。求同，可以让我们更多地融入世界文化潮流。他山之石，可以攻玉，主体渐渐地显示出来了，中国诗歌深厚的内涵慢慢地就得到了揭示。这个阶段当然也有一些问题，末学还是以西方为标准，本体的发掘不够。这个隐含的病灶一直到第三阶段都还在不时发作。

现在就到了第三个阶段，即以中学为主位的阶段，从二十世纪九十年代直到今天。刚才讲到八十年代是一个反传统的时代，但是在九十年代以后越来越多的人反思，我们用西方的方法是不是有问题？要回到我们自己的中国诗学，眼光反过来看就看到了更多原来看不到的东西。所以这个时代有了壮年或老年的成熟和厚重，像程千帆《古诗考索》非常注重从诗歌的文本本身去发现理论，袁行霈《中国诗学史》更多地去强调以审美鉴赏为中心的线索去看中

① 余恕诚：《中国诗学研究 · 绪论》，福建人民出版社 2006 年版，第 9 页。

国的诗学，还有陈伯海《唐诗学史稿》，也是以一个非常宏大的眼光挖掘每一个时代的唐诗研究史。这个时代，我要推举一部重量级的代表作，以中学为主位的代表作，就是刘学锴先生的名著《唐诗选注评鉴》。今年是他的九十大寿，这是一部可以传之后世的名著，既有选又有注又有评又有鉴，既让中国诗歌有一个科学精密的体系，又把中国旧的学问传统发挥到一个最精良的程度，展现了一个现代学人长期的耕耘，代表了中国诗歌研究领域的充分成熟。

我们今天来总结一下这个时代的成就，即有大量文献、大量史实、丰富关系得以重新发掘出来，让我们重新认识到中国诗歌原来是存量丰厚、增量极大的遗产、而且它有一个传承，回归到中国自己的、传统的学问家法，回归文本、文体、文献、文史、文化，这些大大突破了二十世纪的藩篱，某种程度上说是超越过去时代的。

还有一个专业化、精密化的程度，二十世纪也没办法跟今天来比，那个时代做不到。今天这样一个小小的专题都能做得这么好，且有多元化的方法与跨领域的探索。但是，这个阶段也有缺点。慢慢地有越来越多的研究是“见树而不见林”，既把中国诗歌说得太小，有时候又把中国诗歌说得太大、太泛。有时候问题意识也不够，很多著作都不知道讲什么，只是拿一个现成的题目做文献上的“堆土方”。它的原创性不够，真正有学术思想、富文化思想影响力的作品也不够，这时就让我们怀念中国诗学的少年时代，更不要说中年时代了。

往小说，在中国的知识体系当中有一个说法叫诗文评[①]，我们今天某种意义上又把中国诗学反而说小了，有回到诗文评的趋势，回到了《四库全书总目》中说的“究文体之源流，而评其工拙”“第作者之甲乙，而溯厥师承”，研究一些谁学谁、谁工谁不工、诗体、诗法、词法、韵律与诗格，“旁采故实”是里面的典故、背景，“体兼说部”是里面的故事。这样一来又把诗学说小了，所以我觉得这个是今天的问题，就像一个人老了以后就失去了年轻人的那种活力，渐渐地就又回归到旧的一些格套当中，再走不出他的舒适圈了，我觉得这是可惜了。

现在做一个小结：我们当下校正了少年的浅，但是也失去了那个时代的生猛活泼与元气淋漓；校正了中年的“洋”，获得了更多的文化自信，却失去了眼光四顾、格局开张、宏大创造力和新鲜的感发力；我们多了老年的成熟与厚重，但也多了内卷，多了很多重复、套路，无创意，为学位为职业，自我小化、矮化，制造了很多资源争夺机制。这里所谓的内卷，就是大家不是为了发展诗学的关怀、探索诗学的奥秘、张扬民族的诗性，而是都“卷”在一些文献与历史细节里面去，诗学成为一个职业化的选项与知识化、博物馆化的对象。

① 永瑢等：《四库全书总目》卷一百九十五・集部四十八・诗文评类一，中华书局1965年版，第1779页。

二、回顾中的前瞻

学术史的回顾，不是为回顾而回顾，而一定是前瞻性的。学术史有责任提炼一些很重要的传统，然后继续地往前走。我梳理出五个重要的传统，一个是开荒拓宇的传统，还有一个是汉宋兼采的传统，第三是中西结合的传统，第四是学艺双修的传统，最后一个是古今贯通的传统。①

第一个是开荒拓宇的传统。中国诗学在二十世纪一个非常了不起的成就是新材料的发现。新材料的发现是直接推动一门学科进步的强大要素。二十世纪中国诗学有四大新材料来源，一是敦煌歌辞，二是僧道、科举歌诗，三是清代及民国诗词，四是东亚汉诗。罗振玉、王重民、任半塘、饶宗颐等前辈学者开辟敦煌歌辞的研究领域，他们在这里发掘了大量材料，提出了新鲜的问题，从无到有地建立了一门学问，大大改变了二十世纪古典诗词研究的原有格局，这是开荒拓宇的壮举。还有杨镰总主编的《中国历代僧诗总集》（广陵书社 2017 年版），收录两晋至晚清三千多位诗僧的十三万多首诗。还有钟来茵《中古仙道诗精选》、马大品《中国佛道诗歌总汇》。还有张伯伟的域外汉诗，陈文新、彭国忠的科举诗，刘强的儒教诗，刘梦芙、朱惠国等对民国诗词的整理，刘文勇的《晚清民国中国古代文论研究文献集成》，陈引驰、周兴陆的《民国诗歌史著集成》等都

① 我最早是在一篇简要发言中提及这五个传统的，这次作了较多的补充与修订。参见胡晓明《二十世纪中国诗学研究的五个传统》，《文艺理论研究》1998 年第 2 期。

是资料上的开拓。地域诗学方面，《庐山历代诗词全集》有十二册，因为庐山在长江边上，交通极为便利，大量的诗人咏唱庐山。北方有孙中旺《吴中诗钞》、王长华《津门诗钞》，南方尤其是彭国忠的《上海词钞》，六百多位诗人的八千多首作品被整理了出来。其实，还是有大量地方诗总集未得到整理，这方面的空间仍然很大。①

第二个传统是汉宋兼采的传统。“汉”指汉学，包括文字训诂、校勘、注释、辑佚、谱牒、目录版本等传统的老家法，二十世纪在这方面成果远超前人，如唐圭璋的《全宋词》《词话丛编》让我们一代研究者受益，以及夏承焘的《唐宋词人年谱》也是非常了不起的汉学专著，逯钦立的《先秦汉魏晋南北朝诗》，游国恩的《楚辞注疏长编》，还有钱仲联主编的《清诗纪事》。汉学的做法就是辑录大量有关材料，纪事、年谱、长编等都是这方面的代表性成果。其他陆续积累的成果还有《全唐诗补遗》《全宋诗》《全明诗》《全清词》《明人诗话要籍汇编》《清诗话三编》《清诗话全编》《清代诗话珍本丛刊》《清诗总集序跋汇编》等。还有我和彭国忠编辑的《江南女性别集》，二〇〇八年至二〇二二年我们一共出了六辑共一百八十三种，得到了古委会的资助，也得到了古籍图书奖，让很多博士、硕士论文可以引用。江南女性的别集可以称为世界的奇迹，因为任何一个国家都

① 以贵州为例，我调查的结果，有傅玉书辑《黔风》十二卷、《黔风鸣盛录》十八卷，还有傅汝怀编《黔风演》四卷，除此之外还有很多内容可以整理。

没有像中国十八世纪那样，女性书写如此丰富，有近三千种别集，很多诗人。加拿大麦吉尔大学东亚系的方秀洁教授与我们合作，正在充实完善全球最大规模的明清女性写作数据库。

汉宋并重中的所谓宋学，指思想义理之学和历史通识之学。诗学研究中所体现的宋学精神，有两个方向的展开：一是诗哲相通，即诗歌与哲学打通；一是诗史互证，即诗歌与史实印证。诗哲相通的代表人物是王国维、沈曾植、马一浮。王国维的《人间词话》是诗学与哲学打通的成功尝试，开启了后世一大片说不完的领域。而沈曾植不太受重视。沈曾植提出了一个著名的说法，即诗要通三关说，即所谓元祐、元和、元嘉三关。后来饶宗颐先生给我解释，元祐是句法层面，元和是情感层面（风调风致），而元嘉是义理层面，也就是到了最后一关，应是诗与玄学的结合，这被沈寐叟视为最高的关口。这是一个非常精彩的创见。沿着沈寐叟这一路下来的有马一浮，也是宋学的路子，主张诗教变化气质，主张诗之兴，就是生命的仆者起、病者苏、迷者觉，理智与情感相融相济。[①] 顾随也是诗哲相通，提出性情诗

① “今人以感情归之文学，以理智属之哲学，以为知冷情热，歧而二之，适成冰炭。不知文章之事发乎情，止乎礼义，忧乐相生，有以节之，故不过；发而皆中节，故不失为温柔敦厚。看古人诗总多温润。如云：‘虽无旨酒，式饮庶几；虽无佳肴，式食庶几。’情意何等恳挚，读之者深味而有得焉，乃能兴于诗。移刻薄为敦厚，转粗犷为温润，乃能‘立于礼，成于乐’，亦即变化气质之功。昧者反是，但以增其回邪耳。”（马一浮：《马一浮全集》第三册，浙江古籍出版社、浙江教育出版社 1996 年版，第 1022 页。）

教的说法。叶嘉莹的生命感发诗论，有精妙的诗哲意味。钱穆《中国文学讲演录》也涉及这个领域。但是将诗与儒道释思想融合起来的成功之作，并不多见。

前文已经提到顾随提出“诗心”，是诗学和心学的结合。他还提出“寂寞心”：“元遗山《论诗三十首》其二十云：‘朱弦一拂遗音在，却是当年寂寞心。’不论派别、时代、体裁，只要其诗尚成一诗，其诗心必为寂寞心……诗人是寂寞的，哲人也是寂寞的；诗人情真，哲人理真。二者皆出于寂寞，结果是真。诗人是欣赏寂寞，哲人是处理寂寞；诗人无法，哲人有法；诗人放纵，哲人约束。故在中国，诗人与哲人势同水火。但大哲人也是诗人，大诗人也是哲人，此乃就其极致言之，普通是格格不入的。”[①] 这是非常深刻的说法，无论派别、时代、题材，只要诗歌能够成为诗歌，其诗必是寂寞心。无论是杜甫，还是李白，更不必说陶渊明、屈原，其实都有一颗寂寞心！他这个寂寞不是我们今天一般人所说的孤寂，是心学里面一种深的哲理。我经常看到有些人写诗写得那么张扬，声音那么大，就觉得那不是真正的诗歌。

陈允吉《唐音佛教辨思录》、张伯伟《禅与诗学》、周裕锴《法眼与诗心》，都是诗禅互释、深入义理之作。葛兆光、李丰楙、蒋振华、赵益等，有较深入的道教与诗的讨论。贾晋华是禅、道都通的学人，惜诗学义理着笔不多。俞志慧的《君子儒与诗教》、刘文勇的《价值理性与中国文论》，以

① 顾随：《驼庵诗话》，生活·读书·新知三联书店 2018 年版，第 14—16 页。

及颜昆阳《学术突围：当代中国人文学术如何突破“五四知识型”的围城》等[1]，都具有自觉的文化意识，是为儒家诗学翻案之作。从“五四”突围而出，理学、心学与诗学也有许多新作，不胜枚举。新加坡南洋理工大学严寿澂的《诗道与文心》，是我看到谈儒家诗教与中国诗歌融合得最好的一本书。他专门解释什么叫“一国之事系一国之本”：“而作诗者‘道己一人之心’，何以一国之事，乃至天下之事，能‘系此一人使言之’？原因正在家国天下之事，痛痒关心，如程明道所谓‘认得为己’，故能揽一国，乃至天下之意以为己意，以为己心。仁心愈大者，所‘揽’亦愈大；然而诗人所道者，终究只是‘一人之心’而已。”[2] 马一浮说，“诗者有史有玄”。他完全继承了马一浮的义理诗学传统，这个角度他是写得最好的，这本书推荐给大家。

宋学的内容除诗哲相通之外，还有诗史互证。诗史互证的代表即陈寅恪先生。《元白诗笺证稿》《陶渊明之思想与清谈之关系》《论再生缘》和《柳如是别传》这四种论诗的代表作，不仅是汉学老家法如校勘、注释、辑佚、文字训诂的典范，同时也是重思想分析、重历史通识、重文化大义的宋学典范。《元白诗笺证稿》偏重制度风俗的通识，《陶渊明之思想与清谈之关系》偏重宗教史、思想史的穿透力，《论再生缘》偏重独立精神、自由思想的文化大义，《柳如

① 参见颜昆阳《学术突围：当代中国人文学术如何突破“五四知识型”的围城》，（中国台湾）联经出版事业股份有限公司 2020 年版。

② 严寿澂：《诗道与文心》，华东师范大学出版社 2009 年版，第 87 页。

是别传》则融思想史、文化史、艺术史与诗学为一炉，是一部现代学术经典。所以，古典诗学中汉宋并重的代表人物首推陈寅恪先生。接下来晚辈一点，有四位在诗史互证方面做得比较好。一位是谢正光，专门研究明末清初时期的那些遗民诗歌。还有一位是邓小军，他的名著《诗史释证》，我相信是真能够接上陈寅恪的学术传统的一本大书。还有中国香港的严志雄，研究最难啃的钱谦益诗歌，里面有很多佛教、历史典故。钱谦益的组诗《病榻消寒杂咏》，严志雄洋洋洒洒地写了六百多页的大书《钱谦益〈病榻消寒杂咏〉论释》，是我看到的可谓最细读文本的著作。而且他跟陈寅恪也不同，他认为陈寅恪过于将诗歌讲成史实，他认为诗歌是一种非诗非史的中间物，他特别强调诗歌所创造的诗人的世界是半虚构的世界。还有学院派之外的胡文辉，他的以诗证史也做得仔细。项念东的《20 世纪诗学考据学之研究——以岑仲勉、陈寅恪为中心》是其博士论文，总结了二十世纪的诗学考据学，把它上升成为理论总结。

下面我要给大家介绍的是邓小军的另一本大书《董小宛入清宫与顺治出家考》[1]。这本书就传承了陈寅恪以诗证史的传统来做了一场轰轰烈烈的考证，用诗歌来考证。因为董小宛入清宫是最诡异的江南诗学，为什么是江南诗学呢？“董小宛入清宫与顺治出家”是清初四大疑案之一，是从诗歌传唱开始的集体记忆，其性质亦文亦史，兼具易

① 邓小军：《董小宛入清宫与顺治出家考》，华东师范大学出版社 2018 年版。

代政治、宫廷秘辛、明清痛史、诗歌叙事、士人命运、女性心理、民间传说、社会心理等重大丛集纠缠文化因子，是具有深度、浓度与情感心理厚度的诗学史经典命题。

邓小军从一本海内孤本——李天馥的《古宫词》——发覆抉疑，经十余年的考索之功，结合李天馥《行路难》《月》，陈维崧《杂诗寓水绘庵作》《白秋海棠赋》，《同人集》诗文，朝鲜陈奏正使麟坪大君李湻《燕途纪行》，《茚溪语录》中茚溪森为董皇后丧仪说偈等诗文、史料，形成一个新的证据链条，最终形成了“董小宛入清宫”的突破性结论，重新梳理了董小宛自“被劫”到“入清宫”的关键环节，证实了邓之诚最早提出的“董鄂妃先入庄邸”的推测，第一次补足了董小宛在多尔衮去世后归和硕承泽亲王硕塞，董小宛为顺治所爱，顺治杀硕塞的曲折经历。邓小军还多次去察看河南省民权县白云寺清构大雄宝殿。白云寺是顺治皇帝最终安葬的一个寺庙，他从寺庙的结构、碑匾的位置发现了一个很大的秘密，即这一整套御赐碑匾，实际上跟清宫给皇帝出行的仪仗是完全一致的，一整套规则，一整套礼制的规格，安葬康熙的父皇。

我做了一个简单的评论：从江南心灵的角度想，明清之际的大变局中，有这么多的董小宛传说，流行于民间与知识界，流传于士人心灵，甚至流播异邦人士中。试想扬州十日、嘉定三屠一系列江南残酷抵抗与长达数十年的江南反清复明运动，从社会心态的角度说，“董小宛”其实成为一个重要的符咒，一个重要的象征，一种隐秘的召唤，表明了江南心灵对美的毁灭、文明的毁灭的悲剧性记忆，表明了江南心灵对暴政的抗议与永不原谅的集体记忆。进而言之，无论董小宛是否真的入了清宫，她入清宫的事情如此被不断地隐秘书写，则更表明了江南心灵的希望，以及透过一种柔性的、和平的反抗而转戾气为祥和、化残暴为文明，表明了虽败犹胜，将征服者转变为文化意义上的被征服者的历史哲学，更表明了江南最深的文化精神的刚健深厚。因此，我将其称为中国诗学汉宋兼采传统的新典范。

第三个传统就是中西结合的传统。闻一多《神话与诗》引入神话人类学，朱光潜《诗论》偏向想象、情感、心理、诗体，钱锺书《管锥编》偏向词语、语感、语法与心理，王元化《文心雕龙创作论》偏向美学、哲学。那么在海外和中国台湾地区，我觉得中西结合这个方面的成就要更大一点。海外自不必说。中国台湾地区的学脉还是很深厚的。海外的像陈世骧，发起了“中国的抒情传统”，不再是眼光向内，而是立足中国诗学对世界诗性文明究竟有何贡献，四十年发力，开了一大论述，至今余波犹在。叶维廉有一本书叫《中国诗学》，融合西方现象学，影响很大。高友工写了关于唐诗语法分析的书，极富创见，后来又研究各种华夏美典。中国台湾有两个系统，一路是台湾大学外文系的颜元叔通过对西方理论的引进来看中国诗学的传统，另一路是中文系传统的蔡英俊融合中西，把中国诗学做得非常成功。还有陈国球、萧驰、田晓菲等人都是中西结合有较大成就的。宇文所安有唐诗系列著作以及《中国文论》《他山的石头记》，他最重要的理论就是中国诗歌的“非虚构性”，还有“追忆”这样一个思维，还有“诗歌世界”的说法。“READING THE TANG FROM THE TANG”是我邀请他到华东师范大学来讲座的一个题目，就是从唐人看唐诗。宇文所安有特别聪明的地方，就是他有一种内在的视角转换，转换成古人的一个视角，能够潜到古人心理的深处去，替他们来看他们自己。但是他有的时候也比较过，比方说这首诗歌，杜甫的《客至》：“舍南舍北皆春水，但见群鸥日日来。花径不曾缘客扫，蓬门今始为君开。盘飧市远无兼味，樽酒家贫只旧醅。肯与邻翁相对饮，隔篱呼取尽馀杯。”宇文所安说：“因为与客人的经济政治实力存在差距，诗人产生的复杂心思；整个会客像一场戏剧似的叙事表演。”这个我们好像就读不出来，解读就过深了。

求异少而求同多是那个时代的特点。王元化先生主张，一个好的中西比较应该是水中着盐式的比较，先生晚年更多关注包括中国诗在内的中国文学艺术与西方相区别的独特美、特殊性，而反对用比较来吞没中国文艺的特点。这一立场，学界越来越意识到其中的重要意义。中西诗学比较的传统是时代对我们这代人的厚赐，值得珍惜。

讲到求异必须谈到比尔·波特，他带着摄影师实地考察，到终南山，到杜甫李白走过的地方。他为什么要去这些地方，就是因为他觉得中国诗歌有一个西方文化所没有的传统，一个非常安静的隐士传统，他追随这样的传统，因为西方的文化太闹了。所以他背个包，一直在走。他的著作有很多，《空谷幽兰》是他最著名的代表作。在这些著作中他寻访了三十六位他所钦佩的中国古代诗人的遗址。此时，比尔·波特已年至七旬，他从孔子的故乡曲阜出发，沿着黄河、长江，到济南（李清照），往西安（白居易），经成都（杜甫、贾岛），赴湖北（孟浩然）、湖南（屈原），一路走到江南，陶醉于陶渊明、谢灵运的山水之中，最后到达浙江天台山诗僧寒山隐居之地。寒山是他最喜欢的隐士，陶渊明是他最喜欢的诗人。《空谷幽兰——寻访当代中国隐士》记述了一九四九年以后，有成百上千的佛教徒、道教徒，隐居深山数十年，这是传统中国隐士的文化精神，可以维护个人生命的生存权利与自由权利，在现代真实地复活。他们的存在，表明了中国文化的道的尊严。记得那里面的道教徒说："我离不开这座山。""我们是最自由的人。"《空谷幽兰——寻访当代中国隐士》后来成为畅销书，书中比尔·波特所拍的那些道教徒都是很幸福、很开心的神情。比尔·波特让我们知道了中国隐士文化的存在。其实我们反观自身，包括鲁迅、钱锺书在内，对中国的隐士文化都是一种批判的态度，我写《真隐士的看不见与道家是一个零？》，就是批评这两位前辈的。他山之石，可以攻玉，有时候借助西方汉学家的眼光来看我们自己的传统，我们会重新发现我们自己特异的地方。

中西结合当然还表现在西方社会科学与美学的理论融合进入中国诗学，如心理学、社会学、人类学、教育学、生态学、博物学、景观学、政治学、叙事学、语言学、女性学以及空间理论、物质文化、城市学等，好作品很多，方兴未艾，这里不能一一列举，且略过此节。

第四个传统就是学艺双修的传统。第一流的诗学研究者，同时也是诗人，如沈曾植、梁启超、王国维、陈寅恪、吴宓、马一浮、吴梅、胡先骕、叶圣陶、郁达夫、朱自清、龙榆生、俞平伯、闻一多、钱锺书、夏承焘、唐圭璋、程千帆、沈祖棻、顾随、饶宗颐、施蛰存、霍松林、叶嘉莹，稍晚辈的如陈永正、刘永翔、曹旭、邓小军、钟振振、施议对、钱志熙、张海鸥等，都是大家熟悉的诗人兼学者。学问与艺能不仅互不对立，而且两相缘助。我们面对的对象不是博物馆里的陈列品，而是绵延不已的青青春草与奔腾不息的大地川流。王国维说中国诗最高的标准是“有意境”，意境即“能感之，能写之”，写与感，关系深切。而写作的重要性，将越来越显示出中国诗学的强大生命活力。

第五个传统是古今贯通的传统。王国维《人间词话》中的忧生忧世、吴宓的《文学与人生》中的古典情怀、梁宗岱《诗与真·诗与真二集》的灵性感悟、朱光潜的校正五四新诗传统、陈寅恪《柳如是别传》中的人格表彰、徐复观诗学论著中的心灵关注、钱锺书的《诗可以怨》、叶嘉莹的生命感发诗学、章培恒的文学人性论古今贯通嬗变、陈伯海的《中国诗学之现代观》、萧驰的《诗与它的山河》、蒋寅的诗学范畴论系列、蔡宗齐的中国诗学海外传播，在今天看来，古今贯通依然是传承有序、接续不断的。我自己的五部诗学小书，也是努力往这个方向靠近，《中国诗学之精神》

《万川之月：中国山水诗的心灵境界》《诗与文化心灵》《江南文化诗学》《九首古诗里的中国》，大家会发现有一个系列关键词就是“中国”“文化”“心灵”。“今古一相接，长歌怀旧游”，我就是想让中国的诗学可大可久，让古代和今天、传统和现代能够接通起来，也是我个人的一个长期持续的关怀。

除了思想方面，古今贯通的传统仍有很大的开拓空间。譬如，将诗学与地域文化、旅游文化相结合的唐诗之路研究、名山名寺名城研究，诗学与人文教育、阅读学相结合的诗教研究，诗学与跨媒体现代传播相结合的《中国诗词大会》，诗学与数字人文相结合的数据库，诗学与图像学相结合的图文诗学，中国诗学与东方生活美学之关系，等等，都是活在当下的诗学。

三、余论

诗学的现代阐述仍然需要强调。如果缺少了西学参照系，很可能永远只是一种地方性知识。前瞻性的中国诗学发展，一方面应该警惕一种新的夷夏之辨的洁癖，诗学要有诗性层面的关怀，一根筋、一窝风、一刀切地卷入无穷无尽的文体、文献细节之中，可能是诗学的自恋。应强调人心、人性、人道与人的命运、人的存在情境的用思与探索。五四时期，以及“后五四”发端的二十世纪三四十年代，那种生猛、活泼、英锐，直面时代问题，同时也眼光横溢、格局视野开放、诗与思融、知识兼智能、社会认同度强的性格，应该成为传统中不息的薪火。

诗学的文明整体观仍需共识。诗非“诗”，诗乃吾国先民心血淬炼之人文精华，无不默然寄寓代代相承之先民魂魄，而华夏诗书，历史之真迹、元典之精髓、政教之教训、山川之优美、家国之记忆、信仰之真笃、美感之精致、心灵之感动，渊远而流长，已然凝聚其中。中国诗学，应作文明整体观。

具体地说，我们将在哪几个维度去展开？简言之，有五个维度，即文献、文本、文艺、文史、文哲。

诗学文献方面，王兆鹏、徐永明、刘石的数字人文工作里包括了地图、友朋、行迹、地名、典故、意象、词频、风格、考据、现成思路、文化网路，等等，将来一定会成为一个显学。中国诗学无论是传承，还是创新，都将如虎添翼。

在文献方面，其实还可以做的事情有很多，有一个诗学之外的相关例子：我一直想做但后来没有时间做的一件事情，就是关于清代朱卷的研究。朱卷就是专供阅卷官看的红色试卷。顾廷龙主编的《清代朱卷集成》，一九九二年出版，输入清代八千多官吏的履历、传记、谱系、撰述、行谊，有传记的作用。更重要的是，他收入了科举文章，朱批即当时的考官在卷子上考试的批语，这些批语评点其实是对当时文章的一个很重要的文学批评，同时也是一个取士的标准，从中也可以看得出清代的教育状况。这些进士，八千多位进士，他们就是创造了清史的重要文武百官、干部队伍，所以考察他们的文章写作的优点就是看他们的教育成长的资源和成就，以及当时的标准，怎么去造就一个优秀人才的，文学在当中起到了什么样的作用。如果我们研究中国的文学批评，我们不要把文学批评简单地看成是文艺批评本身，而是关系到社会日常生活、教育政治，从以上方式辐射出去，那么这本书就有一定的启示意义了。诗学也当作如是观。

除文献之外还有文本，文本就是词语，每一首诗歌背后其实都是有理论，要以文本为中心而不是简单地以这个理论为中心、以范畴为中心。这方面，大家可以参照我写的一篇文章《蓝蛇之首尾与诗学之古今》，其中讲到了钱锺书的二柄诗学。比如说王翰的《凉州词》就有两种相反的鉴赏，有说它是悲凉之词，有说它是豪放之词，但是在钱先生的二柄诗学当中这两种说法是可以把它融合在一起的。二柄诗学可以让我们透过诗更智慧地理解人生。

诗学与新文科的关系。诗学和新的创作与传播可以借助微信，借助搜韵，借助书法、诗会、雅集、物候、节气、对联、赠答、吟唱、文旅……诗学作为一种资源，其实它是一种增量的资源，它可以不断地散发出去。比如说杭州的老龙井那里修了一个亭子，因为我写过老龙井《宋辩才法师年谱》，一万多字。后来他们就叫我撰了一副楹联，镌刻在这个亭子上："狮默声千里，龙潜碧一瓯。""龙潜"来自《易经》，"潜龙勿用"。张伯伟被我许为知音，就是因为他读懂了"狮默"的意思，狮子吼在佛教高僧大德里面代表着最高的智慧，但是这个佛教的东西到中国来，最高的智慧就是禅宗的无言，狮子吼就没有声音了。所以就有文化的脉络在里面。

还有诗学与新文史学的关联，如江南文化诗学包含对空间、地方、地名、水乡、认同的研究，更涉及中国文化的南方文脉的研究。还有女性诗学，包括对家庭、婚姻、亲子、女病、道德、习俗、想象、情绪的研究。还有域外汉诗，我写过一篇论文《偶像破坏时代的江南想象》，利用在哈佛燕京图书馆找到的四部日本汉诗来研究近代日本文人的江南想象。还有诗与交通，包括对城市、商业、风物、教育、人文主义地理的研究。比方说诗与景观，我的好朋友萧驰，去年不幸在雅典机场去世。但是他的这本《诗与它的山河》是一本不朽的大书。他跟我说过，有些遗憾这本书在诗学界没有什么影响，但是在艺术与美学界反而有大的影响。其实此书的宗旨乃是古典景观学，而不是仅仅就停留在诗和古典文学方面。他已经走在前面，是诗与华夏古典文明一体的先行者。

郑玄《易论》云："易一名而含三义：易简一也，变易二也，不易三也。"又说："诗之道，放于此乎？"钱锺书认为这是与黑格尔辩证法相通的中国智慧。[①]

以此观中国诗学之发展，五四前的传统诗学，可谓易

① 钱锺书：《管锥编》第一册，中华书局 1979 年版，第 1 页。其实，孔颖达《正义》所云"诗有三训，承也，志也，持也"，也可以照应这一诗学学术史观："承"即继承阶段，整个传统中国时期；"志"即西学阶段，诗乃表现个人情感；"持"即"后五四"阶段，持人性情，即诗与文明一体观。

简，执大象，天下往。五四至二十世纪八十年代，可谓变易，愈变愈繁，开出一大格局。二十世纪九十年代至今，则可谓不易，回归中国诗学原来主体。然而这个回归，不是简单的复古，而是经历了极为丰富复杂的变化之后的回归。正如黑格尔所说："老人的那些宗教真理，虽然小孩子也会讲，可是对于老人来说，这些宗教真理包含着他全部生活的意义。即使这小孩也懂宗教的内容，可是对他来说，在这个宗教真理之外，还存在着全部生活和整个世界。"[①]

① 黑格尔：《小逻辑》，贺麟译，商务印书馆1980年版，第423页。

九 人工智能与中国文论：挑战、启示与回应

小引

最近以马斯克、本吉奥等为代表的一些科技界著名人士联手签署公开信，呼吁暂停ChatGPT的系统训练，给六个月以上的时间，重新梳理其中存在的对人类的潜在风险，共同形成一套用于高级人工智能设计和开发的共享安全协议，以审计和监管可能的问题。“只有当我们确信强大的人工智能系统的效果是积极的，其风险是可控的，才应该开发。”给科技踩一点缓刹，不要那么狂热，是好事。因而，在接下来的冷静期里，讨论ChatGPT的社会文化意义，不仅是科技界的事情，更是全社会都应该一起来面对的大事情。对新科技的革命性趋势作出回应，人文学责无旁贷。当然，我向来认为，中国文论与现代文明同程相伴，但又保持了自己的批判性品质；中国文论与西方文明互鉴相通，但又守住了自己的文化特质。此时正可借力打力，探论中国文论的现代价值。

一、ChatGPT 的逻辑、场景与未来

ChatGPT 是美国人工智能研究实验室 OpenAI 新推出的一种人工智能技术驱动的自然语言处理工具，使用了 Transformer 神经网络的深度学习原理，通过连接超大量的语料库来训练模型（GPT-4 架构），拥有语言理解和文本自生成能力。ChatGPT 远远不只是可以承担撰写邮件、视频脚本、文案、代码和翻译等任务的机器人，而且在咨询、金融、保险、法律、新闻、艺术创作与评论、设计、医疗、教育、管理甚至科学论文写作等方面，都具有巨大的生产力以及难以意料的发展潜能。

ChatGPT 的逻辑，其实就是生成语言与代码（CODE）世界。人类从开始使用语言的第一天起，就借助关于时间与空间的代码，传递非直接经验的信息。譬如，“昨天有一只老虎在山脚”，人类开始学会用“昨天”“山脚”这样的代码来警惕危险，这样就将自己区别于其他动物——只有人，才知道“昨天”的记忆是可以传递的——历数千年而修成正果，终于，独立于对象世界与主观世界的第三个世界，语言/代码世界——在二十一世纪得到最大发展，即大数据、知识的外包与语言/代码的自生成，由此开启了从“文心”到“机心”

（心灵性与具身性的消减）的后人类行程。正如马斯克耸动人心的感悟所言："有一段时间我突然意识到，你可以在某种程度上把人类看作'一个生物引导程序'，引出一种超级数字智能物种，人类社会是一段非常小的代码，没有它计算机就无法启动，人类的产生就是为了让计算机启动的，硅基生命（AI）似乎不能自我演化，它需要生物（人类）作为前导才能进化，人类只是硅基生命（可自我复制的人工智能生命）的开启程序……"祸兮福兮，殊难逆料。

二、与中国文论的关联

第一是有关写作。因为ChatGPT在很大程度上毕竟是一种基于对话文本的软件，使用前训练的大规模数据库进行知识生成的应答活动，实际上是一种写作的新发明，或者最新的进展；凡是与广义写作相关的机制、原理、写作的功能与效果、写作与社会的关系等，必然成为文论要研究探索的对象。

第二是有关批评。AI写作必然产生独特的大量文本，如何判定这些文本的价值，如何区分AI与真人写作的特征，AI作品自身的风格，以及巨大的跨文本、跨文类优势，都需要文学批评的介入。文学批评不仅是当代文论的任务，而且跟古老的中国文论有重要关联。这里只举一个例子：中国文论的"文"，含义极丰，语境极活。而AI文学写作最重要的突破，可能是突破原先中文系、历史系等人文学科设置的壁垒，将所有的文献（文）作为数据，自由穿行，大幅联结，超能使用，这根本是回到中国文论的大文学观，必然冲击现有的学科标准与人才培养体系。

第三是除了“文”，如果再用一个字来表达最大的关联，那就是“感”。ChatGPT 已经充分拥抱了中国文论的“文”，然而跟中国文论最重要的关联，恰恰因为它没有这个“感”。我们可以大胆假设，ChatGPT 确实是有生命、有感情的。例如，我们与聊天机器人深度对话的内容，完全可以有曲折幽深的内容；AI 绘画以及音乐作品，以及诗歌、故事、戏剧，更不可能没有感情。然而，这些所谓感情，是它所掌握的人类已有文字或图像数据的最佳应答、高级组合与算法提炼，某种意义上，可以说是“伪感情”“伪人格”“伪生命”（能否催生变化出真正智能生命，是另一个不可知的情况①）。如果人类之“文”被这样一些“伪感情”“伪人格”“伪生命”所环绕、所替代，因而失去数千年人文修炼中的真“感”，这或许就是 AI 将会给未来社会文化带来潜在风险的重要原因之一。《礼记·乐记》中论及“物感说”以及《周易》的“咸”卦②，不只是音乐理论，不只是宗教思维，而且是中国文论

① 现在的 AI 大模型背后的神经网络其实就是模拟人类神经网络设计的。人脑大概有一千亿量级的神经元，每个神经元有一千个连接。GPT-3 只有一千七百五十个参数，而 GPT-4 已经有大概十万亿个参数，已经是人类神经元连接的百分之十左右。有些专家说，GPT 体现了诡异的推测能力，继续发展，当参数和连接远超人类神经元的时候，GPT 将诞生独立意识。（《GPT 风暴来袭：人类文明面临的巨变与挑战》，“鹰眼看风”网文。）

② “凡音之起，由人心生也。人心之动，物使之然也。感于物而动，故形于声……乐者，音之所由生也，其本在人心之感于物也。”

的开山纲领。这个意味着什么？“感”，用赫拉利的话来说，就是“意识”。ChatGPT 有智慧，有逻辑，有理性，但是没有意识。人工智能最大的问题是他不能“感”，不能感受、感发、感应、感通，不能感受痛苦，不能感发爱。叶嘉莹老师说的“诗即生命的感发”，这就显示了中国文论的传统，不仅在今天活着，而且经此忧患，突然凸显续存救亡的危机感。

第四是全人性、具身性、过程哲学与境界的追求。已经有成果表明，AI 不仅会写诗，而且能写好诗、专家评委分辨不出来的诗。[1] 尤其在一些比较固定的题目与惯常的题材上，如除夕、清明、中秋、端午、重阳、七夕、元宵，或咏物、怀古、送别、寄内、登高、题画、思亲、游山、泛水、入寺、月夜、春雨等，AI 作诗无论是速度、数量、格律、意味等方面，绝不落人后。然而，如果让 AI 写一首《秋兴》，就只是一首光秃秃的《秋兴》，前不见长安，后不见夔府，身边没有妻儿，背后没有家国，换言之，它就只是一个孤单而寂寞的文本，绝不可能有老杜的具身性与全人性，即没有老杜这个活生生的人一路从安史之乱中走过来、走到生命的尽头的诗人全部命运，AI 只是一个片段而已。返观早期中国文论的源头，孔门一系的“文学”，绝不是片断的、零碎的、孤单的文学，其根本内核，正是“全人宗旨”——以整个君子人格的养成为目标：孔门四科，其中“文学”，即“文教”，即培养德行、言语、政事的精英。孔门从事礼乐教化，以文

① 参见《我试着用作诗机 ai 重新写一遍〈唐诗三百首〉》（“白藏阁主”网文）。

化人，维护文明的延续，使人性呈现其内在的优秀，形成一个民族国家深厚可靠的道德与政治的基础。修身、做人、做事，整个的人、身心灵神的全人，不仅是文论的核心，更是华夏古典的核心。

三、革命、挑战与启示

我不主张悲观论。ChatGPT 等科技的新发展，一定有其正面积极的意义。它一如历次科技进步一样，将更为充分地把人从繁重辛苦的体力劳动中解放出来（以建筑、机械加工为代表），从繁重的文案、文字、文献工作和文牍世界中解放出来（以翻译、图书馆知识的去中心化、去技能化，以及法律、金融、保险、新闻 AI 等为代表），获得远程、隔绝、遥控（以医生、咨询、养老等为代表）的前所未有的资源，促进教育资源的公平与普及，促进艺术与审美（画、音乐与诗、小说、戏剧）的平民化以及商业（物流、AR）的活跃等。当初，机器诞生时工人砸机器就是一个笑话。同样，ChatGPT 在今天已经产生，不可能有人再去将其砸掉。正如赫拉利所说，我们“要保护人，而不是保护工作”。ChatGPT 等 AI 科技，带来的挑战是革命性的。对整个社会而言，最重要的是要认识到，这是对社会结构的重新定义。如果有一些人失去了工作，这时候当然要有社会福利政策以及其他如加税的政策等，以保障失业人的生活底线，以降低失业人的心理焦虑，但更重要的是，同时要有社会整体的转型，即从追求温饱与追求权钱的社会，变而为追求有意义的生活的社会，这或许由此而促使又一次天运的降临，重新定义社会文化的幸福指标。这可能完全是不同的追求，从简单为吃饭而活着，转变为人的全面的发展。重新定义生活的幸福，需要的是新的政治哲学，与之相关的是，需要重新激活中国文论所主张的修行美学、境界追寻与体道的生命，重新认识东方文化。这或许正是中国文论深刻服务时代需要的好机会。

体现在教育上，最重要的是对教育目标的挑战。教育要培养的是与人工智能不一样、不能被人工智能淘汰的人。这样的人，对学习、知识与工作具有超越功利的真诚，对知识有探索的乐趣与享受，对世界富于同情心、好奇心，对创新充满热烈的期待，思维灵活，知识结构灵动，心理自我疗愈能力强健，勇于面对新情况，善于解决新问题。而中国文论倡导的高感性、具身性、心灵性、生命境界，越发具有不可替代的生命教育意义。

四、最核心的忧患

然而我也不是简单的乐观派。社会功能机械化，人的智慧与高感性、想象力的渐渐丧失，人的试错能力、交往能力的渐渐丧失，以及艺术尊严的渐渐消退等，不是杞忧。马克思说哲学家重要的不是解释世界而是改造世界，然而从马克思到马斯克，人类面临的形势恐怕不是改造世界，而是“世界改造你我”这样的一个变化。最重要的忧患，正是人的自由能力的丧失。

我想起了二十年前大名鼎鼎的“百忧解”（Prozac）事件。同样是面对技术飞速发展，人迷惑于祸兮福兮的困境，在新技术革命与人的自由能力消减这个意义上，两件事情完全相通。几千年来，人们正是凭借诗与文学，手之舞之，足之蹈之，驱散黑夜中的阴影，鼓动内心的能量，“如迷忽觉，如梦忽醒，如仆者之起，如病者之苏，方是兴也”①。正如苏轼《南行前集序》所说：“山川之有云雾，草木之有华实，充满勃郁，而见于外，夫虽欲无有，其可得耶？……古之圣人有所不能自已而作者。”——如此生命感发能力，以及《朱子语录》“人一身之中，凡所思虑运动，无非是天。一身在天里行，如鱼在水里，满肚子里都是水”——如此具身性的世界。然而，终于有一天，在新科技主导人性的时代，人类的心理、个性、性格、智力特征等方面，生物工程技术所发明的精神药物与AI对话、写作能力，竟然可以修饰、订正、增强甚而取代原有的先天或后天的模式，重绘人性的道德图景、美学图景和智力图景，那么，人类数千年以来教育、文化、学习的传统和遗产，其位置在哪里？著名汉学家史华慈，在离去世不到一个月之前的一篇遗文《中国与当今千禧年主义——太阳底下的一桩新鲜事》中，将生物学技术带来的精神药物看作是

① 马一浮：《论语大义·诗叙》，载《马一浮全集》第一册，浙江古籍出版社、浙江教育出版社1996年版，第161页。

与“消费主义”“物质主义”“技术崇拜”等一路的所谓虚假意识形态，称之为“末世救赎论”。他认为，比起十九世纪末二十世纪初天真的科学崇拜和进步主义，这新的“末世救赎论”显然更具欺骗性。史华慈教授一针见血地指出，所谓百忧解等新技术越是高明，其最终成果就越会使人失去犯错误以及在错误中学习的能力，同时也即是消解了人类自我完善、自我正当化的能力。而人之所以为人，恰恰是在错误、试验、不断改错中，获得生命最真实的自我拯救意义。人性的这一宝贵图景的改写，意味着人将不人。此文翻译者林毓生教授评介说：史华慈先生“迫切地感到必须用一种古老的先知精神向世人提出严正的告诫，以此作为他的遗言”[①]。

“后五四”是一个中与西、古与今从冲突到和解、从切割到融合、从嫌弃到转化的过程，现在更进而是一个传承与创造并存、活古与化今兼用，通过解释以不断创造意义的时代。面对科技文明的危机，中国文论的回应是：理论的维度（人文主义传统对抗机器人时代的到来、经典对抗大众化）、智慧的维度（增加解释力）、感性的维度（发展高感性）。明乎此，中国文论与现代文明同程相伴，终将保持住自己的批判性品质；中国文论与西方文明互鉴相通，终能守住自己的文化特质。听得见炮声的地方，最有突围的机会。

① 史华慈、林毓生：《中国与当今千禧年主义——太阳底下的一桩新鲜事》，《九州学林》2003 年冬季。

后　记

自从一九九九年担任中国古代文学理论学会的秘书长，同时任《古代文学理论研究》丛刊的主编，到二〇〇七年担任学会的会长至今，长期以来，我的一个关于学会宗旨的看法是——一个人文学的学会，要得到大的发展，要做的工作在两方面：一是内涵的深耕与开掘，这是学会可持续发展的动力；另一个是外向型的导向，就是要让其他学科和领域的学者参考你的思想成果，要让别人真正感受到你提供了什么他们所感兴趣的东西。常常有人问我，你们说要破除西方中心论，从建设性的意义上，你们有什么理论可供我们启发？这方面，正是学会一直提倡的创造性转化。而且我们也赶上了这个最佳的时代，全社会对于中国文化的时代要求，也是创造性转化与创新性发展。所以，我们不能只是关起门来自娱自乐。这个集子，从第一章到第七章，都有一个副标题——“后五四时代建设性的中国文论”，发表在《文学遗产》《思想战线》《南国学术》等刊物上，持续十年，表达了我对中国文论参与时代的系列思考。

近些年来，中国文论有长足的进步，越来越多的人回到了中国文学的历史真相，回到中国文学理论与文学批评的历史真相，渐渐从西学的套套中解放出来。然而同时有一个明显的变化，即越来越少的人关心理论与思想。二十世纪九十年代热火朝天讨论的体系、特色、现代转换等题目的形势，已经归于平静，大家都只关心自己研究课题的小田地。从最近我参加的小组讨论会以及大多数的论文来看，基本上都是在自己的知识圈子里面游戏，很难说具有理论的维度，更没有能够真正地参与当代的思想生活，学术共同体只剩下形式上的一团和气，其实没有多少聚在一起开会的必要性，与其他理论型的学术会相比较，可以说是平静如水、行礼如仪。从理论、思想与影响来看，当代的文论建设，真可以叫作“积弱积贫”，而且大家颇为满足于这种积弱积贫的状态。我想到许多年前，学会总有两股势力，一是历史文献派，一是思想阐释派，又热烈又平静。我有一回对徐中玉先生说，这个学会将来会不会分裂？徐先生说，学会永远不会分裂，因为学会不需要操心它的宗旨，就是一个大家在一起聊聊天看看老朋友的地方。徐先生说得很对，这也是一种学术态度，表示宽容，道家式的倾听，道家式的组织。但是我觉得还应该有儒家的一面，勇于参与当代，也是学会的一种品格——儒家式的入世张扬与激扬文字，鼓天下之动，本身就是中国文论的老传统。因而，儒道互证，是学会发展的两个轮子。我在广州年会上的主旨发言，即《ChatGPT 与中国文论》，是关于中国文论回应时代的最新思考，收入本书的最后一篇。

感谢安徽人民出版社以及何军民总编高情隆意、慨允付梓。

在广州会议后回上海的飞机上，我作绝句五首，其中第二首是回忆自己的读书时代，第三首和第四首是展望，录写于此，作后记的结束语。

一

樟林湖畔漾幽香，客乃久要不可忘。

一自新晴狂雨后，论文析理费思量。

二

不叹两鬓各苍苍，已慰后生忽数行。

绿皮火车回忆在，山重水复吴天长。

三

珍重文缘共一堂，相逢劫后太温良。

何当再振兴观义，纵目举头望八荒。

四

文似挽弓当挽强，花城连日雨愁长。

莫嗟未了春天意，樱季珞珈再举觞。

二〇二三年五月二十一日

于沪上日就月将斋